新思维"十二五"全国高职高专系列规划教材

证券投资

主　编　孙　鹏　周黎明

副主编　樊正玲

对外经济贸易大学出版社

图书在版编目（CIP）数据

证券投资／孙鹏，周黎明主编. —北京：对外经济贸易
大学出版社，2009
（新思维"十二五"全国高职高专系列规划教材）
ISBN 978-7-81134-556-8

Ⅰ. 证… Ⅱ. ①孙…②周… Ⅲ. 证券投资 – 高等学校：
技术学校 – 教材 Ⅳ. F830. 91

中国版本图书馆 CIP 数据核字（2009）第 146487 号

证 券 投 资

孙 鹏 周黎明 主编
责任编辑：袁利新 谭晓燕

对 外 经 济 贸 易 大 学 出 版 社
北京市朝阳区惠新东街 10 号 邮政编码：100029
邮购电话：010 – 64492338 发行部电话：010 – 64492342
网址：http://www.uibep.com E-mail：uibep@126.com

山东省沂南县汇丰印刷有限公司印装 新华书店北京发行所发行
成品尺寸：185mm×260mm 13.25 印张 331 千字
2009 年 9 月北京第 1 版 2009 年 9 月第 1 次印刷

ISBN 978-7-81134-556-8
印数：0 001 – 3 000 册 定价：20. 00 元

前　言

　　《证券投资》是高等院校财经类专业的核心课程之一，也是经济管理学科的重要专业课和金融学专业的主干课程，对于相关专业的学生来说，掌握一定的证券专业知识及投资技巧是必不可少的。此外，了解证券市场，学习证券投资知识，对于完善学生的知识结构，增强理财意识，也具有重要的现实意义。

　　随着高等职业教育教学改革的逐步推进，原有的《证券投资》教材在一定程度上已经不能满足高职类学生的学习需要。因此，针对高职学生实践技能培养这一目标，本教材结合我国证券市场实际状况，本着易于高职学生接受、理解的原则，深入浅出地介绍与学生未来工作有密切关系的金融工具和证券市场实际运行方面的知识，同时，也介绍了一些证券投资分析的方法和技巧。

　　本教材注重学生能力的培养，结合作者本身的证券投资经验，通过专业理论的介绍，实现相关学科知识的融会贯通。本教材在编写过程中，力求在理论和实践的结合上有所创新，注重基础性、时效性和实用性，对证券投资基础知识进行全面阐述，同时注重反映该学科的最新理论成果和我国证券市场的最新变化，以防出现教学内容与实际情形相脱节的现象。本教材设置"案例讨论"模块，附有案例分析和阅读资料，使得教材更加贴近我国证券市场的实际，便于读者掌握证券投资发展的新动向。此外，本教材还结合证监会指定的从业人员资格培训与考试教材，吸收其核心内容，以帮助学生获取相应的从业资格，前6章的课后复习思考题，全部为历年来证券从业资格考试中基础知识部分的原题。

　　本教材由孙鹏制定编写大纲和写作规划，具体分工如下：日照职业技术学院孙鹏编写第二、三、四、五、六、九章，三峡职业技术学院周黎明编写第七章和第十章，日照职业技术学院樊正玲编写第一章，周黎明和孙鹏共同编写第八章。孙鹏负责全书的修改和定稿。

　　本教材力争做到准确无误，并适合高职学生的使用，但由于时间仓促，编者经验水平有限，书中难免出现不妥之处，恳请广大读者批评指正。

编者
2009 年 5 月

目 录

第一章　证券投资导论

📖 学习要求

1. 理解证券的概念及其分类；
2. 掌握证券市场的功能和分类方式，了解证券市场的参与者；
3. 掌握证券投资的风险，了解收益与风险的数学衡量；
4. 理解资金的时间价值，并能进行简单运算；
5. 了解投资组合理论与资本资产定价模型。

关键词

证券，证券市场，收益，风险，时间价值

第一节　证券投资概述

一、证券的概念

证券是用以表明各类财产所有权或债权的凭证或证书的统称。它表明证券持有人或第三者有权取得该证券拥有的特定权益。证券有两个最基本的特征，一是法律特征，二是书面特征。

根据不同的标准，可以对证券进行不同的分类。按照性质不同，证券可分为无价证券和有价证券。无价证券包括证据证券和凭证证券：证据证券是指只是单纯地证明事实的文件，主要有信用证、证据等；凭证证券是指认定持证人是某种私权的合法权利者，证明持证人所履行的义务有效的文件，如存款单、借据、收据及定期存款存折等。有价证券是表示对某种有价物具有一定权利的、可自由让渡的证明书或凭证，又可分为三类：货币证券，是指本身能使持有人或第三者取得货币索取权的证券，其标的是一定的货币额，如银行券、票据等；商品证券，是证明持有人对相应商品具有所有权或使用权的证券，其标的是特定的商品，如货运单、提单、栈单等；资本证券，是指由金融投资或与其有直接联系的活动而产生的证券，如债券、股票、基金等。

— 1 —

按照发行主体不同，证券可分为政府证券、金融证券和公司证券；按照证券所体现的权益关系，可分为所有权证券和债权证券；按照证券收益的决定因素，可分为原生证券和衍生证券；按照证券收益稳定状况的不同，可分为固定收益证券和变动收益证券；按照证券到期日存续期限，可分为短期证券、中期证券和长期证券；按照证券是否在证券交易所挂牌交易，可分为上市证券和非上市证券；按照募集方式的不同，可分为公募证券和私募证券。

通常意义上的有价证券一般是指资本证券，简称证券，即具有一定的票面金额，证券持有人有权按期取得一定收入，并可自由转让和买卖的所有权或债券凭证。

证券具有收益性、风险性、流动性和期限性这几个特征。收益性是指持有证券本身能给持有人带来一定数量的收益，这是证券最基本的特点；风险性是指持有人面临着不能实现预期收益甚至本金也会受到亏损的可能；流动性是指持有人能够按照自己的意愿和需要灵活地转让证券以获取现金，这是证券的生命力所在；期限性是指某些证券具有一定的存续期限，超过这个期限则此证券将不复存在。

二、证券投资

投资是指经济主体为获取未来的收益而在现在投入资产要素的活动过程。证券投资是经济主体通过购买和持有资本证券，以期获得未来收益、降低或转移风险的投资行为。

证券投资的构成要素主要包括投资主体，投资客体和证券市场。

（1）投资主体，是指进行证券交易的各类投资者，证券市场的投资者是资金供给者，也是金融工具的购买者。

（2）投资客体，即证券投资工具，主要包括债券、股票、证券投资基金以及其他金融产品。

（3）证券市场，是证券发行与流通以及与此相适应的组织与管理方式的总称，是投资者进行证券投资的场所，可分为证券发行市场和证券交易市场。

此外，投资者要想进行正确的证券投资，不仅需要掌握各投资工具的内涵和特征，理解证券市场的运行，还需要掌握一定的分析方法，培养正确的投资观念。如果投资者对证券工具、证券市场以及证券分析方法一无所知就进行证券投资，无异于没有学过游泳的人直接下海游泳，后果不言而喻。

在证券市场上，除了投资之外还有投机的概念。投机，是经济主体基于对证券未来价格走势的判断而进行的短期交易行为。在证券市场上，投机是广泛存在的，并起着一定的积极作用。不管是投资还是投机，都是买卖证券的交易活动，两者之间并无特别严格的界限。一般来说，投资者着眼于长远利益，买入证券并长期持有，按期享受股利和资本增值收益，投机者则热衷于证券的快速交易，从买卖中获取差价；投资者注重对证券进行内在分析，投机者并不注重证券本身，而是关系证券价格的变化。而在实际当中，要想区分投资和投机是一件困难的事情，而且，某些时候投资和投机这两种方式还可以相互转换。

第二节　证券市场

证券市场是有价证券发行与流通以及与此相适应的组织与管理方式的总称，体现了一切以证券为对象的交易关系的总和。在发达的市场经济中，证券市场是市场体系的重要组成部分，不仅反映和调节货币资金的运动，而且对整个经济的运行也具有重要影响，是国民经济运行的晴雨表。证券市场主要金融工具有股票、债券、基金以及金融衍生工具等。

一、证券市场的功能和作用

（一）聚集和分配资金的功能

证券市场是一种多渠道、多形式筹资与融资的场所。通过各种有价证券的买卖，为资金的供需双方提供了多种多样的选择机会，以适应人们不同的投资和融资需要。对资金的供应者来说，证券交易既能增强资金的流动性，又可能获取更多收益；对于资金的需求者来说，发行证券可以获取急需的资金，是政府或公司筹集资金的重要手段。

（二）转化与融资的功能

证券市场的出现，为各种长短期资金相互转化和横向资金融通提供了媒介和场所。投资者可以用现金购买有价证券，使流通手段转化为长、短期投资，把消费资金转化为生产资金；也可以把有价证券卖掉，变成现实购买力，以解决即期支付的需要；还可以通过证券交易把长期证券转为短期证券，或把短期证券调换为长期证券。证券市场的这种转化功能，使投资者放心地把剩余资金投入生产过程，既促进了社会经济的发展，又能增加自己的收入。证券市场的建立，冲破了地区和部门的界限，促进了资金的横向融通，有利于加速资金周转，提高资金的使用效率。

（三）引导资金流向、优化资源配置的功能

在证券市场的运作过程中，投资者通过各种证券在证券市场的收益率的差别，来了解资金使用者的经济效益、技术水平和管理经验，从而选择和改变投资方向，把资金投到经济效益更高的地方去。投资者往往购买收益率高和具有成长性的证券，而抛售收益率低、缺乏成长潜力的证券。投资者的这种趋利行为，使效益高的、有发展前景的企业能获得充裕的资金，而那些效益差、没有发展前景的企业就得不到资金，这就推动了生产要素的重新配置与组织，使社会资源得到合理而有效的利用，提高了经济的整体效益。

（四）分配风险的功能

资金需求方通过发行证券筹集资金，实际上是将其经营风险部分地转移和分散给投资者。证券市场上存在着各种不同性质、不同期限、不同收益和风险的证券可供投资者选择，投资者就可以实行投资组合，将资金分散投资于不同种类、期限和风险的证券，以降低投资

风险；同时，还可以通过迅速地买进卖出证券，达到转移和分散风险的目的。因此，证券市场实际上起着减少风险、增加收益的作用。

（五）信息传递的功能

由于证券交易大部分都集中在证券交易所进行，来自各方的、不同角度的有关政治、经济、金融的动态信息汇集于证券市场上，相互传播、迅速扩散，通过现代化的通讯手段，更是能够将有关信息传递到社会的各个角落。投资者可以从证券交易所中了解到各种证券的行情和投资机会，并通过证券上市企业公布的财务报表了解到企业的经营情况。证券市场上证券价格变动的信息往往反映着政治、经济和金融的发展动态。

（六）产权复合功能

证券市场不仅将货币转化为资本，为货币所有者转化为资本所有者提供了种种渠道，而且也为产权的分割、融合与重组创造条件。在没有证券市场的情况下，人们的货币资金难以直接参与投资活动，不能直接成为生产资料的产权所有者，只得被迫转化为单一的存款资产。而证券市场则为货币所有者提供了各种直接投资的手段与渠道。投资者通过购买证券，占有或取得金融资产，借以间接占有物质资产或取得利息、股利等收益的分享权。

（七）宏观调控功能

证券市场通过证券融资的方式，成为连接宏观经济运行中各部分的桥梁。中央银行实施货币政策的重要手段之一的公开市场业务，就是通过在证券市场上买卖有价证券来达到调控经济的目的。中央银行根据经济发展的总体目标，灵活地运用公开市场业务操作，在证券市场上适时适量地买卖有价证券，以调节货币供应量，影响各金融机构的经营行为，刺激证券市场上的业务活动，进而牵动整个经济的运行，实施金融的宏观控制。

二、证券市场的参与者

证券市场的参与者包括证券发行人、证券投资者、证券市场中介、自律性组织和证券监管机构等。这些主体各司其职，充分发挥其本身的作用，构成了一个完整的证券市场参与体系。

（一）证券发行人

证券发行人是指为筹措资金而发行债券、股票等证券的政府及其机构、金融机构和公司等。

（二）证券投资者

投资者可分为个人投资者和机构投资者。其中，个人投资者是自然人本身及其家庭；机构投资者主要有政府部门、金融机构和企事业单位。个人投资者在目前是我国证券市场上最广泛的投资者，具有分散性和流动性的特点。与个人投资者相比，机构投资者资金数量庞大，信息收集和分析能力强，可以进行良好的投资管理。我国的机构投资者包括企业、商业银行、非银行金融机构、证券公司、基金和 QFII 等。基金是目前中国证券市场上最主要的机构投资者；企业、商业银行、非银行金融机构等机构投资者为实现资本增值或通过市场化模式并购扩张也会参与证券市场投资，成为重要的机构投资者。QFII（Qualified Foreign Institutional Investors），即合格的境外机构投资者，是指允许合格的境外机构投资者，在一定规定和限制下汇入一定额度的外汇资金，并转换为当地货币，通过严格监管的专门账户投资当地证券市场，其资本利得、股利等经批准后可转为外汇汇出。

（三）证券市场中介机构

证券市场上的中介机构主要包括：证券承销商和证券经纪商，主要指证券公司（专业券商）和非银行金融机构证券部（兼营券商）；具有证券律师资格的律师事务所；具有证券从业资格的会计师事务所或审计事务所；对证券的风险状况进行评级的证券评级机构；证券投资的咨询与服务机构。

律师及律师事务所从事证券法律业务不受资格的限制。具体业务包括：为证券发行和上市活动出具法律意见书，审查、修改和制作公司章程、招股说明书、债券募集办法、上市申请书、上市公告书、重大事件公告书、证券承销协议书、股东大会决议和董事会决议，为公司重组提供法律服务等。

上市公司每年公布的年报和半年报须由具有证券从业资格的会计师事务所进行审计，并发表审计报告。会计师事务所为股票的发行与上市出具的报告，包括发行公司近 3 年的财务审计报告、验资报告、盈利预测的审核报告等。各种报告均应由 2 名以上有证券业务资格的注册会计师及其所在事务所签字盖章。没有取得许可证的会计师事务所出具的审计报告、验资报告等，一律无效。

证券评级机构是由专门的经济、法律、财务专家组成的对证券发行人和证券信用进行等级评定的组织。

证券投资咨询机构是为证券市场参与者的投融资、证券交易和资本营运等活动提供专业性咨询服务的机构，其主要业务特点是根据客户的要求，收集大量的基础信息资料，进行系统的研究分析，并据此向客户提供分析报告和操作建议，帮助客户建立投资策略，确定投资方向。目前，我国证券投资咨询公司主要有两种类型：一类是专门从事证券咨询业务的专营咨询机构，另一类是兼做证券咨询业务的兼营咨询机构，例如证券公司在进行研究和为本公司客户服务的同时，也向社会提供咨询服务。

（四）自律性组织

在我国证券自律性组织包括证券交易所和证券协会。

证券交易所是买卖股票、公司债券、政府债券等有价证券的场所，集合有价证券的买卖者，经过证券经纪人的居间完成交易。证券交易所本身并不参与证券买卖，只是提供交易场所与设施，制定交易规则，监管在该交易所上市的证券以及投资者交易行为的合规性、合法性，确保市场的公开、公平、公正。从股票交易实践可以看出，证券交易所有助于保证股票市场运行的连续性，实现资金的有效配置，形成合理的价格，减少证券投资的风险，联结市场的长期与短期利率。按照组织形式不同，交易所可分为公司制交易所和会员制交易所两种。公司制交易所，是指以营利为目的，为证券公司提供证券交易所需的交易场地，交易设备和服务人员，以便证券公司独立进行证券买卖的证券交易所性形式，是按股份有限公司的形式组建起来的证券交易所；会员制交易所，是指由若干证券公司自愿组成的非营利性的证券交易所形式。我国上海和深圳证券交易所均采用会员制。

证券业协会是证券业的自律性组织，是社会团体法人。它发挥政府与证券经营机构之间的桥梁和纽带作用，促进证券业的发展，维护投资者和会员的合法权益，完善证券市场体系，并进行证券从业人员的资格考核和管理。

（五）证券监管机构

证券监管机构是依法制定有关证券市场监督管理的规章、规则，并依法对证券的发行、交易、登记、托管、结算以及证券市场的参与者进行监督管理的部门。在我国，监管机构主要包括中国证券监督管理委员会和地方证券监管部门。中国证监会是我国证券管理体制中的核心构成部分，是我国最高的证券监管机构，是专门的证券监管机构。证监会为全国证券、期货市场的主管部门，按照国务院授权履行行政管理职能，依照相关法律法规对全国证券、期货业进行集中统一监管，维护证券市场秩序，保障其合法运行，职权范围随着市场的发展逐步扩展，实行垂直领导。地方证券监管部门是证监会的派出机构，按照有关法律法规的规定对辖区上市公司、证券公司等中介机构进行监管。

目前，证券交易大多采用无纸化方式，由证券登记结算机构进行结算。证券登记结算机构是为证券交易提供集中登记、托管与结算服务，不以营利为目的的事业法人。中国证券登记结算有限责任公司负责中国证券登记、托管与结算服务，分设上海和深圳两个分公司，分别负责上海证券交易所和深圳证券交易所的相关事务。

三、证券市场分类

证券市场作为经营债券、股票、证券投资基金等有价证券的场所，可以按照不同的标准分类。

（一）按证券市场功能不同，可分为证券发行市场和证券交易市场

证券发行市场又称"一级市场"或"初级市场"，是发行人以筹集资金为目的，按照一定的法律规定和发行程序，向投资者出售新证券所形成的市场。

证券发行市场作为一个抽象的市场，其买卖成交活动并不局限于一个固定的场所。证券交易市场又称"二级市场"或"次级市场"，是已发行的证券通过买卖交易实现流通转让的场所。证券发行市场是证券交易市场的基础，两者相辅相成、相互联系、相互依赖，构成统一的证券市场整体。

（二）按交易对象的不同，可分为债券市场、股票市场、基金市场等

债券市场是债券发行和买卖交易的场所。债券市场按其基本职能来划分，又可以分为债券发行市场和债券交易市场，二者紧密联系、相互依存、相互作用。

狭义上的股票市场是指仅以股票为发行和交易对象的证券交易场所；广义上的股票市场也容纳了衍生于股票的其他证券的发行与交易，如认股权证、配股权、抵押股票、股票指数等。

股票市场按其基本职能来划分，也可分为股票发行市场和股票交易市场，二者在职能上是互补的。股票发行市场是股票发行人向投资者发售股票进行筹资活动的场所；股票交易市场则是已发行的股票交易和转让的市场。

基金市场是证券投资基金发行和流通的市场，根据基金类型的不同，其发行市场和交易市场也有所区别。

（三）按市场的组织形式，可分为场内市场和场外市场

场内市场是指通过交易所进行发行和交易的市场。场外市场指证券不在交易所上市，而是在交易所市场之外进行交易，由此而形成的市场。

场外市场组织较为松散，是一个无形市场，场外交易市场的交易对象十分广泛、数量很大，交易方式灵活多样。场外市场又可具体划分为柜台交易市场、第三市场和第四市场等。例如，投资者可以在商业银行柜台交易国债，而不需要通过证券交易所，则商业银行柜台债券市场就属于场外市场。

第三节　时间价值

一、时间价值的概念

将资金存入银行可以获得利息，将资金运用于公司的经营活动可以获得利润，将资金用于对外投资可以获得投资收益。也就是说同样的 1 元钱，在不同时刻给投资者带来的收益是不一样的。这种由于资金运用实现的利息、利润或投资收益表现为资金的时间价值，即资金的时间价值是指资金经历一定时间的投资所增加的价值，也称为货币的时间价值。

资金能够增值，是因为资金可以作为资本直接投放到企业的生产经营当中，经过一段时间的资本循环后，会产生利润，这种利润就是资金的增值。此外，在现代市场经济中，由于金融市场的高度发达，任何资金持有人在什么时候都能很方便地将自己的资金投放到金融市场中，参与社会资本运营，而无需直接将资金投入企业的生产经营。比如，资金持有者可将资金存入银行，或在证券市场上购买证券，这样，虽然资金持有者本身不参与企业的生产经营，但他的资金进入了金融市场，参与社会资本周转，从而间接或直接地参与了企业的资本循环周转，因而同样会发生增值。

二、时间价值的衡量

资金时间价值的衡量可用绝对数形式，也可用相对数形式。在绝对数形式下，资金时间价值表示资金在经过一段时间后的增值额，它可能表现为存款的利息，债券的利息，或股票的股利等。在相对数形式下，资金时间价值表示不同时间段资金的增值幅度，它可能表现为存款利率、证券的投资报酬率、企业的某个项目投资回报率等等。

若初始投资 PV 经过一段时间后，其价值变为 FV，则 PV 称为初始值，FV 称为积累值，

积累值和初始值的差 $FV - PV$ 称为这段时间内由初始值 PV 产生的利息，这里的利息不仅仅是指储蓄、持有债券的利息，同样也包括其他形式的投资收益，如持有股票获得的股利等。利息与初始值的比值 $\dfrac{FV - PV}{PV}$ 称为这段时间内的利率，记为 i；利息与积累值的比值 $\dfrac{FV - PV}{FV}$ 称为这段时间内的贴现率，记为 d。显然，对同一资本增值的过程，利率 $i = \dfrac{d}{1 - d}$，或贴现率 $d = \dfrac{i}{1 + i}$。

例 1.1 现有面额为 100 元的债券在到期前一年的时刻价格为 95 元，同时短期一年储蓄利率为 5.25%，如何进行投资选择？

从贴现的角度看：债券的贴现率 $d = 5\%$，储蓄的贴现率 $d = \dfrac{i}{1 + i} = 4.988\%$ 从利率的角度看：债券 $i = \dfrac{d}{1 - d} = 5.26\%$，而储蓄利率 $i = 5.25\%$，可以看出债券投资略优于储蓄。

在资金的时间价值计算中，有两种计算方式：单利和复利。所谓单利，是指在计算利息时，每一次都按照原先融资双方确认的本金计算利息，每次计算的利息并不转入下一次本金中。所谓复利，是指每一次计算出利息后，即将利息重新加入本金，从而使下一次的利息计算是在上一次的本利和的基础上进行，即在复利计算利息时，要将计算的利息转入下次计算利息时的本金，重新计算利息。设初始值为 1，利率为 i，当使用单利计算时，则经过时间 t 后的积累值为 $1 + it$；当使用复利计算时，则经过时间 t 后的积累值为 $(1 + i)^t$。如果不作特别说明，在证券投资中都是采用复利计算。此外，当采用连续复利计算时，1 单位资金在时间 t 后的终值也可写为 e^{it}，这在金融产品的相关计算中经常使用。

三、现金流贴现

在金融投资活动中，经常碰到这么一种资金流动：在未来不同的时刻 t，有数额为 C_t 的资金流动（流入或流出），这一系列资金的流动，可以看做是一个年金。对于任何一个年金，在考虑资金时间价值以后，与一个只在期初发生一次的资金流动等价，则这个只在期初发生一次的资金流动称为年金的初始值或现值；同样，对于任何一个年金，在考虑资金时间价值以后，与一个只在期末发生一次的资金流动等价，则这个只在期末发生一次的资金流动称为年金积累值或终值。若某年金是在未来不同的时刻 t，有数额为 C_t 的资金流入，每个单位时间的利率为 i，则该年金现值 $PV = \sum \dfrac{C_t}{(1 + i)^t}$。

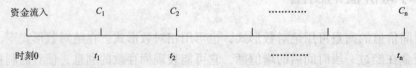

由于所有的金融资产都是由各类预期的现金流量汇聚在一起构成的，因而从理论上看，各类金融资产都可以采用现金流折现法来计算其理论价值。对于不同的金融产品，现金流折现法的具体应用也有所不同。

第四节　收益与风险

一、收益

证券投资收益，是指初始投资的价值增加量，即投资者从事证券投资所获得的报酬。证券投资收益主要包括两部分：一是证券利息收入，是证券持有期内获得的利息收入，例如持有债券获得的利息和持有股票获得的股利等；二是资本利得，是指由于所持证券价格的升降变动而带来的最初购买证券的本金的升值或减值。两者相加即为证券投资的收益。

由于证券收益的绝对数与最初投入资金量的多少有关，所以证券投资效果的好坏或收益水平的高低，一般不以收益的绝对数来衡量，而采用相对数指标衡量，即用一定时期内证券收益额与期初投资额的比例数来衡量。通常使用的指标是持有期收益率（Holding Period Return，HPR）。当不考虑利息的再投资后，持有期收益率是以投资净收益，即以收入和资本利得的总额与期初投资额相比的百分率表示。公式为：

$$HPR = \frac{D + (P_1 - P_0)}{P_0}$$

其中：HPR 表示证券持有期收益率，D 表示证券持有期利息收入，P_0 表示证券的期初价格，P_1 表示证券的期末价格。

显然，当 $HPR > 0$ 时，表示证券投资盈利；当 $HPR < 0$ 时，表示证券投资亏损。若投资者的证券持有期不是恰好一年，则通常需要将持有期收益率转换成年收益率。

多期投资的收益要跨越几个时期，不同时期的收益率会因情况的不同而变化。多期收益的衡量经常使用算术平均收益率，即持有期收益率的算术平均数 $\overline{HPR} = \dfrac{\sum\limits_{i=1}^{n} HPR_i}{n}$；或几何平均收益率，即持有期收益率的几何平均数 $HPR_g = \left[\prod\limits_{i=1}^{n} (1 + HPR_i) \right]^{\frac{1}{n}} - 1$。

二、风险

证券投资风险是指投资者在证券投资过程中，存在着遭受损失或达不到预期收益率的可能性。投资者进行证券投资时都希望获得预期收益，但由于各种不确定因素的影响，真正得到的则是实际收益。预期收益和实际收益之间的差额，就是投资者承受的风险程度，差额的大小表明了风险的大小。这里的风险既可能给投资者带来损失，也可能给投资者带来收益，我们称之为投机风险，以与保险中的纯粹风险进行区分。

证券投资风险具有以下性质：

（1）不确定性。有些风险可以通过一定的方法来测度或估量，有些风险则是很难甚至是根本无法测量的。

（2）不利性。风险可能会给投资者带来消极的后果，有经济上的损失，也有心理上的打击。

（3）客观性。风险的存在不以投资者的意志为转移，并在一定条件下由可能性变为现实。

（4）相对性。同样的风险，对于不同的投资者，其意义或影响是不相同的，这是由于不同的投资者对于风险的承受能力不同所决定的。

（5）风险与收益的对称性。风险是收益的代价，而收益则是风险的报酬，风险与收益相辅相成。

证券投资风险按内容划分，有来自经济的、政治的，也有来自道德的、法律的及其他方面的，其中最为主要的是经济方面的风险。经济方面的投资风险大致分为市场波动风险、利率风险、购买力风险、政策风险、违约风险、企业经营风险、企业财务风险、流动性风险等几种。

市场波动风险是指证券市场价格波动对投资者造成损失的可能性，主要由市场因素的变动决定。市场风险之所以产生，是由于证券的市场价格的变幻莫测造成的。利率风险是指由于利率变动而引起金融资产价格波动，使投资者可能遭受损失的风险。许多原因都会导致市场利率变动不定，而证券的价格和收益与市场利率的关系非常密切。一般而言，利率与证券价格具有负相关性，即市场利率提高时，证券的市场价格就会下降，而市场利率下调时，证券的市场价格就会上升，对不同的证券其影响程度有所差异。购买力风险又称通货膨胀风险，是指由于通货膨胀而使证券到期或出售时所获得的货币资金的实际购买力降低而导致实际收益水平下降的风险，各类证券受购买力风险的影响程度是不同的。政策风险是由于政府政策的变动或不确定性而给投资者造成收入的不确定性。政府政策通常意义上包括产业政策、财政政策、货币政策、收入分配政策等。任何政策的变动都会对证券市场的供求关系产生影响，造成证券价格的波动。违约风险，指证券发行人在证券到期时无法还本付息而使投资者遭受损失的风险。信用风险实际上提示了发行人在财务状况不佳的时候出现违约和破产的可能。它主要受证券发行人的经营能力、盈利水平、事业稳定程度及规模大小等因素的影响。企业经营风险是指企业的决策人员与管理人员在经营管理过程中出现的失误导致企业亏损、破产而使投资者遭受损失的可能性。经营风险来自内部和外部两个方面：内部因素包括项目决策失误、产品周期、技术更新等；外部因素包括产品关联企业的不景气、竞争对手策略等。企业财务风险是指由于企业财务结构不合理形成的风险。形成财务风险的因素主要包括资本负债比例、资产与负债的期限、债务结构、债务的币种结构等。若企业借债的规模过大、企业用短期负债投资于长期项目，或长短期债务搭配不合理等，都会给企业经营造成较大的财务风险。流动性指持有人想出售持有的证券获取现金时，证券不能立即出售，或无法在短期内以合理价格来卖掉的风险。

其中，市场波动风险、利率风险、购买力风险和政策风险，对整个证券市场上各个证券或者对某一类证券都会产生影响，称为系统风险；违约风险、企业经营风险、企业财务风险和流动性风险，只影响某一具体证券，而与市场的其他证券没有直接联系，称为非系统风险。

三、期望收益与风险的数学衡量

一般来说，投资的未来收益是不确定的，为了对这种不确定的收益进行衡量，投资者可以根据已有数据，计算投资的期望收益和风险。期望收益使用数学期望来表示，是指所有可能的收益按照其发生的概率所做的加权平均，其中权数是相应的可能性（概率）；风险则是对不确定性的衡量，通常使用投资收益的标准差来表示。若某项投资其未来收益率可能为 $r_1, r_2 \cdots\cdots r_n$，与之相对应的概率分别为 $p_1, p_2 \cdots\cdots p_n$，则此投资的期望收益为 $E(r) = \sum\limits_{i=1}^{n} r_i p_i$，其风险为 $D(r) = \sum\limits_{i=1}^{n} (r_i - E(r))^2 p_i$

例 1.2　现有两个投资项目 A 和 B，它们在 3 种状态下的收益状况如下，分别计算其收益与风险。

表 1 – 1　　　　　　　　　　　　　投资项目收益分布

状　态	概　率	项目 A 收益率	项目 B 收益率
1	25%	20%	5%
2	30%	10%	15%
3	45%	5%	10%

对于项目 A，

期望收益为：

$$E(r_A) = 20\% \times 25\% + 10\% \times 30\% + 5\% \times 45\% = 10.25\%$$

方差为：

$$D(r_A) = (20\% - 10.25\%)^2 \times 25\% + (10\% - 10.25\%)^2 \times 30\% + (5\% - 10.25\%)^2 \times 45\%$$
$$= 0.003\ 619$$

标准差为 0.060 156。

对于项目 B，

期望收益为 $E(r_B) = 5\% \times 25\% + 15\% \times 30\% + 10\% \times 45\% = 10.25\%$

方差为：

$$D(r_B) = (5\% - 10.25\%)^2 \times 25\% + (15\% - 10.25\%)^2 \times 30\% +$$
$$(10\% - 10.25\%)^2 \times 45\%$$
$$= 0.001\ 369$$

标准差为 0.036 997。

表 1-2	期望收益与风险对比	
比较项目	项目 A	项目 B
期望收益	10.25%	10.25%
方差	0.003 619	0.001 369
标准差	0.060 156	0.036 997

不同的投资者，对风险的接受程度是不一样的。绝大多数的投资者都属于风险回避者（风险厌恶者），这类投资者希望投资收益的可能变化偏离期望值越小越好。对于相同风险的两项投资，投资者愿意选择收益高的；对于期望收益相同的两项投资，投资者愿意选择风险小的。对表 1-2 中所示结果，当两个投资项目期望收益一致而 A 的风险大于 B 的风险时，风险回避者必然会优先选择项目 B。当投资项目 A 的风险高于投资项目 B 的风险时，投资者会对项目 A 有更高的收益要求，以弥补其较高风险所带来的不愉快。对于没有风险的投资，如购买国债，其获得的收益率称为无风险收益率；对于有风险的投资，其收益率高于无风险收益率的部分，称为风险溢价。

第五节　投资理论

一、投资组合

投资者可以不把自己的全部资产投放在同一项资产上，而是同时持有多项资产，这种由多项资产构成的集合，称为投资组合（Portfolio）或资产组合。如果同时持有的资产均为有价证券，则称为证券资产组合。对于例 1.2 中的两个项目，若投资者用 30% 的本金投资项目 A，用 70% 的本金投资项目 B，这就构成了一个投资组合。

表 1-3		投资组合收益		
状态	概率	项目 A 收益率	项目 B 收益率	组合收益率
1	25%	20%	5%	9.5%
2	30%	10%	15%	13.5%
3	45%	5%	10%	8.5%

容易计算出，组合的期望收益率是 10.25%，与 A、B 两个项目相同；其标准差为 0.021 651，比 A、B 两个项目的标准差都要小。这说明，资产组合的风险不仅与一种证券的风险有关，还与各种证券之间的关系有关。通过构建合适的组合，投资者可以在不改变期望收益的情况下，降低投资的风险。

研究表明，资产组合可以有效地降低风险和分散风险，但不能完全消除风险。随着组合中证券数量的增加，可以减少非系统风险对组合的影响，但却无法降低系统风险的影响。一般来说，要想有效地降低风险，需要 10 种左右彼此相关性不大的证券资产，15 种是比较好的数量。因为进一步增加资产数量会加大管理的困难和交易成本，而对继续降低风险则作用不大。

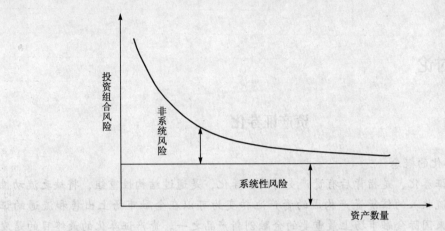

图 1-1 组合风险与资产数量的关系

哈里·马柯维茨是现代组合理论的开创者，他提出了确定最小方差资产组合集合的思想和方法。组合理论被誉为"第一次华尔街革命"，是现代金融学中惟一的"免费的午餐"。证券组合管理的重要意义在于它带来了一次投资管理理念上的革命。传统证券投资管理的思维方式和着眼点都在于证券个体。组合管理则是以资产组合整体为对象和基础，资产个体的收益和风险特征并不是组合管理所关注的焦点，组合管理的重点应该是资产之间的相互关系以及组合整体的风险收益特征，即风险与收益的权衡。

二、资本资产定价模型

通过对组合理论进行改进，金融学家推导出了更加实用的资本资产定价模型（Capital Assets Pricing Model，CAPM）。资本资产定价模型的数学表达式为：

$$r_i = r_f + \beta_i(r_m - r_f)$$

其中，r_i 表示资产 i 的收益；r_f 表示无风险收益率，通常使用国债的利率来作为标准；r_m 表示市场的收益率；β_i 称为资产 i 的 β 系数。β 系数是通过对历史数据进行一定处理计算得到的，用以衡量资产 i 的风险状况。

资本资产定价模型显示，风险资产的预期收益与其所承担的市场风险 β 值之间呈线性关系。将这种线性关系表示在以预期收益和 β 值为坐标轴的坐标平面上，就得到了证券市场线（Security Market Line，SML）。资本资产定价模型说明了两个问题：一是风险资产的收益率要高于无风险资产的收益率；二是并非风险资产承担的所有风险都要予以补偿，给予补偿的只是系统风险。

一般认为：β 值小于 1.0 的证券是防守型的证券，因为这类证券的价格在市场价格上升时，其上涨率往往比市场的要低，但在市场价格下跌时其下降率也往往较小；β 值大于 1.0 的证券是进取型的证券，因为在市场价格上升时，其价格上升幅度超过平均值，反之，市场价格下跌时，其跌幅也大；β 值恰好等于 1，则表示该证券的风险收益率与市场组合平均风险收益率呈同比例变化，其风险情况与市场投资组合的风险情况一致；β 值恰好等于 0 则说明此证券为无风险资产。目前，某些证券服务商提供其所计算出的 β 值，以帮助投资者进行投资。

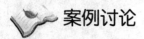 **案例讨论**

资产证券化

1. 资产证券化的概念

广义的资产证券化，是指背后有资产支持的证券化，是通过结构性重组，将缺乏流动性但具有未来现金流收入的信贷资产构成的资产池转变为可以在金融市场上出售和流通的证券，是近三十年来国际金融市场上最重要的金融创新产品之一。资产证券化的最终目的是发行证券筹集资金，它代表了特定资产组合，即证券的背后有具体的资产作为支撑，证券的收益来自特定的基础资产。广义的资产证券化包括了实体资产证券化、信贷资产证券化、证券资产证券化和现金资产证券化。通常所说的资产证券化是指狭义的资产证券化，即信贷资产证券化。

根据产生现金流的资产证券化类型不同，常常把资产证券化划分为资产支持证券（Asset-Backed Securities，ABS）和住房抵押贷款证券（Mortgage-Backed Securities，MBS）。MBS 与 ABS 之间最大的区别在于：前者的基础资产是住房抵押贷款，后者的基础资产是除住房抵押贷款以外的其他资产；与 MBS 相比，ABS 的种类更加繁多，包括：汽车消费贷款、学生贷款证券化；信用卡应收款证券化；贸易应收款证券化；设备租赁费证券化；基础设施收费证券化；保费收入证券化；中小企业贷款支撑证券化等等。

从资产质量看，分为不良贷款证券化和优良贷款证券化；从贷款种类看，可分为住房抵押贷款证券化、以水电气、路桥等收费收入为支持的基础设施贷款证券化、汽车消费贷款证券化等等；从贷款的形成阶段看，可分为存量贷款证券化和增量贷款证券化；从贷款的会计核算方式看，可分为表内贷款证券化和表外贷款证券化等等。

2. 资产证券化的模式

资产证券化的形式虽然很多，但基本的组织结构只有三种，即过手证券、资产担保债券和转付证券。

（1）过手证券是资产证券化最典型、最普遍的形式。发起人把拟证券化的资产组合转让给一个特设机构（Special Purpose Vehicle，SPV），在英、美等国通常以让与人信托形式存在。

（2）资产担保债券是资产证券化发展的雏形，它实际上是传统的有担保债务工具的一种延伸。

（3）转付证券同时结合了过手证券和资产担保债券的特征。一方面，转付证券是发行机构的债券，购买者是发行机构的债权人，这和资产担保债券相同；另一方面，发行机构用于偿还转付证券本息的资金来源于相应抵押贷款组合所产生的现金流，这又与过手证券相同。转付证券和过手证券的主要区别在于：抵押贷款组合的所有权是否转移给投资者；与资产担保债券的主要区别在于两者偿还本息的资金来源不同。转付证券的结构形式已被广泛用于非抵押关系的资产上了，如汽车贷款、信用卡应收账款、无担保的消费者信贷等。

3. 资产证券化的其起源与发展

资产证券化最早出现于20世纪60年代的美国住房抵押贷款市场。承担美国大部分住宅抵押贷款业务的金融储蓄机构，主要是储贷协会和储蓄银行。当时美国推行高利率政策，储贷协会和储蓄银行等金融机构受存款利率上限的制约，其储蓄资金被大量提取，利差收入日益减少，从而使其竞争实力下降，经营状况恶化。为了摆脱这一困难局面，从事存贷款的金融机构不得不进行创新，寻找一种成本低且较稳定的资金来源。1968年，政府国民抵押协会首次公开发行"过手证券"，从此开全球资产证券化之先河。这一时期的资产证券化有两个特点：一是可被证券化的资产只限于居民住宅抵押贷款，而其他形式资产的证券化还没有发展起来。二是这种金融创新技术只限于美国境内。1985～1991年是资产证券化技术快速发展和广泛应用的时期，在此时期，资产证券化除了在居民住宅抵押贷款领域里继续扩大其规模以外，还向其他各类金融资产领域发展，如信用卡贷款、租赁融资、汽车贷款等各方面都继续尝试这种技术的应用。到现在，资产证券化市场已经成为美国仅次于联邦政府债券的第二大市场。而且，这一融资工具在欧洲市场上也获得迅速发展，技术更加细化，形式更加多样化，并在20世纪90年代开始进入亚洲市场。

目前为止，我国已经进行过一些资产证券化方面的实践。这些实践主要有：海南三亚地产投资、珠海高速公路证券化、中远应收款证券化和中国国际海运集装箱（集团）股份有限公司应收款证券化。

（1）海南三亚地产投资。1992年，海南三亚开发建设总公司曾经通过发行地产投资债券的形式融资开发三亚的丹州小区，可以将其看做是我国资产证券化实践方面的一个早期案例。这次资产证券化给我们的启示是：可以从不动产证券化的角度来推动实物资产的证券化，而且也完全可以由国内的有关机构在国内市场进行运作。

（2）珠海高速公路证券化。1996年8月，珠海市人民政府在开曼群岛注册了珠海高速公路有限公司，并成功发行了资产担保债券。该债券的国内策划人为中国国际金融公司，承销商为世界知名投资银行摩根斯坦利公司。珠海高速公路有限公司以当地机动车的管理费及外地过往机动车所缴纳的过路费作为担保，发行了总额为2亿美元的债券，所发行的债券通过内部信用增级的方法，将其分为两部分：其中一部分为年利率为9.125%的10年期优先级债券，发行量为8 500万美元；另一部分为年利率为11.5%的12年期的次级债券，发行量为11 500万美元。该债券发行收益被用于广州到珠海的铁路及高速公路建设，资金的筹集成本低于当时的商业银行贷款的成本。这次交易的特点是：国内资产境外证券化。也就是说，证券化的基础资产是位于国内的基础设施的收费，所有的证券化操作都是在境外通过富有证券化操作经验的著名投资银行来进行的。

（3）中远应收款证券化。1997年，中国远洋运输总公司（COSCO）通过私募形式在美国发行了总额为3亿美元的以其北美航运应收款为支撑的浮动利率票据。这次交易的启示在于：虽然COSCO是一家中资公司，但它所用来进行证券化的基础资产却是美元形式的应收款，可视为有中国概念的境外资产，其运作方式也是完全在境外操作的。

（4）中国国际海运集装箱（集团）股份有限公司（以下简称中集集团）应收款证券化。2000年中集集团与荷兰银行在深圳签署了总金额为8 000万美元的应收账款证券化项目协议，项目期限为3年，在3年内，凡是中集集团发生的应收账款都可以出售给由荷兰银行管理的资产购买公司，由该公司在国际商业票据市场上多次公开发行商业票据，总发行金额不超过8 000万美元。在此期间，荷兰银行将发行票据所得资金支付给中集集团，中集集团的债务人则将应付款项交给约定的信托人，由该信托人履行收款人职责，而商业票据的投资者可以获得高出伦敦同业拆借市场利息率1%的利息。此举为中集集团的发展提供了大量低成本的资金。此次将中集集团优质的应收账款出售给荷兰银行是在国家外汇管理局的大力支持下顺利完成的，出售的应收账款均来自中集的客户——国际知名的船运公司和租赁公司。因此此次发行的商业票据信用度很高，应收账款资产评级获得了穆迪、斯坦普尔在国际短期资金市场上的最高评级。

4. 资产证券化的意义与风险

推行资产证券化，对我国资本市场的发展具有积极的推动作用，能够缓解我国经济建设资金紧张状况，开辟中国的基础设施、基本工业建设和技术项目进入国际资本市场的新渠道。推行资产证券化对中国的长远发展具有重大的战略意义，通过资产证券化，可更好地实现金融业和住宅产业及基础设施业的融合，国内资本市场与国际资本市场的连通，以及微观主体资产负债管理、中观产业资金汇集、宏观金融制度效率运作三者和谐统一，这将直接推动我国国内金融体制改革的深化。

资产证券化能够在一定程度上化解不良资产累积带来的金融风险；但如果错误地使用资产证券化这一工具，同样也可能会带来更大的风险。在引起美国次贷危机的诸多因素中，过度的资产证券化也是其中一个重要的原因。

（资料来源：国内外资产证券化运作模式及对我国发展资产证券化的思考．穆岚．北京大学中国经济研究中心学位论文．有改动。）

问题： 资产证券化对于商业银行的经营有怎样的影响？

 复习思考题一

一、名词解释

证券　有价证券　资本证券　投资　投机　证券市场　交易所　证券业协会　时间价值　风险　投资组合　资本资产定价模型　持有期收益率

二、单项选择题

1. 证券必须同时具有的两个最基本特征是（　　）。
   A. 法律特征与经济特征　　　　　　B. 法律特征与书面特征
   C. 经济特征与书面特征　　　　　　D. 经济特征与权益特征
2. 从横向结构关系来看，证券市场可以分为（　　）。
   A. 股票市场、债券市场和基金市场　　B. 发行市场和交易市场
   C. 国际市场和国内市场　　　　　　D. 有形市场和无形市场
3. 按发行主体分类，有价证券可以分为（　　）。
   A. 公募证券和私募证券　　　　　　B. 政府证券、金融证券、公司证券

C. 上市证券与非上市证券　　　　　　　D. 股票、债券和其他证券

4. 二级市场的组织形态有两种，一种是交易所，证券的买主和卖主或是其代理人在交易所的一个中心地点见面并进行交易，另一种交易形式是（　　　）。

    A. 场外交易市场　　　B. 有形市场　　　C. 第三市场　　　D. 第四市场

5. 我国证券业中，行业性自律性组织是指（　　　）。

    A. 证券交易所　　　B. 证券业协会　　　C. 证监会　　　D. 证券登记结算公司

三、多项选择题

1. 按照性质分，证券分为（　　　）。

    A. 有价证券　　　B. 无价证券　　　C. 资本证券　　　D. 货币证券

2. 有价证券本身并没有价值，但它代表一定的财产权利，持有人可凭该证券取得一定量的（　　　）。

    A. 商品　　　B. 货币　　　C. 利息收入　　　D. 股利收入

3. 在证券市场上，根据投资者对风险的态度可以把投资者分为（　　　）。

    A. 机构投资者　　　B. 个人投资者　　　C. 投机者　　　D. 投资者

4. 证券市场上的主体，是指进入证券市场进行证券买卖的各类投资者，其中（　　　）属于机构投资者。

    A. 家庭　　　B. 政府　　　C. 金融机构　　　D. 企业

5. 证券市场上的中介机构是指为证券的发行和交易提供服务的各类机构。下面（　　　）是证券中介机构。

    A. 证券公司　　　B. 会计师事务所　　　C. 证券交易所　　　D. 资产评估机构

四、判断题

1. 证券发行人是指为筹措资金而发行债券、股票等证券的政府及其机构、金融机构、公司和企业。　　　　　　　　　　　　　　　　　　　　　　　　　　　　　　（　　　）

2. 个人投资者是证券市场上最广泛的投资者。　　　　　　　　　　　　　（　　　）

3. 我国证券交易所是按公司制方式组成。　　　　　　　　　　　　　　　（　　　）

4. 某证券所承担风险越大，其收益率一定越高。　　　　　　　　　　　　（　　　）

5. 购买力风险属于系统风险。　　　　　　　　　　　　　　　　　　　　（　　　）

五、简答题

1. 简述证券的分类方式。

2. 简述证券市场的组成。

3. 简述投资组合理论和资本资产定价模型的内容。

第二章 债 券

1. 理解债券的概念，掌握债券的构成要素和债券的各种类型，了解债券回购的含义；
2. 理解国债的概念，了解地方政府债券；
3. 理解公司债券的概念及分类方式，了解我国公司债券与企业债券的区别；
4. 理解金融债券的概念和分类；
5. 理解并能计算债券价值和投资收益率；
6. 了解债券评级。

关键词

债券，债券分类，公司债券，债券价值

第一节 债券概述

一、债券的概念和构成要素

（一）概念

债券是一种有价证券，是社会各类经济主体为筹措资金而向债券投资者出具的、并且承诺按一定利率定期支付利息和到期偿还本金的债权债务凭证。

债券包含四个方面的含义：发行人是借入资金的经济主体；投资者是出借资金的经济主体；发行人需要在一定时期付息还本；债券反映了发行者和投资者之间的债权债务关系，而且是这一关系的法律凭证。与银行信贷不同的是，债券是一种直接债权债务关系，而银行信贷通过存款人——银行、银行——贷款人形成间接的债权债务关系。

（二）构成要素

债券作为证明债权债务关系的凭证，一般用具有一定格式的票面形式来表现。通常债券票面上基本标明的内容要素有：

1. 债券发行人名称

这一要素指明了该债券的债务主体，既明确了债券发行人应履行对债权人偿还本息的义务，也为债权人到期追索本金和利息提供了依据。

2. 债券的票面价值

债券的票面价值也称为票面金额或面值，是债券票面标明的货币价值，也是债券发行人承诺在债券到期日偿还给债券持有人的金额。

3. 债券的偿还期限

债券偿还期限是指债券从发行之日起至偿清本息之日止的时间，也是债券发行人承诺履行合同义务的全部时间。发行人在确定债券期限时，要考虑多种因素的影响，主要有资金使用方向，市场利率变化和债券变现能力等。

4. 债券的票面利率

债券票面利率也称名义利率，是债券年利息与债券票面价值的比率，通常年利率用百分数表示。债券的票面利率是由债券的风险、偿还期限以及市场利率水平等因素决定的。债券的风险越大，则票面利率一般也越高；在其他条件相同的情况下，债券的期限越长，其市场价格变动的可能性就越大，投资者要求的票面利率也就越高；市场利率水平越高，则债券的票面利率也就越高。

上述四个要素是债券票面的基本要素，但在发行时并不一定全部在票面印制出来，例如，在很多情况下，债券发行者是以公告或条例形式向社会公布债券的期限和利率。此外，一些债券还包含有其他要素，如还本付息方式等等。

（三）特性

债券作为一种重要的融资手段和金融工具，具有偿还性、流通性、安全性和收益性等特征。债券的偿还性是指债券有规定的偿还期限，债务人必须按期向债权人支付利息和偿还本金；债券的流动性是指债券持有人可按自己的需要和市场的实际状况，灵活地转让债券，以提前收回本金和实现投资收益；债券的安全性是指债券持有人的收益相对固定，一般不随发行者经营收益的变动而变动，并且可按期收回本金；债券的收益性主要表现在两个方面，一是投资债券可以给投资者定期或不定期地带来利息收益；二是投资者可以利用债券价格的变动，买卖债券赚取差额。

二、债券分类

根据不同的标准，可以对债券进行不同的分类。

根据发行主体不同，债券可分为政府债券、金融债券和公司（企业）债券。政府债券是政府为筹集资金而发行的债券，又可以分为中央政府债券和地方政府债券；金融债券是由银行和非银行金融机构发行的债券；公司（企业）债券是公司（企业）依照法定程序发行，约定在一定期限内还本付息的债券，其发行主体可以是股份公司，也可以是非股份公司的企业。

根据利息的支付方式，债券可分为附息债券、贴现债券和零息债券。附息债券是指发行人定期支付利息的债券；贴现债券是指发行时按规定的贴现率，以低于债券面值的价格发行，到期按面值支付的债券，其利息为发行价格与面值的差额；国内证券市场上所说的零息债券是指债券到期时利息和本金一起一次性付清的债券，也可称为到期付息债券或利随本清债券，而国外所说的零息债券通常是指贴现债券。

根据计息方式不同，债券可分为单利债券和复利债券。单利债券是指在计息时，不论期限长短，仅按本金计息，所生利息不再加入本金计算下期利息的债券；复利债券与单利债券相对应，是指计算利息时，按一定期限将所生利息加入本金中再计算利息，逐期滚算的债券。

根据票面利率是否变动，债券划分为固定利率债券、浮动利率债券和累进利率债券。固定利率债券是指在发行时规定利率在整个偿还期限内不变的债券；浮动利率债券是与固定利率债券相对应的一种债券，是指发行时规定债券利率根据市场基准利率定期浮动的债券，也就是说，债券利率在偿还期内可以进行变动和调整；累进利息债券的利率不固定，在不同的时间段有不同的利率，并且一年比一年高，以促使投资者长时间持有债券。固定利率债券不考虑市场变化因素，因而其筹资成本和投资收益可以事先预计，不确定性较小；但债券发行人和投资者仍然必须承担市场利率波动的风险。如果未来市场利率下降，发行人能以更低的利率发行新债券，则原来发行的债券成本就显得相对高昂，而投资者则获得了相对现行市场利率更高的报酬，原来发行的债券价格将上升；反之，如果未来市场利率上升，新发行债券的成本增大，则原来发行的债券成本就显得相对较低，而投资者的报酬则低于购买新债券的收益，原来发行的债券价格将下降。浮动利率债券往往是中长期债券，其利率通常根据市场基准利率加上一定的利差来确定。美国市场上使用的基准利率主要参照3个月期限的国债利率，欧洲则主要参照伦敦同业拆借利率（London Interbank Offered Rate，LIBOR）。由于债券利率随市场利率浮动，采取浮动利率债券形式可以避免债券的实际收益率与市场收益率之间出现任何重大差异，使发行人的成本和投资者的收益与市场变动趋势相一致。但债券利率的这种浮动性，也使发行人的实际成本和投资者的实际收益事前带有很大的不确定性，从而导致较高的风险。

根据债券的票面形式，可分为无记名式债券、凭证式债券和记账式债券。无记名式债券是以实物债券的形式记录债权，券面标有发行年度和不同金额，但不记载债权人姓名或单位名称，可上市流通，又称实物债券，由于其发行成本较高，已被逐步取消；凭证式债券是一种储蓄债券，其表现形式是债权人认购债券的一种收款凭证，票面形式类似于银行定期存单，从购买之日起计息，但不能上市流通；记账式债券，是指将投资者持有的债券登记于其拥有的证券账户中，通过证券交易所的交易系统发行和交易，没有实物形态。

根据债券偿还期限不同，可分为短期债券、中期债券和长期债券。一般来说，偿还期限在1年以下的为短期债券；期限在1年以上（包括1年）、10年以下（包括10年）的为中期债券；偿还期限在10年以上的为长期债券。

此外，根据担保情况不同，债券可分为信用债券和担保债券；根据可否提前赎回，债券可分为可提前赎回债券和不可提前赎回债券；根据发行人是否给予投资者选择权，债券可分为附有选择权的债券和不附有选择权的债券；根据发行地域不同，债券可分为国内债券和国际债券；根据募集方式不同，债券可分为公募债券和私募债券，等等。债券的划分方法很多，任何一张债券可以归于许多种类。

三、债券回购

回购是指证券持有人在出售证券时，与证券的购买商签订协议，约定在一定期限后按原定价格或约定价格购回所卖证券，从而获取即时可用资金的一种交易行为。从本质上说，回购协议是一种抵押贷款，其抵押品即为所卖证券，这种回购也称为正回购。还有一种逆回购协议，实际上与回购协议是一个问题的两个方面。它是从资金供应者的角度出发相对于回购协议而言的。在回购协议中，卖出证券取得资金的一方同意按约定期限以约定价格购回所卖出证券；在逆回购协议中，买入证券的一方同意按约定期限以约定价格出售其所买入的证券。从资金供应者的角度看，逆回购协议是回购协议的逆操作。回购买卖的资产都是流通量大、质量最好的金融工具，如国库券。目前，我国证券市场上存在的回购交易只有国债回购。在回购市场中，利率是不统一的，利率的确定取决于多种因素，这些因素主要有：用于回购的证券的质地；回购期限的长短；交收的条件；市场上的利率水平。回购市场的参与者主要是金融机构、企业和中央银行以及中介服务机构。

第二节 政府债券

政府债券是政府为筹集资金而发行的并承担还款责任的债务凭证，可分为中央政府债券和地方政府债券。

一、中央政府债券

中央政府债券，又称国家公债或简称国债，是最受投资者欢迎的金融资产之一。各国政府发行债券的目的通常是为了满足弥补国家财政赤字、进行大型工程项目建设、偿还旧债本息等方面的资金需要；此外，在战争时期政府可以通过发行战争国债而筹措军费，这也是国债的最先起源。

国债的发行者具有一国最高的信用地位，在所有债券中，国债信用度最高而投资风险最小，因此利率通常也比其他债券低。国债发行规模庞大，这使得国债的交易非常方便，流动性强，变现容易。大多数国家规定，投资国债可以享受更多的税收减免。国债广泛地被用于抵押和保证，在许多交易发生时，国债可以作为无现金交纳保证，还可以用国债担保获取贷款等，这使得国债能满足不同投资者的需要。国债还是平衡市场货币量的筹码，中央银行在公开市场上买卖国债进行公开市场业务操作，可以有效地伸缩市场货币量，进而实现对宏观经济的调节。

新中国成立后至今，我国国债的发展可以分为两个主要阶段。第一个阶段是从 1950 年到 1958 年：1950 年发行了第一种国债"人民胜利折实公债"，此后，在 1954～1958 年间，每年发行一期"国家经济建设公债"，发行总额为 35.44 亿元；1958 年后，由于历史原因，国债的发行被终止。第二个阶段是从 1981 年至今：1981 年～1987 年间国债品种比较单一，且存在利率差别；1988～1994 年间增设了国家建设债券、财政债券、特种国债、保值公债等新品种，并形成了国债的交易市场；1996 年以后国债市场出现了一些新变化，以往国债集中发行改为按月滚动发行，国债品种出现多样化，票面形式以记账式为主，逐步走向无纸化，债券市场也开始成熟。

目前，国债已成为重要的交易品种，2006 年、2007 年和 2008 年，我国国债发行数量分别达到 6 933.30 亿元、21 883.16 亿元和 7 246.39 亿元，且全部为记账式国债。

二、地方政府债券

地方政府债券，是由地方政府发行的债券，发行的目的，是为了筹措一定数量的资金用于满足市政建设、文化进步、公共安全、自然资源保护等方面的资金需要。地方政府债券按资金用途和偿还资金来源分类，通常可以分为一般债券（普通债券）和专项债券（收益债券）。

我国在建国初期就已经存在地方政府债券。如早在 1950 年，东北人民政府就发行过东北生产建设折实公债，但 1981 年恢复国债发行以来，却从未发行过地方政府债券。1995 年起实施的《中华人民共和国预算法》规定，地方政府不得发行地方政府债券（除法律和国务院另有规定外）。由于地方政府在基础设施建设中经常面临资金短缺的问题，于是便以企业债券的形式举债，从而形成了具有中国特色的地方政府债券。

为应对金融危机，增强地方安排配套资金和扩大政府投资的能力，弥补资金缺口，国务院同意发行 2009 年地方政府债券，初始设定的总额度为 2 000 亿元。债券为可流通记账式债券，发行期限为 3 年，利息按年支付。省、自治区、直辖市和计划单列市政府为发行和偿还主体，由财政部代理发行并还本付息。

第三节　公司（企业）债券与金融债券

一、公司债券概念及分类

（一）概念

公司债券是指公司依照法定程序发行、约定在一定期限还本付息的有价证券。公司债券代表着发债公司和投资者之间的一种债权债务关系，债券持有人是公司的债权人，债券持有人有权按期收回本息。公司债券的风险与公司本身的经营状况直接相关，如果公司发行债券后，经营状况不好，连续出现亏损，可能无力支付投资者本息，投资者就面临着受损失的风险。所以，在公司发行债券时，一般要对发债公司进行严格的资格审查或要求发行公司有财产抵押，以保护投资者利益；另一方面，在一定限度内，证券市场上的风险与收益呈正相关关系，高风险伴随着高收益。公司债券由于具有较大风险，它们的利率通常也高于国债。

发行债券对公司来说具有许多优越性。首先，公司债券可不受资金来源渠道和规模的限制，较之银行信贷，公司债券因其购买者多为广大投资者，资金来源不受数量限制，选择公司债融资的优点在于成本更低、门槛更低以及长期限融资的优势；其次，发行债券不会像发行股票那样给企业带来控制权的问题；再者，债券的利息可在税前支付，减少了所得税的支付，发行债券等于以优惠的税收待遇降低筹资成本。

（二）分类

公司债券主要包括这么几种类型：

1. 抵押公司债

抵押公司债是公司以特定的财产（主要是不动产）作为担保而发行的债券。用作抵押的财产价值不一定与发行的债券额相等。在公司因破产或其他原因而不能偿付公司债券时，债权人有权变卖抵押的财产以补偿其对发债公司的债权。抵押品可多次使用，只要其价值足以补偿，按抵押顺序分为第一抵押债券、第二抵押债券等；当公司倒闭，处理资产时，按顺序优先获得抵押品的清偿，不足以清偿部分平等地从公司其他资产获得清偿。

2. 保证公司债

保证公司债是公司发行的由第三方作为还本付息担保人的债券，是一种担保证券。担保人的经济实力越强，债券的风险也就越低。

3. 信用公司债

信用公司债是没有任何财产或信托手段作为抵押担保的公司债券，属于无担保证券。因为没有抵押品作担保，其风险性相对较高。但投资者投资这些债券，不只因为这类债券收益率高，还因为这类债券实际上是以公司本身的资信作为保证的，债券的收益率、流动性乃至安全性也与公司的资信等级有关。

4. 收益公司债

收益公司债是一种具有特殊性质的债券，这类公司债券保证支付本金，但支付利息的金额、时间皆不确定，只有当公司盈利超过一定水平后才支付利息，如果余额不足支付，未付利息可以累加，待公司收益增加后再补发。

抵押公司债和保证公司债分别以公司财产和第三方作为担保，风险要低于没有担保的信用公司债。此外，公司债券还可以与金融衍生工具结合形成可转换公司债和附新股认股权公司债，等等。

二、我国的公司债券和企业债券

在西方国家，一般不对公司债券和企业债券加以区分，但在我国，这两者有所不同。中国企业债券的发行期限为 1 年以上，发债主体基本为国有企业，筹集资金几乎都投入于政府部门批准的投资项目。目前，我国企业债券包括国家投资债券、国家投资公司债券、中央企业债券、地方企业债券、地方投资公司债券、住宅建设债券及内部债券七个品种，其中城投类企业债券占了主要地位。而城投类企业是地方政府国资委 100% 控股，依据当地政府决策进行地方基础建设和公用事业建设、融资、运营的主体。从政府信用支持的特点来看，城投类企业债券在中国具有准市政债券的特点。

企业债券从 1987 年 3 月国务院颁布实施《企业债券管理暂行条例》开始，已经发展了近二十年，近期开始进入加快发展的轨道，但其规模依然远远小于国债和金融债券。

表 2 - 1 近三年来我国企业债券发行状况

（单位：亿元）

类别 \ 年度	2006	2007	2008
企业债券	995.00	1 719.86	2 366.90
中央企业债券	652.00	1 204.51	1 683.00
地方企业债券	343.00	515.35	683.90

我国公司债券的发行，主要是从 2007 年 8 月以后开始。证监会于 2007 年 8 月 14 日发布了《公司债券发行试点办法（征求意见稿）》（简称《试点办法》），基本上明确了公司债券的发行条件、发行程序、后续监管以及投资者保护等方面的内容。公司债券虽然出现较晚，但发展迅速，尤其是进入 2008 年下半年后，发行节奏明显加快，公司债券将成为市场重要的投资品种。

公司债券与企业债券相比，具有某些区别：

（1）发行主体。一般符合《公司法》和《证券法》有关规定的公司都可以发行公司债券，初期试点公司范围则仅限于沪深证券交易所上市的公司及发行境外上市外资股的境内股份有限公司；而企业债券的发行主体基本上是国有大中型企业。

（2）发行条件。公司债券对盈利能力要求较低，仅要求最近 3 个会计年度实现的年均可分配利润不少于公司债券一年的利息；企业债券则要求企业经济效益良好，发行企业债券前连续 3 年盈利。

（3）发行程序。公司债券的发行实行核准制，由保荐人保荐并向证监会申报；企业债券采取的是审核制，由国家发改委进行审核。

（4）发行担保。公司债券不强制要求提供担保，可采取无担保形式；企业债券则要求由银行或集团进行担保。

（5）发行方式。公司债券可以一次核准分期发行，首期发行数量不少于发行总量的50%，本次发行后累计公司债券余额不超过最近一期末净资产的百分之四十，金融类公司的累计公司债券余额按照金融企业的有关规定计算；企业债券一般要求在通过审批后一年内发完，发行额度不得大于该企业的自有资产净值。

（6）发行价格。公司债券的发行利率由发行人与保荐人通过市场询价确定；企业债券发行利率不得高于同期银行存款利率的一定比例。

例 2.1 为满足经营资金需要，万科公司于 2008 年 9 月同时发行了两种公司债券，其要素如下：

表 2 - 2 万科公司债券要素

债券要素 \ 债券类别	08 万科 G1	08 万科 G2
发行人	万科公司	万科公司
票面价值	100 元	100 元

续表 2-2

债券要素＼债券类别	08 万科 G1	08 万科 G2
偿还期限	5 年	5 年
票面利率	5.50%	7.00%
发行规模	30 亿元	29 亿元
有否担保	由中国建设银行担保	无担保
利率类型	固定利率	固定利率
计息方式	单利	单利
付息方式	附息 B	附息
年付息次数	1	1
偿还方式	到期偿还	到期偿还
付息日说明	自 2009 年起，每年 9 月 5 日即为上一个计息年度的付息日	自 2009 年起，每年 9 月 5 日即为上一个计息年度的付息日
债券票面形式	实名制记账式公司债券	实名制记账式公司债券
债券信用评级	AAA	AA +
特殊条款		发行人有权决定在存续期限的第 3 年末上调后 2 年的票面利率，投资者有回售选择权

三、金融债券

金融债券，是指商业银行及非银行金融机构依照法定程序发行并约定在一定期限内还本付息的有价证券。在西欧和美国，金融债券是公司债券的一种类型，只要具备起码发行公司债券的资格，任何金融机构均可发行金融债券，其发行与交易的方式都与公司债券相同。由于金融债券发行人的信用级别要普遍高于一般公司但低于政府，故金融债券的票面利率比公司债券低而比政府债券稍高。

在我国，金融债券和公司债券之间有所区别，通常所说的公司债券不包括金融债券。金融债券的概念有广义和狭义之分，广义的金融债券指所有金融机构为筹措资金而发行的债券，可分为政策性金融债券和金融机构债券两种；狭义的金融债券则专指国家政策性银行发行的政策性金融债券。金融机构债券又可分为商业银行次级债券，商业银行普通债券，证券公司、保险公司、资产管理公司等非银行金融机构所发行的债券等。

政策性金融债券是指国家政策性银行（国家开发银行、中国农业发展银行、中国进出口银行），为筹措政策性信贷资金而发行的债券，基本上每个月发行一次。政策性金融债券为记账式债券，按期限可分为 3 个月、6 个月、1 年期、2 年期、3 年期、5 年期、7 年期、10 年期、20 年期、30 年期等多个品种。政策性金融债券虽然出现较晚，但其发行规模仅次于国债,是中国金融债券市场的主体。从国际上成熟的债券市场看,准政府信用的债券是债券市场上的一个重要品种,以政府为担保的债券在债券市场上发挥重要作用,我国的政策性金融债券正是发挥着这一职能。

商业银行次级债,是指由商业银行发行的,本金和利息的清偿顺序列于商业银行其他负债之后但先于商业银行股权资本的债券。商业银行次级债的发行是《巴塞尔协议》、《新巴塞尔协议》出台的结果,2004年《商业银行资本充足率管理办法》出台后,按其规定国内许多商业银行都面临着补充资本金的压力。商业银行补充资本金有多种渠道,与其他渠道相比,发行次级债具有许多优势,因此成为许多商业银行的首要选择。次级债券的发行使得银行不仅获得了中长期资金来源,并且在股东之外还增加了债权人的约束,有利于银行的稳健经营。商业银行普通债所筹集的资金主要用于发放特种贷款,支持收益好的企业发展生产。与商业银行次级债相比,普通金融债券可以作为长期稳定的资金来源,能够有效解决资产负债期限错配问题,防范金融风险,促进金融体系的健康发展。证券公司债是指证券公司依法发行的、约定在一定期限内还本付息的有价证券;证券公司短期融资券是指证券公司以短期融资为目的,在银行间债券市场发行的约定在一定期限内还本付息的金融债券。

表 2 – 3　　　　　　　　　　近三年我国金融债券发行状况

（单位：亿元）

年度 \ 类别	2006	2007	2008
金融债券	9 550.00	11 904.60	11 783.30
政策性银行债	8 980.00	10 931.90	10 809.30
国家开发银行	6 300.00	6 800.70	6 200.00
中国进出口银行	680.00	1 630.00	1 793.70
中国农业发展银行	2 000.00	2 501.20	2 851.60
商业银行债券	525.00	822.70	974.00
特种金融债券	0.00	0.00	0.00
非银行金融机构债券	30.00	150.00	0.00
证券公司债	15.00	0.00	0.00
证券公司短期融资券	0.00	0.00	0.00

第四节　债券价值及投资

一、债券价值评估

任何一种金融产品的理论价值都等于这种金融产品能为投资者提供的未来现金流量的贴现。评估一张债券的价值,需要确定它的现金流量,一种不可赎回债券的现金流量包括两部分——在到期日之前周期性的利息收入和票面到期价值，其中一次性还本付息债券和贴现债券只有在到期日方会产生资金流入。评估债券价值的另一重要因素是折现率，这一折现率反映了投资者理想的收益率，包括无风险收益和风险溢价两部分。

例 2. 2 万科公司发行的两种公司债券 08 万科 G1 和 08 万科 G2 均为附息债券，以面值发行，票面利率分别为 5. 5% 和 7%，偿还期限均为 5 年；从 2009 年开始，每年的 9 月 5 日发放上一年度的利息。

当投资者要求的折现率为 5% 时，

每张 08 万科 G1 的价值为：$\sum_{t=1}^{5} \dfrac{100 \times 5.5\%}{(1+5\%)^t} + \dfrac{100}{(1+5\%)^5} = 102.16$（元）

每张 08 万科 G2 的价值为：$\sum_{t=1}^{5} \dfrac{100 \times 7\%}{(1+5\%)^t} + \dfrac{100}{(1+5\%)^5} = 108.66$（元）

发行时，投资者愿意持有这两种债券。

当投资者要求的折现率为 10% 时，

每张 08 万科 G1 的价值为：$\sum_{t=1}^{5} \dfrac{100 \times 5.5\%}{(1+10\%)^t} + \dfrac{100}{(1+10\%)^5} = 82.94$（元）

每张 08 万科 G2 的价值为：$\sum_{t=1}^{5} \dfrac{100 \times 7\%}{(1+10\%)^t} + \dfrac{100}{(1+10\%)^5} = 88.63$（元）

发行时，投资者不愿意持有这两种债券。

二、债券收益

投资者持有债券，通常可以获得两方面的收益，即持有附息债券可以获取利息收入，以及低买高卖形成的资本利得。影响债券投资收益的因素：

（1）债券的票面利率。票面利率越高，债券收益也越高；反之，收益下降。形成利率差别的主要原因是：利率、剩余期限、发行者的信用度和市场性等。

（2）债券价格与面值的差额。当债券价格高于其面值时，债券收益率低于票面利率。反之，则高于票面利率。

（3）债券的还本期限。还本期限越长，票面利率越高。

（4）市场供求、货币政策和财政政策。市场供求、货币政策和财政政策对债券价格产生影响，直接影响到投资者的成本，成本越高则收益率越低，成本越低则收益率越高，所以除了利率差别会影响投资者的收益之外，市场供求、货币政策和财政政策也是投资时所不可忽略的因素。

债券的收益通常使用持有期收益率来衡量，即

$$HPR = \frac{D + (P_1 - P_0)}{P_0}$$

其中：HPR 表示证券持有期收益率，D 表示证券持有期利息收入，P_0 表示证券的期初价格，P_1 表示证券的期末价格。

例 2.3 某附息债券面值为 100 元, 票面利率为 6%, 每年支付一次利息。投资者以 98 元的价格购买, 持有 1 年后以 102 元的价格出售, 则该投资者的持有期收益率为:

$$HPR = \frac{100 \times 6\% + (102 - 98)}{98} \times 100\% = 10.20\%$$

三、债券风险

在进行债券投资时, 也可能会面临一些风险:

(1) 利率风险。利率风险是指利率的变动导致债券价格与收益率发生变动的风险。

(2) 价格变动风险。债券市场价格常常变化, 若它的变化与投资者预测的不一致, 那么, 投资者的资本必将遭到损失。

(3) 通货膨胀风险。债券发行者在协议中承诺付给债券持有人的利息或本金的偿还, 都是事先议定的固定金额。当通货膨胀发生, 货币的实际购买能力下降, 就会造成在市场上能购买的东西却相对减少, 甚至有可能低于原来投资金额的购买力。

(4) 信用风险。在公司债券的投资中, 发行人由于各种原因, 可能存在着不能完全履行其责任的风险。

(5) 转让风险。当投资者急于将手中的债券转让出去, 有时候不得不在价格上打点折扣, 或是要支付一定的佣金。

(6) 回收性风险。有回收性条款的债券, 因为它常常有强制收回的可能, 而这种可能又常常是市场利率下降、投资者按券面上的名义利率收取实际增额利息的时候, 投资者的预期收益就会遭受损失。

(7) 税收风险。政府对债券税收的减免或增加都影响到投资者对债券的投资收益。

四、债券投资原则

投资债券既要有所收益, 又要控制风险, 因此, 根据债券的特点, 投资债券原则为:

(一) 收益性原则

不同种类的债券收益大小不同, 投资者应根据自己的实际情况选择。例如政府发行的债券尤其是国债, 一般认为是没有风险的投资工具。公司债券则存在着能否按时偿付本息的风险, 作为对这种风险的报酬, 公司债券的收益率必然要比政府债券高; 而且, 没有抵押或担保的债券其利率应该更高。

(二) 安全性原则

投资债券相对于其他投资工具要安全得多, 但这仅仅是相对的, 其安全性问题依然存在, 因为经济环境有变、经营状况有变、债券发行人的资信等级也不是一成不变。因此, 投资债券还应考虑不同债券投资的安全性。在我国, 政府债券的风险小于金融债券, 金融债券的风险小于公司(企业)债券。

（三）流动性原则

债券的流动性强意味着投资者能够以较快的速度将债券兑换成货币，同时以货币计算的价值不受损失，反之则表明债券的流动性差。影响债券流动性的主要因素是债券的期限，期限越长，流动性越弱，期限越短，流动性越强，另外，不同类型债券的流动性也不同。

第五节　债券的评级

债券评级是由债券信用评级机构，根据债券发行人长期和短期的财务信用作出一个综合的独立评价，并赋予其相应的等级标志。债券的等级反映了投资于该债券的安全程度，或该债券的风险大小。信用评级只是对受评客体某项债务的偿付能力进行评价，而不是评价受评客体的市场价值；而且信用评级仅仅是一种专家意见，不作为决策的惟一依据，仅提供一定参考；此外信用评级只是对特定的风险进行揭示，而不是客体的全部风险。

债券的信用评级最早起源于美国，其中最著名的两家评级公司是标准·普尔公司和穆迪公司。其中，标准·普尔公司评级时通常根据债券的风险状况，由 A 到 D 分为不同的等级标准。为进一步对债券的偿还能力作出更细致的评价，标准·普尔公司将其从 AAA 级别到 CCC 级别的债券用 + 号或 - 号将一个级别细化为 3 个小级别。如，A^+、A 和 A^-，且 A^+ 优于 A，A 优于 A^-；

表 2 - 4　　　　　　　　　　　　　　标准·普尔公司评级标准

类别	信用等级	说　　明
长期债券	AAA	清偿能力很强，风险很小
	AA	清偿能力较强，风险小
	A	清偿能力强，有时会受经营环境和其他内外部条件不良变化的影响，但是风险较小
	BBB	有一定的清偿能力，但易受经营环境和其他内外部条件不良变化的影响，风险程度一般
	BB	清偿能力较弱，风险相对越来越大，对经营环境和其他内外部条件变化较为敏感，容易受到冲击，具有较大的不确定性
	B	清偿能力弱，风险相对越来越大，对经营环境和其他内外部条件变化较为敏感，容易受到冲击，具有较大的不确定性
	CCC	清偿能力较弱，风险相对越来越大，对经营环境和其他内外部条件变化较为敏感，容易受到冲击，具有较大的不确定性
	CC	清偿能力很弱，风险相对越来越大，对经营环境和其他内外部条件变化较为敏感，容易受到冲击，具有较大的不确定性
	C	濒临破产，债务清偿能力极低
	D	为破产倒闭的金融机构

类别	信用等级	说　明
短期债券	A - 1	清偿能力最强，风险最小
	A - 2	清偿能力较强，尽管有时会受内部条件和外部环境影响，但是风险较小
	A - 3	清偿能力一般，比较容易受到内部条件和外部环境的影响，有一定的风险
	B	清偿能力不稳定，具有投机性
	C	清偿能力很差
	D	不能按期还本付息

对于长期债券，AAA 级至 BBB 级是投资级别的债券。AAA 级和 AA 级债券，由于安全性很高，风险很低，所以投资收益率也很低；A 级债券风险略高，但收益率也要高一些。BB 级至 C 级这几个级别为投机性债券，债券发行人无法还本付息的可能性较大，投资者可能会遭受损失。而 D 级债券已处于违约状态。

穆迪公司的评级标准与标准·普尔公司基本类似，但有一定区别。对于长期债券，穆迪公司利用在每一级别后面加 1、2、3 的做法来将一个级别细化为 3 个小级别，其顺序是 A1 优于 A2，A2 优于 A3。

我国的债券评级是近几年来才开展起来的，向社会公开发行的公司债券，均需由指定的资信评估机构或公正机构进行评估。中诚信证券评估有限公司是我国评级公司中具有重要地位的一家，其评级标准与标准·普尔公司一样。万科公司发行的两种公司债券——08 万科 G1 和 08 万科 G2 就是由中诚信进行评估的，其等级分别为 AAA 级和 AA + 级，即中诚信公司认为万科公司发行的两种公司债都具有非常低的风险。

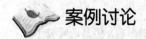 案例讨论

美国政府债券

1. 美国联邦政府债券

美国联邦政府债券是美国联邦政府财政部负责管理发行的债券。由于美国长期采用赤字经济政策以刺激经济的发展，以及庞大的政府开支，因此美国联邦政府的债务是巨大的。发行联邦政府债券是美国政府弥补财政赤字的重要手段。政府经常提供一些优惠条件来促进联邦债券的发行，如可以直接向政府购买而不必支付任何佣金，债券的利息收入只须缴纳联邦所得税，免缴州政府或地方政府所得税。美国的联邦政府债券主要有：

（一）短期国库券

这是美国政府发行的期限最短的一种国债，其发行量约为美国财政部所发行债券的 40%。多年来国库券一直是美国货币市场上最重要的信用工具。当政府开支出现赤字时，政府往往要通过发行长期债券筹措资金，以弥补财政收入不足。但当长期资金利息不稳时，政

府一般不宜发行长期债券，在这种情况下，可先发行国库券。国库券是政府弥补财政开支不足，等待筹措长期资金的非常有用的工具；国库券也是满足政府对短期资金需要的重要工具，它可以用来应付财政收支季节性变化的需要。国库券的期限分为 3 个月、6 个月、9 个月和一年期四种，是贴现债券，发行价格与票面价格的差额即是投资者的利息。国库券的发行时间大体上可分为三种：3 个月和 6 个月期限的国库券，每周发行一次；一年期的国库券每个月发行一次；第三种则为不定期发行。

（二）中期债券

中期债券是美国财政部发行的期限在 1 年以上、10 年以下的债券。债券按面值购买，利息每半年支付一次，可用息票或支票支付，到期还本，持券人随时可以在证券交易市场上将该种债券售出。中期债券的发行面额有 1 000 美元、5 000 美元、10 000 美元、100 000 美元以及 1 000 000 美元 5 种，其中以 1 000 美元的最为普遍。中期债券分记名和无记名式两类。

（三）长期债券

它是美国财政部发行的期限在 10 年以上的债券。长期债券在发行面额、发行时间、发行方式和偿还方式方面与中期债券基本相同。这种债券与中期债券相比除期限较长以外，还有一个最明显的区别，即部分长期债券在到期前可以由政府提前收回。长期债券在美国可流通债券中占的比例较小，仅为 14% 左右。

（四）美国储蓄公债

是由美国财政部发行的一种小面额的长期债券。储蓄公债与前三种债券不同，其特点是不许在市场上自由买卖，只许向政府购买，到期后由政府回收，属于不可流通债券，其期限多为 10 年和 20 年，记名发行，利率较高。投资者可以在任何银行购买储蓄债券，而且不需付手续费，因为卖这种债券是银行的爱国义务，没有任何报酬。储蓄债券主要包括美国 E 储蓄债券和州储蓄债券两种。E 储蓄债券的特点是按其面值折扣出售、到期按面值偿还，其差额为投资者收益，它的面值范围较大，从 25 美元、50 美元直到 10 万美元。州储蓄债券的特点是全额出售，即售价等于面值，半年支付一次利息、到期偿还本金。

2. 美国地方政府债券

美国地方政府债券发行的目的主要是筹集资金，修桥筑路、修筑港口、水坝、开凿隧道、建立水厂、电厂、治理环境等基础设施的资金，以及学校、医院和低租金住宅等公益设施的资金。由于美国地方债券的利率收入免除联邦所得税，有的地方甚至还免除州和市镇等地方所得税，所以又称为免税债券。其发行面额通常为 5 000 美元和 1 000 美元。美国地方政府债券主要有：

（1）一般义务债券。这种债券都是以其发行单位，即州或城市政府的全部信用和课税能力作保证，债券的资信很高，投资者对这种债券很感兴趣，被普遍认为是最热门的地方债券，也是美国发行量最大的一种地方债券。它的利率比其他市政债券低些，其面值多为 5 000 美元，近年来也发行了面值为 1 000 美元、500 美元和 100 美元这类债券。

（2）特殊税收债券。顾名思义，这类债券的还本付息是由某些方面的特殊税收，而不是由州或市镇地方政府的税收来保证的，因此这类债券的资信等级要低于一般义务债券。

（3）岁入债券。这是为一些特定项目——收取税收和费用的公路、大桥、电站、医院和各种公共设施等项目筹集资金而发行的。这类债券的本息完全是以这些项目的收入偿付的，它的资信等级也不如一般义务债券高。岁入债券的利率较高，大约比一般义务债券的利率高20%。

（4）住宅债券。这是为建筑低租金住宅而发行的，这类债券的还本付息不仅有地方政府房产部门收取的租金作保证，还有联邦住宅援助署为后盾，有美国全部信誉和信用作保证，因此，是一种高级债券。

（5）工业发展债券。有些地方政府通过发行这种债券筹资建工厂，然后把这些工厂租给私人企业经营，从而扩大地方税收来源，这类债券的还本付息是政府向租用者收取的租金，因此它的资信不如一般义务债券。

（资料来源：摘自网络，由编者加以整理。）

问题：查阅资料，调查中国政府债券的情况，并与美国的政府债券相比较。

复习思考题二

一、名词解释

债券　政府债券　公司债券　金融债券　次级债券　债券评级　债券回购

二、单项选择题

1. 不是影响债券利率的因素有（　　）。

　　A. 筹资者资信　　B. 债券票面金额　　C. 筹资用途　　　　D. 借贷资金市场利率水平

2. 浮动利率债券是指利率可以变动的债券，这种债券的利率在确定时一般与（　　）挂钩。

　　A. 市场利率　　　　　　　　　　B. 银行贷款利率

　　C. 同业拆借利率　　　　　　　　D. 定期存款利率

3. 债券利率在偿还期内不是固定不变，而是随着时间的推移，后期利率将比前期高，这种债券叫（　　）。

　　A. 单利债券　　　B. 复利债券　　　C. 贴现债券　　　D. 累进利率债券

4. 偿还期在1年以上10年以下的国债被称为（　　）。

　　A. 短期国债　　　B. 中期国债　　　C. 长期国债　　　D. 无期国债

5. 发行债券的主体一般需要担保，该主体发行的债券是（　　）。

　　A. 政府证券　　　　　　　　　　B. 金融证券

　　C. 信誉卓著的大公司发行的公司债券债券

　　D. 一般公司发行的公司债券

三、多项选择题

1. 债券的特征包括（　　）

　　A. 偿还性　　　　B. 流动性　　　　C. 安全性　　　　D. 收益性

2. 发行人在确定债券期限时，要考虑多种因素的影响，主要有（　　）。

　　A. 资金使用方向　　B. 市场利率变化　　C. 筹资者的资信　　D. 债券变现能力

3. 国债的特征有（　　　）。
    A. 安全性高　　　　　B. 流动性好　　　　　C. 收益稳定　　　　　D. 免税待遇
4. 从债券的形式来看，我国发行的国债可分为（　　　）。
    A. 凭证式国债　　　　B. 无记名国债　　　　C. 记账式国债　　　　D. 可转换债券
5. 我国公司债券的种类包括（　　　）。
    A. 信用公司债券　　　　　　　　　　　　B. 不动产抵押公司债券
    C. 保证公司债券　　　　　　　　　　　　D. 证券公司债券

四、判断题

1. 债券票面注明债券发行者名称指明该债券的债务主体，也为债权人到期追索本金和利息提供了依据。　　　　　　　　　　　　　　　　　　　　　　　　　　（　　　）
2. 债券有不同的形式，根据债券是否可以流通可分为实物债券、凭证式债券和记账式债券。　　　　　　　　　　　　　　　　　　　　　　　　　　　　　　（　　　）
3. 浮动利率债券的利率在确定时一般要与市场利率挂钩，当市场利率上升时，利率应上调，在利率下降时则保持不变，以保证投资者的利益。　　　　　　　　　（　　　）
4. 银行能通过存款吸收资金，因此不需要发行债券。　　　　　　　　　　（　　　）
5. 在债券的收益中，不可能有资本利得这项收益。　　　　　　　　　　　（　　　）

五、简答题

1. 简述债券的要素。
2. 简述债券的类型。
3. 简述我国公司债券与企业债券的区别。

第三章 股 票

📖 **学习要求**
· · · · · · ·

1. 理解股票的概念，掌握股票的各种分类方式，重点掌握优先股和普通股的区别，并对我国的股票种类有一定了解；
2. 掌握股票分配的几种形式，理解除权（除息）的含义；
3. 理解股票内在价值的计算，掌握股票投资收益率的计算方法；
4. 理解股票价格指数，了解股票价格指数的计算方法。

关键词

股票，股利，股票价值，股价指数

第一节 股票概述

一、股票的概念和特性

（一）概念

股票是股份有限公司发行的，用以证明投资者股东身份和权益，并据此获得股息或红利的凭证。股票一经发行，持有者即成为发行股票公司的股东，有权参与公司的决策，分享公司的收益，同时也要分担公司的责任和经营风险。

（二）特性

一般来说，股票具有以下六个方面的特征：

1. 收益性

收益性是指股票持有者有权按公司章程的规定凭其持有的股票从公司领取股息或红利，获取投资收益。持有股票就有权享有公司的收益，这既是投资者购买股票的目的，也是公司发行股票的必备条件。股票收益的大小取决于公司的经营状况和盈利水平。一般情况下，投资股票获得的收益要高于银行储蓄的利息收入，也高于债券的利息收入。股票的收益性还表现在持有者利用公司股票可以获得资本利得和实现货币保值。也就是说，股票持有者可以通过低买高卖赚取价差；或者在货币贬值时，股票会因为公司资产的增值而升值。

2. 风险性

股票的风险性是与其收益性相对应的，股票持有者既有可能获得较高的投资收益，也要承担较大的投资风险。由于多种不确定因素的影响，股票的收益不是事先确定的固定数值，而是随公司的经营状况和盈利水平而波动。当公司经营良好时，投资者能够获取投资收益；公司经营不善发生亏损时，股东要承担一定的损失；当公司破产清偿时，按照偿还顺序，股东排在最后。

3. 非返还性

股票的非返还性是指股票一经买入，只要股票发行公司存在，任何投资者不能以任何理由要求退还股本，只能将股票转让和出售。通过发行股票筹集到的资金，在公司存续期内是一笔稳定的自有资本。股票的流通转让是在投资者之间进行的，对于股票发行公司而言，除非公司从二级市场上回购自己的股票，否则通过发行股票初始募集资金的稳定性不会受到任何影响。

4. 流动性

股票的流动性是指股票可以作为买卖对象或抵押品，股票持有人可以按照自己的需要和市场情况灵活地转让股票，还可以作为抵押以获得资金。股票的流动性促进了社会资金的有效利用和资源的合理配置。

5. 价格波动性

股票价格的波动性是指股票交易价格经常发生变化。股票价格不仅与公司的经营状况和盈利水平密切相关，而且与股票收益和市场利率的对比关系紧密相连。此外，股票价格还会受到国内外经济、政治、社会以及投资者心理等诸多因素的影响。与一般商品市场价格的变动相比，股票价格的波动幅度较大。

6. 决策性

股票的决策性又叫做参与性，股票持有者作为股份有限公司的股东，可以参与发行股票公司的经营决策。股东参与公司经营决策的权利大小，取决于其所持有的股份的数量。

7. 亏损责任有限性

股票的亏损责任有限性是指股东以其持有的股份为上限对公司债务承担责任。

二、股票分类

随着现代股份公司制度的发展，投资者不断提出新的投资要求，股票的种类逐渐增多，形式和内容多种多样。按照不同的标准可以对股票进行分类。

（一）按享有权益和承担风险的不同，股票可以分为普通股和优先股

普通股是最基本的一种股票，其持有者享有股东的基本权利和义务；优先股是一种特殊股票，在分配公司收益和剩余财产方面比普通股具有优先权。

表 3 - 1　　　　　　　　　　　　普通股和优先股的区别

比较项目	普 通 股	优 先 股
公司利润分配	分配顺序上排在优先股之后；随公司经营状况和盈利水平获取红利，有权对公司支付利息和优先股股息后的剩余盈利进行分配	在分配顺序上优于普通股；无论公司经营状况和盈利水平如何变化，都按照发行时约定好的固定股息率从公司领取股息
剩余资产清偿	公司清算时，对剩余财产的分配顺序排在最后	公司清算时，对剩余财产的分配顺序排在债权人之后，但在普通股之前
经营管理	有参与表决权	一般没有表决权
对新发行的股票	有优先认购权	没有优先认购权

　　一般来说，股份公司只发行一种普通股，所有的普通股股东享有同样的权益；但是有时出于某种特殊的需要，股份公司也可以根据权利义务关系不同而将普通股分为不同的类型。有些优先股在其特有权益基础上增加了某些新内容，从而出现了累积优先股、参与优先股、可转换优先股、可赎回优先股和股息率可调优先股等。累积优先股是指当公司本年度没有盈利而不能发放股息，或盈利不够足额发放股息时，那么公司可以把未发放或未足额发放的股息累积到以后年度补发。参与优先股又分两种，在定额股息后又参与剩余盈利分配的，称为盈余参与优先股；在偿还各种债务和优先股定额股本后，有权参与剩余财产分配的，称为资产参与优先股。可转换优先股是指股票发行后在一定条件下，允许其转换成为一定比例普通股的优先股。可赎回优先股是指股票发行后一定时期内，公司可按高于发行价格予以赎回并注销的优先股。

　　我国目前市场上存在的股票全都是同股同权的普通股，而没有优先股。

（二）按是否记载股东姓名，股票可以分为记名股票和无记名股票

　　记名股票，是指在股票票面和股份公司的股东名册上记载股东姓名的股票；无记名股票则是股票票面和股东名册上不记载股东姓名的股票。我国股份公司发行的股票，可以是记名股票，也可以是无记名股票。

（三）按票面是否标明金额，股票可以分为有面额股票和无面额股票

　　有面额股票，是指在股票票面上记载一定金额的股票，这一记载的金额也称为股票面值或票面价值；无面额股票，是指在股票票面上不记载金额，只注明它在公司总股本中所占比例的股票。股票面值的计算方法是用资本总额除以股本数量得到，实际上很多国家是通过法规直接规定，而且一般是限定了这类股票的最低面值。大多数国家（包括中国）的股票都是有面额股票，而不允许发行无面额股票。我国证券市场成立之初，股票面值有 1 元、10 元、50 元、100 元等多种情况，后经过调整面值全部变为 1 元。2008 年 4 月紫金矿业在国内上市，其股票面值为 0.1 元，是目前国内惟一面值不是 1 元的股票。股票的面值可以明确表示每股所代表的股票比例，同样面额的股票代表同样的权益，例如某公司发行 1 000 万元的股票，每股面值 1 元，则每股代表着公司权益的一千万分之一。如果某公司同时发行两种股票 A 和 B，A 的面值为 1 元，B 的面值为 0.1 元，则此时每股 A 股票代表的权益是每股 B

股票代表权益的 10 倍。

（四）我国的股票，按交易货币和市场的不同，可分为 A 股和 B 股

A 股的正式名称是人民币普通股票，是由我国境内的公司发行，供境内机构、组织或个人（不含台、港、澳投资者）以人民币认购和交易的普通股股票，是目前国内最常见的股票。B 股的正式名称是人民币特种股票，是以人民币标明面值，以外币认购和交易，在沪深两市交易所上市流通的股票，它是境外投资者以外汇向我国股份有限公司投资而形成的股份，设立 B 股的目的是为了吸引外资为经济建设服务。上海交易所的 B 股使用美元交易，深圳交易所的 B 股使用港币交易。B 股设立之初，国内投资者无法对其投资，2001 年 2 月 19 日证监会发布通知，允许境内居民以合法持有的外汇开设 B 股账户，交易 B 股股票。

此外，还有一些境内公司的股票在香港联合交易所上市交易，这些股票以人民币标明面值，供境外投资者使用外币交易，称之为 H 股。某些公司，可能会同时拥有 A 股、B 股和 H 股，如晨鸣纸业。随着市场的发展，原先 B 股的功能已经基本被 H 股所取代，这使得 B 股的股票数目和规模都远远小于 A 股，且从 2001 年后，B 股再没有进行过新的融资。B 股已经呈现出边缘化的状态，到底何去何从，已成为我国证券市场的一个热点问题。

（五）根据股本数量的多少，可以划分为大盘股、中盘股和小盘股

这里的"盘"指的是公司的注册资本数量，即股本数量。大盘股是指股本数量极多的公司股票，小盘股是指股本数量较少的公司股票，中盘股股本数量则处于大盘股和小盘股之间，但三者之间的划分没有一个严格的标准。

（六）由于一些特殊原因，我国历史上出现过国有股、法人股、社会公众股的概念

国有股，是指有权代表国家投资的部门或机构以国有资产向股份公司投资形成的股份，包括以公司现有国有资产折算成的股份；法人股，是指企业法人或具有法人资格的事业单位和社会团体，以其依法可经营的资产向公司投资所形成的股份；社会公众股指我国境内的公众投资者，以其合法财产向公司投资所形成的股份。出于对企业控制权的考虑以及我国证券市场规模过小的原因，绝大多数的国有股和法人股是不能在证券市场上流通的，称之为非流通股；而社会公众股可以在证券市场上自由流通，称之为流通股。这种流通股和非流通股并存的局面，给我国证券市场带来了许多不利影响。为理顺投资关系，更好的促进证券市场的发展，我国证券市场从 2005 年开始进行了股权分置改革。非流通股股东通过向流通股股东支付具有一定补偿作用的对价，从而获得了在市场上流通的权利。非流通股支付完对价变为流通股，但并非立刻就可以在市场上流通，而是根据流通股东和非流通股东相互达成的协议，逐步流通。这种名义为"流通股"但有一定限制条件的股份称为限制流通股；限制流通股在达到协议规定的条件后（主要是时间方面的条件），可以解禁而进行流通，这些可以流通的股份称为"大小非"。这些概念是我国证券市场在一定历史时期内的产物，预计到 2010 年以后，这些概念将不复存在。

（七）市场上还存在着绩优股、垃圾股和蓝筹股、红筹股的说法

绩优股就是公司业绩优良的股票；与绩优股相对应，垃圾股指的是业绩较差的公司的股票；蓝筹股泛指资金雄厚、经营管理有效、盈余记录稳定、能按期分配股利的公司所发行的、被认为具有很高投资价值的普通股票。绩优股、垃圾股和蓝筹股之间没有特别严格的区分标准。而红筹股这一概念则诞生于20世纪90年代初期的香港股票市场，当时中华人民共和国在国际上有时被称为红色中国，相应的，香港和国际投资者把在境外注册、在香港上市的那些带有中国内地概念的股票称为红筹股。

第二节　股票分配

一、股利

股利是股份公司对股东的回馈，获取股利是投资者购买股票最主要的原因。最常见的股利支付形式包括现金股利、股票股利两种，除此之外，几种资本运作方式也被视为衍生的股利。不同的股利派发方式反映了公司不同的经营策略，对投资者、市场也会产生不同的影响。

（一）现金股利

现金股利是指以现金的方式派发股利，包括优先股的股息和普通股的红利。现金股利是最基本的分配形式，并普遍受到投资者的欢迎，所谓的股利一般是指现金股利。支付现金股利会降低公司的未分配利润，股东权益也相应减少。在股本不变的前提下，现金股利还会直接降低每股净资产值，提高净资产收益率。从会计角度上看，公司向股东发放现金股利，一方面减少了企业的现金流量，降低了企业的变现能力；另一方面，现金股利的发放减少了企业的股东权益，降低了公司股票的市场价格和每股收益的比值。但是，现金股利并不影响企业的每股收益指标。市场上所说的"分红"、"派现"、"派息"，均指上市公司发放现金股利。目前我国证券市场上，投资者因持有A股股票发放的现金股利需要缴纳10%的红利税，持有B股的投资者则无需缴税。

（二）股票股利

股票股利是指公司向普通股股东按其持有股份的一定比例所赠送的同类股票，这些股票是以公司的未分配利润转换而成的。与现金股利相比，股票股利并非真正的股利，它只是资金在股东权益账户之间的转移，而不是资金的运用。股票股利并未改变股东的股权比例，也未增加企业的资产总额，不会影响公司的现金流量，股东财富也不会改变，因此股票股利的发放没有实质性的经济含义。但如果投资者看好上市公司的盈利能力，那么他们常常将股票股利看做上市公司传递未来盈利增长的信号，因为替代现金股利而留存的现金可以被上市公司用于再投资。市场上所说的"送红股"，即是指发放股票股利。由于投资者获得的股票股

利并未发生实际现金流动，故无需缴税。

（三）转赠股本

转赠股本是上市公司用资本公积金或盈余公积金向股东赠送股份的行为。由于资本公积金和盈余公积金并不是可分配利润，因此转赠股本实质上不是一种股利分配方式。但在中国证券市场上，上市公司宣告股利分配政策时往往伴随着转赠股本的行为，致使投资者把转赠股本误认为是一种分配形式。中国证券市场上，通常不对转赠股本和股票股利进行区分。

（四）股票回购

当公司投资机会较少、现金持有较多时，有两种途径将现金转移给股东：一种是发放现金股利，另一种是在二级市场上回购股票。股票回购是指股份有限公司直接从股东手中收回自己已经发行的股票并注销。回购可使股票的流通量减少，增加每股盈余和每股现金股利，从而促使股价上升；此外，回购股票向市场传达了积极的信号——公司认为其股价被低估。股票回购从严格意义上讲，不属于股利的范畴，只能说是股利的延伸。

（五）配股

配股是指上市公司以持有该公司股票的股东为对象，以一定的价格、一定的比例发行新的股票来筹集资金的行为，这实质上是再融资的一种方式。但在中国证券市场发展的早期阶段，常常将配股误认为股票股利；随着市场的逐步规范，目前已经将配股与股票股利区分开来，投资者不再将配股看做是一种分配方式了。

目前中国证券市场上现金股利、股票股利和转赠股本是占主流地位的三种，而股票回购还有待进一步发展。

二、除息除权

当上市公司发放股票股利，或是转赠股本，或是进行配股时，需要对公司股票价格进行一定的技术处理，会使得公司股票价格向下修正，这个过程称为除权；而当上市公司发放现金股利时，同样需要对公司股票的价格进行修正，称为除息。当上市公司宣布将要分配、转赠或是配股后，需要公布股权登记日和除权（除息）基准日，此时股票价格尚未进行处理，称为含权（含息）股票，通常除权基准日是股权登记日的次日。登记日当日交易结束后，持有公司股票的投资者可以得到公司分配的股利或有权进行配股。除权（除息）基准日则对前一交易日的价格进行除权（除息），这一过程通常在当天开始交易前就已完成了；除权（除息）后的价格称为除权（除息）价，制定除权（除息）价的原则是除权（除息）过程不能改变股东的权益。当除权（除息）结束后股票继续交易，若股票价格上涨而高于除权价时称为填权；反之，若股票价格下降而低于除权价时称为贴权。

例3.1 某上市公司在2009年3月23日宣布进行分配和转赠，方案为10派5送3转2，登记日为2008年3月31日，除权基准日为2008年4月1日；3月31日交易结束后，该公司股票价格为20元，某投资者持有公司股票100股。

则2009年3月23至3月31日该公司的股票为含权（含息）股票，由于登记日3月31

日结束交易后，投资者持有公司股票，故可以获得公司分配的股利和转赠的股本，其获得的现金股利（税前）为 50 元，获得公司分配的股票股利 30 股，获得转赠的股票 20 股。这里需要注意的是先"派"，后"送"、"转"，且"送"、"转"的基数是登记日 3 月 31 日交易结束后甲持有股票的数量。除权（除息）基准日即 4 月 1 日，投资者共拥有 50 元现金（税前）和 150 股股票，股票的除权（除息）价为 $(20 \times 100 - 50)/150 = 13$，即 4 月 1 日的股票价格为 13 元，与 3 月 31 日股票价格为 20 元等价。

第三节　股票价值与收益

一、股票理论价值的决定

股票作为一种金融产品，其价值也应等于持有股票所获得未来现金流入的贴现。与债券不同的是，因为股票具有非返还性，如果不考虑卖出股票，则理论上持有股票的时间为无限长（假设公司不会破产）。在持有期无限的情况下，股票每年都会给投资者带来现金股利 D_t，若设要求的折现率为 k，则股票的理论价值应为 $V = \sum_{t=1}^{\infty} \frac{D_t}{(1+k)^t}$，这被称为股利贴现模型（Dividend Discount Model，DDM）。由于无法得知未来每年的现金股利，所以使用股利贴现模型时通常需要作出一些假设。比较常见的假设为现金股利保持不变和现金股利以一定速度稳定增长，即对应零息增长模型和不变增长模型。

（1）在零息增长模型下，假设每年的现金股利均为 D，则股票的理论价值应为

$$V = \sum_{t=1}^{\infty} \frac{D}{(1+k)^t} = \frac{D}{k}$$

例 3.2　假定某公司在未来无限期内，每股每年固定支付 1 元现金股利，投资者要求的折现率为 5%，则该公司每股股票价值应为 $V = \frac{1}{5\%} = 20$ 元。

（2）在不变增长模型下，假定每年现金股利按固定比率 g 增长，今年现金股利为 D_0，则股票的理论价值应为

$$V = \sum_{t=1}^{\infty} \frac{D_0(1+g)^t}{(1+k)^t} = \frac{D_0}{k-g}，其中 g < k$$

例 3.3　假定某公司在未来无限期内，现金股利每年按固定比率 g 增长，今年股利为每股 1 元，投资者要求的折现率为 5%

在 $g = 4\%$ 时，该公司每股股票价值应为 $V = \frac{1}{5\% - 4\%} = 100$ 元；在 $g = 3\%$ 时，该公司每股股票价值应为 $V = \frac{1}{5\% - 3\%} = 50$ 元。可见，不同的增长速度 g，对股票的价值有着重要的影响。

二、股票收益

投资者持有股票，可以获取公司分配的现金股利，以及低买高卖所形成的资本利得。但与债券不同的是，股票可以因为送股、转赠股本或是其他原因，而使持有股票的数量发生变化，此时则需对股票的价格进行调整。

例 3.4 投资者于 2 月 1 日，以 20 元的价格买入某股票；持有至 3 月 1 日时，该股票发放股利，为 10 派 10 送 2，即每股发放现金股利 1 元和股票股利 0.2 股；投资者与 4 月 1 日，以 19 元的价格将该股票出售，则投资者的持有期收益率为：

$$HPR = \frac{1 + (19 \times 1.2 - 20)}{20} \times 100\% = 19\%$$

第四节 股票价格与股价指数

一、股票价格

股票的价格是指货币与股票之间的对比关系，是与股票等值的一定货币量。广义的股票价格是股票的票面价格、发行价格、账面价格、清算价格、内在价格和市场价格的统称；狭义的股票价格是指股票的市场价格。

（一）票面价格

股票的票面价格又称为面值，是股份公司在发行股票时所标明的每股股票的票面金额，它表明每股股票对公司总资本所占的比例以及该股票持有者在股利分配时所应占有的份额。

（二）发行价格

股票的发行价格是指公司在发行股票时的出售价格。根据不同公司和发行市场的不同情况，股票的发行价格也各不相同。

（三）账面价格

股票的账面价格也称为股票的净值，是指股东持有的每一股股票在理论上代表的公司财产价值，即每股净资产。

（四）内在价格

股票的内在价格即理论价值，是股票未来收益的现值，取决于股票收入和市场收益率。股票的内在价格是决定市场价格的一个重要因素，但市场价格又不完全等于其内在价格，由供求关系产生并受多种因素影响的市场价格围绕着股票内在价格波动。

（五）清算价格

股票的清算价格是指公司清算时每股股票所代表的真实价格。通常，清算价格主要取决于股票的账面价格、资产出售损益和清算费用高低等因素。

（六）市场价格

股票的市场价格，是指在证券市场上买卖股票的价格。股票的市场价格，是由各种决定股票供求和价格变化的因素共同作用的结果，通常所说的股价就是指股票的市场价格。

在证券市场上，对不同股票进行价格比较时，还经常使用到市盈率和市净率的概念。市盈率（Price to Earning Ratio，P/E 或 PE），也称为本益比或股价收益比，是指在一个考察期（通常为 12 个月的时间）内，股票的市场价格和每股收益的比率；市净率（Price to Book Ratio，P/B 或 PB），则是指股票市场价格与每股净资产的比率。

二、股票价格指数的计算

在股票市场上，有许多种股票在不断地进行交易，各种股票的价格变化不定，涨跌方向和幅度都不尽相同。这就需要有一个尺度标准，来衡量股市总体情况。对一定时点上许多种股票的价格进行特定计算，可以得到衡量股票市场上总体动态的一种指标，通过这个指标的变化来描述股价综合变动方向和幅度。这个指标就称为股票价格指数，简称为股价指数，或指数。

各国的股票市场都有自己的股价指数，同一个国家不同的交易所也有不同的股价指数，甚至同一个交易所中也有几种不同的股价指数。不同的股价指数其制定方法不一样。

按照股市所涵盖的股票数量和类别的不同，股价指数可分为综合指数、成分指数和分类指数三种。综合指数是指在计算指数时将某个交易所所有股票的价格都计算在内的指数；成分指数是指在计算股价指数时仅仅选择部分有代表性的股票的价格进行计算的指数；分类指数是选择某些特征相同的股票的价格进行计算的指数。

在编制股票价格指数时，首先需要选择一定数量的有代表性的公司的股票作为样本股票，以确保股票价格指数能够反映股票市场的变化情况和计算的方便；然后收集样本股票某一时刻的价格数字，如每日收盘时的价格，计算平均价格，平均价格可以用简单的算术平均数，也可以用加权平均数，有时还要做必要的调整，以保持指数的连续性、真实性和前后各期的可比性；最后，选定过去某一日期作为基期并以基期当日的样本股票的平均价格除某日的平均价格，再乘以一个固定的数值（通常为 100 或 1000，也可为其他数字）即得到某日的股票价格指数。

指数的具体计算方法有多种，这里通过实例介绍一下综合平均法和加权平均法两种。

（一）综合平均法

例 3.5 有 4 种股票，它们在几个交易日中其价格数据如表 3-2 所示。其中股票 D 由于分配，每 1 股变为 2 股，因此在 2 月 28 日进行了除权。为方便讨论，这里不妨设节假日照常交易。选取基期为 1 月 1 日，基期指数设为 100 点。采用综合平均法计算各报告期指数。

表 3 - 2 　　　　　　　　　　　　　　　　各日期股票价格

股票 ＼ 日期	1 月 1 日	1 月 31 日	2 月 28 日	3 月 31 日
A	8	10	20	24
B	18	14	16	20
C	24	32	36	40
D	30	50	28（除权后价格）	36

计算股票价格的简单平均数，就可以计算出股价指数。

在 1 月 1 日，4 种股票平均价格为 $\frac{8+18+24+30}{4}=20$；在 1 月 31 日，4 种股票平均价格为 $\frac{10+14+32+50}{4}=26.5$，则 1 月 31 日的股价指数就为 $\frac{26.5}{20}\times100=132.5$。

在 2 月 28 日，4 种股票平均价格为 $\frac{20+16+36+28}{4}=25$，股价指数变为 $\frac{25}{20}\times100=125$。此时与 1 月 31 日相比，A、B、C 三种股票均上涨，持有其股票均盈利；D 虽然下跌，但下跌是由于除权造成的，如果考虑到投资者原先持有的 1 股 D 现在变为 2 股，拥有的权益从 1 月 31 日的 50 元变为 2 月 28 日的 56 元，投资者实际上也是盈利的。持有 4 支股票都盈利，但衡量这 4 支股票总体情况的指数却下降了，这种现象显然不合理。为了保证指数不致因为股票价格的除权而出现不合理的现象，我们需要对指数进行一定处理。处理的方法是调整股票的种数，即除数。

在除权之前，4 只股票的价格分别为 20、16、36 和 56，此时计算出来平均股价为 $\frac{20+16+36+56}{4}=32$，计算出来的指数应为 $\frac{32}{20}\times100=160$，则除权后的指数也应该是 160，以保证指数的连续性。显然当除数调整为 $\frac{20+16+36+28}{32}=3.125$ 时计算出来的平均价格为 32，相应的指数为 160，4 种股票总体上确实是上涨的。

在 3 月 31 日，使用调整后的除数计算出平均股价为 $\frac{24+20+40+36}{3.125}=38.4$，指数则为 $\frac{38.4}{20}\times100=192$。此后，若再次遇到股票除权，则需要对除数再次调整。显然，调整后的除数则和股票种数已经没有什么直接关系了。各报告期指数如表 3 - 3 所示：

表 3 - 3 　　　　　　　　　　　　　　　　平均股价与指数

股票 ＼ 日期	1 月 1 日	1 月 31 日	2 月 28 日	3 月 31 日
A	8	10	20	24
B	18	14	16	20
C	24	32	36	40

股票＼日期	1 月 1 日	1 月 31 日	2 月 28 日	3 月 31 日
D	30	50	28	36
除数	4	4	3.125	3.125
平均价格	20	26.5	25	
修正后的平均价格	20	26.5	32	38.4
指数	100	132.5	160	192

（二）加权平均法

综合平均法给予各种股票同样的地位，而市场上不同的股票其地位也是不一样的。有的股票对股市影响大，有的股票对股市影响小。综合平均法显然忽略了不同股票的不同影响，有时难以准确地衡量股市的变动情况。

加权平均法按样本股票在市场上的不同地位赋予其不同的权数，地位重要的权数大，地位次要的权数小。将各股票的价格与其权重相乘后求和，再被权数扣除，进而计算出加权平均后的股价指数。这里的权数，可以是股票的交易额，也可以是股票的数量，或是其他反映股票地位的数字。

例 3.6 对例 3.5 中 4 种股票，其基期数量分别为 2 500 股、2 800 股、1 900 股和 2 800 股，共 10 000 股。其他条件不变。以基期股票数量为权数，采用加权平均法计算各报告期指数。

在 1 月 1 日，4 种股票加权平均价格为：

$$\frac{8 \times 2\,500 + 18 \times 2\,800 + 24 \times 1\,900 + 30 \times 2\,800}{10\,000} = 20$$

在 1 月 31 日，4 种股票加权平均价格为：

$$\frac{10 \times 2\,500 + 14 \times 2\,800 + 32 \times 1\,900 + 50 \times 2\,800}{10\,000} = 26.5$$

则 1 月 31 日的股价指数就为 $\frac{26.5}{20} \times 100 = 132.5$。

在 2 月 28 日，4 种股票加权平均价格为：

$$\frac{20 \times 2\,500 + 16 \times 2\,800 + 36 \times 1\,900 + 28 \times 2\,800}{10\,000} = 24.16$$

股价指数变为：

$$\frac{24.16}{20} \times 100 = 120.8$$

与 1 月 31 日相比，同样产生了投资者持有 4 种股票都盈利，但指数却下降这种不合理现象。我们同样也需要对指数进行一定处理，处理的方法是也调整各股票的权数，调整方法有多种，这里就不介绍了。

三、世界上几种著名的股票价格指数

（一）道·琼斯指数

道·琼斯指数是世界上历史最为悠久的股票指数，它的全称为道·琼斯股票价格平均指数。目前，道·琼斯指数共分4组：第一组是工业指数，是由30种有代表性的大工商业公司的股票组成，且随经济发展而变大，大致可以反映美国整个工商业股票的价格水平；第二组是运输业指数，包括20种有代表性的运输业公司的股票，即8家铁路运输公司、8家航空公司和4家公路货运公司；第三组是公用事业指数，是由代表着美国公用事业的15家煤气公司和电力公司的股票所组成；第四组是平均价格综合指数，是综合前三组股票价格平均指数65种股票而得出的综合指数，通常人们所说的道·琼斯指数是指道·琼斯工业指数。

道·琼斯指数最早是在1884年由道·琼斯公司的创始人查理斯·道开始编制的。其最初的价格平均指数是根据11种具有代表性的铁路公司的股票；自1897年起，道·琼斯指数开始分成工业与运输业两大类，其中工业指数包括12种股票，运输业指数则包括20种股票；在1929年，道·琼斯指数又增加了公用事业类股票，使其所包含的股票达到65种，并一直延续至今。

道·琼斯指数最初的计算方法是用简单算术平均法求得，当遇到股票的除权除息时，股票指数会发生不连续的现象；1928年后，道·琼斯股票价格平均数则开始对股价除数进行修正，以保证股票指数的连续。道·琼斯指数是以1928年10月1日为基期，基期点数为100点。

道·琼斯股票价格平均指数是目前世界上影响最大、最有权威性的一种股票价格指数。但是由于道·琼斯股票价格指数是一种成分股指数，它仅包括上市公司的极少部分，且未将近年来发展迅速的服务性行业和金融业的公司包括在内，所以它的代表性也开始受到投资界的质疑和批评。

（二）标准·普尔指数

标准·普尔指数由是美国最大的证券研究机构即标准·普尔公司编制的股票价格指数。标准·普尔指数是以1941年至1942年为基期，基期指数设定为10，采用加权平均法进行计算，以股票上市量为权数，按基期进行加权计算，以目前的股票市场价格乘以股票市场上发行的股票数量为分子，用基期的股票市场价格乘以基期股票数为分母，相除之数再乘以10就是股票价格指数。

标准·普尔公司于1923年开始编制发表股票价格指数，最初采选了230种股票，编制两种股票价格指数。到1957年，标准·普尔指数的成分股由425种工业股票、15种铁路股票和60种公用事业股票组成，从而形成了今天的S&P500指数。从1976年7月1日开始，S&P500指数成分股改由400种工业股票、20种运输业股票、40种公用事业股票和40种金融业股票组成。

与道·琼斯指数相比，S&P500指数包含的公司更多，其成分股有90%在纽约证券交易所上市，其中也包括一些在别的交易所和店头市场交易的股票，所以更能真实地反映股票市价变动的实际情况。

（三）伦敦金融时报指数

伦敦金融时报指数是伦敦《金融时报》工商业普通股票平均价格指数的简称，由英国《金融时报》于 1935 年 7 月 1 日起编制，用以反映伦敦证券交易所行情变动的一种股票价格指数，并以该日期作为指数的基期，令基期股价指数为 100，采用几何平均法进行计算。金融时报指数最早选取在伦敦证券交易所挂牌上市的 30 家代表英国工业的大公司的股票为样本，是欧洲最早和最有影响的股票价格指数；目前的金融时报指数有 30 种、100 种和 500 种等各组股票价格平均数构成，范围涵盖各主要行业。

金融时报指数包括 3 种：一是由 30 种股票组成的价格指数；二是由 100 种股票组成的价格指数；三是由 500 种股票组成的价格指数。通常所讲的英国金融时报指数指的是第一种，即由 30 种有代表性的工商业股票组成并采用加权算术平均法计算出来的价格指数。该指数也是国际上公认的重要股价指数之一。

（四）日经指数

日经指数是由日本经济新闻社编制并公布的反映日本股票市场价格变动的股票价格平均数。该指数从 1950 年 9 月 7 日开始计算编制，样本股票为在东京证券交易所内上市的 225 家公司的股票，以当日为基期，当日的平均股价 176.2 日元为基数，采用发行量加权平均法计算，当时称为"东证修正平均股价"。1975 年 5 月 1 日，日本经济新闻社向道·琼斯公司买进商标，采用美国道·琼斯公司的修正法计算，这种股票指数也就改称"日经道·琼斯平均股价"。1985 年 5 月 1 日在合同期满 10 年时，经两家商议，将名称改为"日经平均股价"。日经指数成分股票来自多个行业，覆盖面极广，而各行业中又是选择最有代表性的公司发行的股票作为样本股票，该指数被看做日本最有影响和代表性的股价指数。

按计算对象的采样数目和计算方式不同，该指数分为日经 225 指数、日经 500 指数、日经 300 指数、日经综合股指指数和日经店头平均股票价格指数几种，通常所说的日经指数是指日经 225 指数。

（五）恒生指数

恒生指数是由香港恒生银行于 1969 年 11 月 24 日开始编制的用以反映香港股市行情的一种股票指数。恒生指数共选择 33 种具有代表性的股票为计算对象，其采样股票分为四大类，金融业股票 4 种，公用事业股票 6 种，地产股票 9 种，其他工商业包括航空、酒店等 14 种，选择这些股票的标准主要衡量其在香港股票市场的重要程度，成交值对股票投资者产生影响大小，发行的股数足以应付股票市场旺市的需求，公司的业务以香港为基地。恒生指数以 1964 年 7 月 31 日为基期，基期指数为 100，后由于技术原因改为以 1984 年 1 月 13 日为基期，基期指数定为 975.47。

恒生指数是香港股市价格的重要指标。1985 年 1 月 2 日，恒生指数增加 4 只分类指数，把 33 支成分股以行业分为 4 个分类：恒生金融分类指数、恒生公用事业分类指数、恒生地产分类指数和恒生工商业分类指数。

（六）上证指数

上证指数的全称是上海证券交易所股票价格综合指数，是由上海证券交易所编制的股票指数。上证指数是上海证券交易所于 1991 年 7 月 15 日开始编制和公布的，以 1990 年 12 月 19 日为基期，基期值为 100，以全部的上市股票为样本，以股票发行量为权数进行编制。

随着上市品种的逐步丰富，上海证券交易所在这一综合指数的基础上，从 1992 年 2 月起分别公布 A 股指数和 B 股指数，1993 年 5 月 3 日起正式公布工业、商业、地产业、公用事业和综合五大类分类股价指数。

（七）深成指数

深证成分股指数，是深圳证券交易所编制的一种成分股指数。深圳证券交易所从 1995 年 1 月 3 日开始编制深圳成分股指数，其成分股是从上市的所有股票中抽取具有市场代表性的 40 家上市公司的股票作为计算对象，并以流通股为权数计算得出的加权股价指数，综合反映深交所上市 A、B 股的股价走势。深圳成分股指数及其分类指数的基日定为 1994 年 7 月 20 日，基日指数定为 1 000 点。

深证成分股指数按照股票种类分 A 股指数和 B 股指数。A 股指数按其所属行业分，包括工业分类指数、商业分类指数、金融分类指数、地产分类指数、公用事业分类指数、综合企业分类指数，每个分类指数至少用 3 家成分股编制。

（八）沪深 300 指数

沪深 300 指数是沪深证券交易所于 2005 年 4 月 8 日联合发布的反映 A 股市场整体走势的指数。沪深 300 指数编制目标是反映中国证券市场股票价格变动的概貌和运行状况，并能够作为投资业绩的评价标准，为指数化投资和指数衍生产品创新提供基础条件。中证指数有限公司成立后，沪深证券交易所将沪深 300 指数的经营管理及相关权益转移至中证指数有限公司。

沪深 300 指数成分股是选取沪深两市交易所具有代表性的 300 支股票，以调整股本为权重，采用派许加权综合价格指数公式进行计算。沪深 300 指数是以 2004 年 12 月 31 日为基期，基期为 1 000 点。沪深 300 指数样本覆盖了沪深两市 70% 左右的市值，具有良好的市场代表性和可投资性，是衡量我国股市走势的一个良好指标。

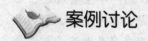 案例讨论

漂亮 50 （Nifty Fifty）[1]

1. 漂亮 50 的概念

漂亮 50，即 Nifty Fifty，是一个非正式的称谓，指的是 20 世纪六七十年代在美国纽约证

---

[1] 选自中信建投证券 2007 年 8 月 23 日的策略专题研究报告，作者为张晓君。

券交易所交易的、被公认为应该坚定地购买并持有的 50 只最流行的大市值成长型股票，这 50 只股票被认为推动了美国 70 年代初的大牛市。时至今日，漂亮 50 中的大多数仍然保持着优良的业绩，但也有些几乎已经一文不值。漂亮 50 最显著的特点就是稳定的业绩增长和高市盈率。投资者认为这些股票即使在很长的时间里都将是极其稳定的，因此常常将其视为"一旦拥有，别无所求"的投资对象。

但是，漂亮 50 的来源却是众说纷纭，甚至没有一份公认的、明确的漂亮 50 名单。目前可以找到的关于漂亮 50 的名单有两个，一个是来自 1977 年福布斯杂志一篇回顾漂亮 50 的文章的脚注中 Morgan Guaranty Trust 所列出的名单（下称 Morgan Guaranty Trust 漂亮 50）；另一个来自 Kidder Peabody 所列的每月市盈率最高 50 家大公司名单（下称 Kidder Peabody 漂亮 50）。尽管从通常对漂亮 50 的理解上看，Kidder Peabody 漂亮 50 更接近人们印象中的漂亮 50，但 Kidder Peabody 否认自己所列的 50 家公司就是漂亮 50。这两个名单中都存在的股票有 24 只，被称为恐怖 24（Terrific24），这是因为根据后来的研究测算，这 24 只股票所构成的投资组合的表现极差，给投资者带来的投资收益远低于市场平均水平。而 Morgan Guaranty Trust 漂亮 50 和 Kidder Peabody 漂亮 50 所构成的投资组合则表现出一定的差异，也引发了一些争议。

2. 漂亮 50 的兴起

二战后，美国一跃成为经济实力在全球遥遥领先的超级大国，步入了前所未有的经济持续高速增长的时期。这一轮经济增长持续了二十多年，并在 20 世纪 70 年代初达到了顶峰。长期的经济增长极大地鼓舞了人们对于经济未来持续发展的信心，无论是专业的研究人员、学者，还是普通大众，都认为经济的持续稳定增长似乎是无止境的，毕竟经济已经增长了这么多年，而且从过去长久以来的经验看，这种趋势仍将延续下去。这种对经济的乐观心态反映在股市上就是市场持续活跃，股价持续走高。此外，二战后，在美国的婴儿潮中所诞生的一代，在 20 世纪 70 年代前后逐渐走向工作岗位。这批年轻一代是美国历史上规模最为庞大的一个群体，而他们在财富积累之初的主要投资对象就是股票。由于这一批人为数众多，对股票的投资需求也就急剧上升，从而也推动了股票市场的大繁荣。

正是在这种宏观经济和人口结构背景下，漂亮 50 的提法一经出现，就马上获得了投资者的热烈追捧，被视为 20 世纪 60 年代到 70 年代初美国机构投资者"必须拥有"的股票投资组合。一般来说，漂亮 50 中的股票都具有三个显著特点。首先，这些股票都有良好的业绩增长记录，持续增加的股票红利（实际上，漂亮 50 中的股票几乎没有降低过股利的）；其次，这些股票具有远超市场平均水平的市盈率，这几乎成为漂亮 50 的一个主要标志，但也成为其此后崩溃的理由；最后，这些股票都有很高的市值，这一点是必不可少的，因为只有市值足够大的股票才能吸引众多机构投资者的参与，这样机构投资者在交易时不必担心会引起价格的剧烈波动。

3. 美国漂亮 50 的盛衰

漂亮 50 都拥有强劲的基本面，出色的资产负债表、强大的品牌和不容挑战的竞争地位，这样的股票很快引起了机构投资者的注意，多年以来一直把债券作为首要投资选择的机构投资者开始大量购入漂亮 50 股票。从此，漂亮 50 不仅是"必须拥有"的，而且是"一旦拥有，别无所求"的，可以说是值得长期乃至永远拥有的。

正是在以机构投资者为主导的市场狂热追捧下，漂亮 50 的股价很快就得到了飚升，不仅达到了前所未有的高度，而且还屡创新高，在 1972 年时达到了顶峰。在 Morgan Guaranty Trust 漂亮 50 中，市盈率最高的公司是 Polaroid，达到了 90.7 倍，最低的为 ITT 的 16.3，50 家公司的平均市盈率高达 41.9，是同期 S&P500（19.2）的两倍多。与此同时，在 Kidder Peabody 漂亮 50 中，即使是市盈率最低的公司也在 40 倍以上，而平均市盈率更是高达 60 多倍。而所谓恐怖 24（Terrific24）的 24 只股票中，市盈率最低的也达到了 45.9 倍。

在当时美国股市最疯狂的时候，甚至出现了一种说法，那就是所谓的漂亮 50 根本就不是指 50 家公司的股票，而应该是市盈率达 50 倍以上的股票，只有这样的股票才能称得上漂亮 50，似乎市盈率越高的股票投资价值越高，可见当时市场对这些高市盈率股票追捧的热烈程度。

然而，其盛也速，其衰也疾。就在漂亮 50 甚嚣尘上，成长投资大行其道的时候，1973 的世界石油危机不期而至，美国经济迅速陷入了衰退，并出现了经济政策失灵、宏观理论失效的情况，诞生了所谓的"滞胀"现象。美国股市也随之迅速由牛转熊，出现了暴跌。在全面下跌过程中，当然涨得最凶、最高的漂亮 50 首当其冲，跌得也是最惨，其中 Xerox 下跌 71%，Avon 下跌 86%，而 Polaroid 则下跌 91%。在 20 世纪 70 年代的股市最低点，漂亮 50 中市盈率最高的仅为 13 倍，最低的只有 6 倍，平均市盈率为 9 倍，仅为最高点时的近五分之一。漂亮 50 终于从捧到天上，到最后重重地摔在了地上。从此漂亮 50 几乎成为过分投机、股市泡沫的代名词。

4. 对美国漂亮 50 的重新解读及其影响

自从漂亮 50 的神话破灭后，对漂亮 50 的反思和批判持续了二十多年，直到 20 世纪 90 年代初，美国学者 Jeremy Siegel 发表他的研究成果，人们才开始重新认识漂亮 50 的价值。Siegel 的研究主要是为了回答这样一个问题，即"作为一个组合，漂亮 50 是否值人们在 20 世纪 70 年代初最疯狂时所付出的高价？"为了回答这个问题，Siegel 对 Morgan Guaranty Trust 漂亮 50 进行了研究。

通过分析 Morgan Guaranty Trust 漂亮 50 组合的收益情况，并对比市场平均水平，Siegel 得出了一个结论，那就是从一个相当长的时期来看，漂亮 50 的收益是能够配得上当年市场所给出的价格的，甚至有一些股票在当时还是被远远低估了的。Siegel 的结论一经提出，立即引起了非常大的轰动，投资者迅速将其解读为，不管什么时候，不管什么价格，只要有钱，就应该买入像漂亮 50 这样的股票，因为只要长期持有，就肯定能获得不错的回报。而 20 世纪 90 年代初，正是美国股市重新起步的时候，正是从这个时候开始，美国开始了长达近十年的大牛市，而 Siegel 本人也被称为这一大牛市的精神教父。

高增长、高市盈率是漂亮 50 的显著特征，而这也是科技股、网络股的显著特征，既然当初漂亮 50 在当时来看那么高的价格都能最终取得不错的收益，更何况科技股的增长速度远高于漂亮 50 的增长速度，所以价格根本就不是问题，于是美国股市疯狂到了股价没有最高，只有更高的程度。对于这种疯狂，作为学者的 Siegel 并不认同，他提醒投资者注意漂亮 50 并不是都能取得很好的收益，分散化的组合投资是非常重要的，而且从对个股的分析来看，市盈率较低的股票的收益往往会超过市盈率高的股票。到 2000 年初的时候 Siegel 甚至明确提示投资者注意股市风险，建议卖出科技股，并再次强调其研究成果的限制条件和真正含义，但美国股市还是继续疯狂了一年后最终泡沫破灭。

随着美国历史上最大的股市泡沫的破灭，Siegel 的研究成果也受到了越来越多的质疑。

Jeff Fesenmaie 和 Gary Smith 首先对 Siegel 所采用的漂亮 50 样本提出了疑问，认为 Morgan Guaranty Trust 漂亮 50 夸大了收益，而且是不合适的，因为漂亮 50 的显著特征是高市盈率，而 Siegel 所用的 Morgan Guaranty Trust 漂亮 50 中有很多股票的市盈率并不是特别高，所以应该以市盈率更高的 Kidder Peabody 漂亮 50 作为研究对象，而且既然漂亮 50 给人们的警示是买入股票时不要出价过高，那么研究时应该关注价格更高的股票，而不是相对而言并不是那么贵的股票。此外，Jeff Fesenmaie 和 Gary Smith 重新测算了漂亮 50 的收益情况，根据他们的测算结果，如果在 1972 年初投资于 Kidder Peabody 漂亮 50 组合，那么到 2001 年底，从该组合中获得的收益将远低于 S&P500，同样的起始投资最终 Kidder Peabody 漂亮 50 组合所积累的总资产将只有 S&P500 的一半多。

5. 中国漂亮 50 的兴起

漂亮 50 概念在中国的广泛传播最早源于《新财经》杂志 2004 年首次推出的中国版"漂亮 50"评选活动。但漂亮 50 在中国的宣传从一开始就是以非常正面的形象出现的，因为美国的漂亮 50 都是非常知名的大公司，所以对漂亮 50 的评选是以所谓的寻找中国最具竞争力和最具成长性的龙头企业作为标榜，以向美国这些大公司看齐，而入选漂亮 50 也是被作为上市公司的一项很高荣誉。这似乎与漂亮 50 在美国的所引起的广泛争议和深刻总结大相径庭，而将"Nifty Fifty"这一舶来品翻译为漂亮 50 也确实有点哗众取宠的意味，而其实 Nifty 的本意是"俏皮的"意思。

尽管漂亮 50 的概念在 2004 年就已经被人提起，但由于当时中国资本市场随着股权分置改革的实施，全流通时代的到来，正发生着翻天覆地的变化，仿佛一夜之间，几乎所有的股票都有了前所未有的投资价值，市场上的热点如此之多，以至于漂亮 50 在很长的一段时期里都很少有人提起。但随着中国股市的不断发展，市场估值水平的不断提高，尤其是在经过了 2007 年上半年的疯狂后，市场迫切需要明确的投资方向。就在这时候，曾经一度沉寂的大盘蓝筹股再度受到了投资者的青睐，而随着机构投资者日益成为市场的主导，在中国被视为优质成长大蓝筹的漂亮 50 概念再次成为市场的热点，仿佛只要沾上了漂亮 50 的概念的可以立于不败之地。市场上的漂亮 50 的提法也是此起彼伏，各种各样的漂亮 50 评选也是如火如荼地开展起来。

中国对漂亮 50 的炒作才刚刚开始，我们不应该忘记美国漂亮 50 带给投资者的经验和教训，对美国的前车之鉴一定要认真汲取，不要重蹈覆辙，尽管通过比较中美漂亮 50 的共同点和不同点，我们认为两者的异大于同，中国的漂亮 50 应该不会走上美国漂亮 50 同样的道路，但由于中国漂亮 50 的未来带有更大的不确定性，其前景也就更加难以预测，所以我们更加需要保持警惕。

此外，不可否认的是，中国的漂亮 50 中最终也会像美国的漂亮 50 那样涌现出世界级的企业巨人，并给投资者带来丰厚的回报，但要想刚好买上这样的公司的股票，那没有一点运气恐怕是不行的，因为我们必须看到的是，美国的漂亮 50 中先后有 15 家公司被收购、退市或破产了，如果刚好买入这样的公司的股票并赶上其中收益最差的，那投资者无疑会损失惨重。

6. 漂亮 50 给投资者的启示

通过美国漂亮 50 的历史，我们总结出了投资漂亮 50 的如下几个要点，尽管两国的差异很大，但我们相信无论在何时何地，投资的很多基本原则都是共通的。

（1）能买市盈率低的股票就不要买市盈率高的股票。这看起来似乎是很简单的道路，但在很多时候却往往被投资者置之脑后。有统计显示，从长期来看，市盈率和投资收益率两者之间的关系是呈负相关的。

（2）不管成长性有多好，都要注意股票的买入价格。对成长性的过分追捧往往会使投资者陷入疯狂中，也就容易忽视了买入的价格是否过高。实际上，对任何一项投资而言，最终是买入价格决定了其收益的高低，甚至是否能盈利。

（3）尽量做好分散投资。不管业绩有多么好、前景有多么灿烂的股票，投资者都不能毕其功于一役，只持有少数几只股票，这样做的风险实在太大。没人能准确预测哪只股票能给投资者带来最大的收益，所以集中投资取得成功的概念就跟买彩票一样，只能是可遇而不可求。

（4）买了就不卖并不是理性的投资行为。即使长期持有能带来不错的收益也不意味着当价格远离价值的时候就不应该抛出，因为那样做显然能够获得更好的收益。好的买入是为了更好的卖出，这绝不是鼓励投机，就连被誉为长期投资的楷模的巴菲特也在70年代初美国股市陷入疯狂的时候，选择了清仓离场。

（5）价格的短期波动常常会影响长期的投资收益，因为"成功的投资者或投机者关注的不是投资本身长期持有的价值，而是受大众心理的影响，三个月或一年后，市场将会给出什么价位"，而这也是导致大多数对漂亮50的投资失败的原因。

（6）分红很重要。一方面只有分红才能让长期投资者真正获得投资的回报，另一方面，分红也避免了上市公司浪费资源，降低运营效率，而且尽管分红会因为扣税而带来一定的损失，但即使这样，用获得的分红再投入到公司的股票上也是会增加长期的投资收益的。

（7）是什么行业并不重要，增长前景好的朝阳行业最终给投资者带来的回报并不一定会超过所谓的夕阳行业所带来的收益，就像美国的漂亮50所揭示的那样，无论从哪个角度和时间区间看，最不被人看好的烟草行业的 Philip Morris 公司都是收益率名列前茅的，这是可以理解的，因为所谓朝阳行业的明星企业即使最终的发展确实如当初预期的那样好，但这样的公司往往由于大家都看好，导致出价过高，带给投资者最终的收益反而不是那么好，毕竟决定投资收益的是成本和回报，而不是公司本身的好坏。

问题：在2007年的牛市中，市场上许多股票价格涨到一个不可思议的程度，许多股票被称为"什么时间什么价位拥有都是合适的"。试结合美国漂亮50的实际情况对此进行分析。

复习思考题三

一、名词解释

股票　优先股　B股　H股　蓝筹股　垃圾股　市盈率　市净率　现金股利　股票股利　转赠股本　除权（除息）　股票价格指数

二、单项选择题

1. 股票实际上代表了股东对股份公司的（　　）。

    A. 产权   B. 债权   C. 物权   D. 所有权

2. 在上海证交所上市的股票中 B 股是以人民币标明面值的，以（　　）买卖的。

    A. 人民币   B. 美元   C. 港元   D. 日元

3. 除按规定分得本期固定股息外，还可以再参与本期剩余盈利分配的优先股，称为（　　）。

    A. 累积优先股   B. 非参与优先股   C. 参与优先股   D. 非累积优先股

4. 股票的理论价值是（　　）。

    A. 票面价值   B. 账面价值   C. 清算价值   D. 内在价值

5. 股票的账面价值又称为（　　）。

    A. 票面价值   B. 股票净值   C. 清算价值   D. 内在价值

三、多项选择题

1. 股东权是一种综合权利，股东依法享有的权利包括（　　）。

    A. 资产收益   B. 对公司财产的直接支配

    C. 重大决策   D. 选择管理者等

2. 所谓有面额股票，是指股票票面上记载一定金额的股票。这一记载的金额也称为（　　）。

    A. 票面金额   B. 股票价格   C. 股票面值   D. 票面价值

3. 优先股票不同于普通股票，它有（　　）的特征。

    A. 股息率固定   B. 股息分派优先

    C. 剩余资产分配优先   D. 一般无表决权

4. 优先股的优先权主要表现在（　　）。

    A. 认股权   B. 分配剩余资产   C. 分配公司收益   D. 公司经营表决权

5. 境外上市外资股是指股份公司向境外投资者募集并在境外上市的股份。下面（　　）是属于境外上市外资股。

    A. A 股   B. N 股   C. H 股   D. B 股

四、判断题

1. 所谓记名股票，是指在股票票面和股份公司的股东名册上记载股东姓名的股票。（　　）

2. 股份的发行，实行公平、公正的原则，因此普通股具有同等权利。（　　）

3. 股票的内在价值即理论价值，也即股票未来收益的现值。（　　）

4. 股票风险的内涵是预期收益的不确定性。（　　）

5. 金融时报指数是法国最著名的指数。（　　）

五、简答题

1. 简述优先股和普通股的区别。

2. 简述股票的各种价格。

3. 简述股票价格指数的计算方法。

第四章 证券投资基金

📖 学习要求

1. 理解基金的概念，了解基金的当事人；
2. 了解基金的资产与费用；
3. 掌握基金在不同标准下的分类方式，重点理解封闭式基金与开放式基金的区别。

关键词

证券投资基金，基金净值，基金分类

第一节 证券投资基金概述

一、投资基金的概念

证券投资基金，简称基金，是通过发行投资基金单位，将不确定多数投资者不等额出资汇集起来，交由专业性投资机构管理，投资机构根据与客户商定的最佳投资收益目标和最小风险，把集中的资金投资于各种有价证券或其他金融商品，是一种利益共享、风险共担的集合投资方式。基金获得投资收益后由原出资者按出资比例分享，而投资机构本身则作为资金管理者获得一笔服务费用。

证券投资基金与股票、债券相比较，有很大区别。首先，反映的经济关系不同，股票反映的是所有权关系，债券反映的是债权债务关系，而基金主要反映的是信托关系；其次，所筹集资金的投向不同，股票和债券是直接投资工具，筹集的资金主要是投向实业，而基金是间接投资工具，所筹集的资金主要是投向有价证券等金融工具；最后，风险水平不同，股票的直接收益取决于发行公司的经营效益，不确定性强，投资于股票有较大的风险；债券的直接收益取决于债券利率，而债券利率一般是事先确定的，投资风险较小；基金主要投资于有价证券，投资选择灵活多样，从而使基金的收益有可能高于债券，投资风险又可能小于股票。

基金持有人获得投资收益，并承担投资风险，其投资状况可通过基金资产净值来衡量。

— 53 —

基金资产净值（Net Assets Value，NAV），是指某一时点上某一投资基金每份基金单位实际代表的价值，是基金单位价格的内在价值。按一般公认的会计原则，基金资产净值等于基金资产总值减去基金负债总额。

一般认为，基金起源于英国，是在18世纪末、19世纪初产业革命的推动下出现的。20世纪70年代以来，随着世界投资规模的剧增，现代金融业的创新，品种繁多、名目各异的基金风起云涌，形成了一个庞大的产业。在我国，1997年11月，国务院颁布《证券投资基金管理暂行办法》；1998年3月，基金金泰、基金开元设立。2004年6月1日，《中华人民共和国证券投资基金法》（简称《基金法》）正式实施，以法律形式确认了基金业在资本市场中的地位和作用，成为中国基金业发展史上的一个重要里程碑。

二、证券投资基金的费用

基金从设立到终止都要支付一定的费用。通常情况下，投资者持有基金所支付的费用有以下几个方面：

（一）基金管理费

基金管理费是指从基金资产中提取的、支付给为基金提供专业化服务的基金管理人的费用，也就是管理人为管理和操作基金而收取的费用。基金管理费通常按照每个估值日基金净资产的一定比例逐日计提，累计到每月月底，按月支付。管理费率通常与基金规模成反比，与风险成正比，即基金规模越大，风险越小，管理费率就越低，反之则越高。目前，我国基金大部分按1.5%的比例计提基金管理费，管理费通常从基金资产中扣除，不另向投资者收取。

（二）基金托管费

基金托管费是指基金托管人为保管和处理基金资产而向基金收取的费用。托管费通常按照基金资产净值的一定比例提取，逐日计算并累积，按月支付给托管人。托管费从基金资产中提取，费率也因基金种类不同而有所差异。

（三）其他费用

证券投资基金的费用还包括信息披露费用、持有人大会费用、与基金相关的会计师、律师等中介机构费用、分红费用以及清算费用等。此外，对于封闭式基金，还包括上市费用和交易费用等；对于开放式基金，还包括申购和赎回费用。

第二节　投资基金分类

因各国的历史、社会、经济、文化等背景不同，基金呈现出各种各样的形态。一般来说，根据不同的标准，证券投资基金有不同的分类形式。

（一）按组织形式不同，基金可分为公司型基金和契约型基金

公司型基金是指基金本身为一家股份公司，该公司发行股份，投资者通过购买公司股份成为该公司股东，凭股份领取股息或红利。公司型基金结构同一般的股份公司一样，设有董事会和股东大会，但在业务上又不同于一般股份公司，它集中于从事证券投资信托业务。美国的基金多属于此类，故也称为投资公司。契约型基金是依据一定的信托契约而组织起来的代理投资行为。这种类型基金一般由基金管理公司、基金托管机构和投资者三方当事人订立信托投资契约，委托人通过发行受益凭证募集社会上的闲散资金，并将它进行投资，受托人则负责保管财产，以它自身的名义为基金开立户头，但该户头完全独立于受托人自己的账户。

英国、日本、新加坡、中国台湾、中国香港等国家和地区大部分基金属于此类，也称为单位信托基金。我国曾经出现过公司型基金，但目前所存的基金则全是契约型基金。

表4-1   契约型基金与公司型基金的主要区别

比较项目	契约型投资基金	公司型投资基金
法律依据	信托法	公司法
法人资格	不具有	具有
投资者地位	受益人不干涉决策	作为股东，可以决策
融资渠道	一般不向银行借款	可以向银行借款
经营财产的依据	基金契约	公司章程
基金运营	依据基金契约建立、运作	永久性，公司存在即基金存在

我国的契约型基金依据基金合同设立，基金持有人、基金管理人与基金托管人是基金的当事人。

基金投资者即基金份额持有人，是基金的出资人、基金资产的所有者和基金投资收益的受益人。按照《基金法》的规定，我国基金投资者享有以下权利：分享基金财产收益，参与分配清算后的剩余基金财产，依法转让或者申请赎回其持有的基金份额，依据规定要求召开基金份额持有人大会，对基金份额持有人大会审议事项行使表决权，查阅或者复制概况披露的基金信息资料，对基金管理人、基金托管人、基金份额发售机构损害其合法权益的行为依法提出诉讼。基金份额持有人大会由基金管理人召集；基金管理人未按规定召集或者不能召集时，由基金托管人召集。代表基金份额10%以上的基金份额持有人就同一事项要求召开基金份额持有人大会，而基金管理人、基金托管人都不召集的，代表基金份额10%以上的基金份额持有人有权自行召集，并报国务院证券监督管理机构备案。基金份额持有人必须承担一定的义务。

基金管理人是负责基金发起设立与经营管理的专业性机构。我国《基金法》规定，基金管理人由依法设立的基金管理公司担任。基金管理人是基金产品的募集者和基金的管理者，其最主要职责就是按照基金合同的约定，负责基金资产的投资运作，在风险控制的基础上为基金投资者争取最大的投资收益。基金管理人在基金运作中具有核心作用，基金产品的设计、基金份额的销售与注册登记、基金资产的管理等重要职能多半都要由基金管理人或基

金管理人选定的其他服务机构承担。

　　基金托管人，又称基金保管人，是依据基金运行中"管理与保管分开"的原则对基金管理人进行监督和保管基金资产的机构，是基金持有人权益的代表。基金托管人的职责主要体现在基金资产保管、基金资金清算、会计复核以及对基金投资运作的监督等方面。基金托管人需要设有专门基金托管部，实收资本不少于80亿元，有足够的熟悉托管业务的专职人员，具备安全保管基金全部资产的条件，具备安全、高效的清算、交收能力。在我国，基金托管人只能由依法设立并取得基金托管资格的商业银行担任。

　　基金持有人与基金管理人之间的关系是委托人、受益人与受托人的关系，也是所有者和经营者之间的关系；基金管理人与托管人的关系是相互制衡的关系；基金份额持有人与托管人的关系是委托与受托的关系。

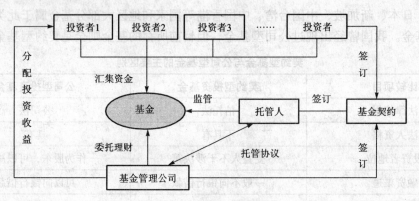

图 4－1　基金组织结构

（二）依据运作方式的不同，可分为封闭式基金与开放式基金

　　封闭式基金也称为固定型基金，是指基金管理公司在设立基金时，事先确定发行总额，筹集到这个总额的80%以上时，基金即宣告成立，并进行封闭，在封闭期内不再接受新的投资，也不允许赎回。封闭式基金的封闭期通常在5年以上，一般为10年或15年，经持有人大会通过并经主管机关同意，可以适当延长期限。例如，在深交所上市的基金开元，1998年设立，发行额为20亿基金份额，存续期限（封闭期）15年。也就是说，基金开元从1998年开始运作期限为20年，运作的额度20亿，在此期限内，投资者不能要求退回资金、基金也不能增加新的份额。

　　封闭式基金的份额是在交易所交易，其价格由市场供求决定，交易价格一般低于其净值，形成封闭基金的折价现象；某些时候，封闭基金的市场价格也会高于其净值，但这种情况比较少见。封闭式基金出现的折价交易现象，被称为"封闭基金之谜"，对于这种现象出现的原因，至今学术界还没有形成统一的结论。

　　开放式基金是指基金管理公司在设立基金时，基金发行总额不固定，发行结束一段时间（多为3个月）后基金份额可视经营策略实际需要随时增减，故也称为追加型投资基金。投资者可随时通过发行机构按目前资产净值扣除手续费后，申购或赎回基金份额。开放式基金一般不在交易所挂牌交易，而是通过基金管理公司及其指定的代销网点销售，银行是开放式基金最常用的代理销售渠道。例如，我国首只开放式基金"华安创新"，首次发行50亿份基金单位，设立时间 2001 年，没有存续期，而首次发行 50 亿的基金单位也会在"开放"后随时发生变动，例如可能因为投资者赎回而减少，或者因为投资者申购或选择"分红再投资"而增加。

表 4 – 2　　　　　　　　　　封闭式基金与开放式基金的主要区别

比较项目	封闭式基金	开放式基金
交易场所	证券交易所	基金管理公司或代销机构网点，主要是商业银行营业网点
基金存续期限	有固定的期限	没有固定期限
基金规模	固定额度，一般不能再增加发行	没有最高规模限制，但有最低的规模限制
赎回限制	在期限内不能直接赎回基金，需通过上市交易套现	可以随时提出购买或赎回申请
价格决定因素	交易价格主要由市场供求关系决定	价格则依据基金的资产净值而定
投资策略	封闭式基金不可赎回，无须提取准备金，能够充分运用资金，进行长期投资，取得长期经营绩效。	必须保留一部分现金或流动性强的资产，以便应付投资者随时赎回，进行长期投资会受到一定限制。
信息披露	基金单位资产净值每周至少公告一次	单位资产净值每个开放日进行公告

世界投资基金的发展历程基本上遵循了由封闭式转向开放式的发展规律。目前，开放式基金已成为国际基金市场的主流品种，美国、英国、我国香港和台湾的基金市场均有 90% 以上是开放式基金。相对于封闭式基金，开放式基金在激励约束机制、流动性、透明度和投资便利程度等方面都具有较大的优势。

此外，目前我国证券市场上还有几支创新型封闭式基金，它们具有封闭基金的特点，但其结构和运作与一般封闭基金具有一定区别。

（三）依据投资对象的不同，可分为股票基金、债券基金、货币市场基金、混合基金等

根据中国对基金类别的分类标准，60% 以上的基金资产投资于股票的为股票基金；80% 以上的基金资产投资于债券的为债券基金；仅投资于货币市场工具的为货币市场基金；投资于股票、债券和货币市场工具，但股票投资和债券投资的比例不符合股票基金、债券基金规定的为混合基金。在资本市场的不同时期，货币市场基金、债券基金和股票基金具有不同优势。

（四）根据投资目标的不同，可分为成长型基金、收入型基金和平衡型基金

成长型基金是指以追求资本增值为基本目标，较少考虑当期收入的基金，主要以具有良好增长潜力的股票为投资对象，又可分为稳健成长型基金和积极成长型基金；收入型基金是指以追求稳定的经常性收入为基本目标的基金，主要以大盘蓝筹股、公司债券、政府债券等稳定收益证券为投资对象；平衡型基金则是既注重资本增值又注重当期收入的一类基金。一

般而言，成长型基金的风险大、收益高；收入型基金的风险小、收益也较低；平衡型基金的风险、收益则介于成长型基金与收入型基金之间。但这种划分标准并非特别严格，基金所属的类别在基金招募说明书（或公开说明书）上都有详细的说明，投资者可以通过基金招募书获知基金投资方向和投资风格。

（五）根据投资理念的不同，可分为主动型基金和被动型基金

主动型基金是一类力图超越基准组合表现的基金。被动型基金又被称为指数型基金，以拟合目标指数、跟踪目标指数变化为原则，即按照某种指数构成的标准购买该指数包含的证券市场中的全部或者一部分证券，力求股票组合的收益率拟合该目标指数所代表的资本市场的平均收益率。指数基金是 20 世纪 70 年代以来出现的新的基金品种，在运作上与其他基金相同。指数基金费用低廉，所遵循的策略稳定，不仅能够有效规避非系统风险，而且交易费用低廉，业绩透明度高。虽然指数基金进行的是被动式投资，但从长期来看，指数基金投资业绩甚至还优于主动型基金。

（六）特殊形式的基金

对传统的基金品种进行创新，还出现了一些新型基金，例如系列基金、保本基金、基金中的基金，交易所交易基金和上市开放式基金等。

系列基金又被称为伞型基金，是指基金发起人根据一份总的基金招募书发起设立多只相互之间可以根据规定的程序进行转换的基金，这些基金称为子基金或成分基金，而由这些子基金共同构成的这一基金体系就合称为伞型基金。伞型基金不是一只具体的基金，而是同一基金发起人对由其发起并管理的多只基金的一种经营方式。相比较而言，伞型结构的提法可能更为恰当，目前我国易方达、嘉实等基金公司都具有这类产品。保本基金是指通过采用投资组合保险技术，保证投资者的投资目标是在锁定下跌风险的同时力争有机会获得潜在的高回报。目前，我国已有多只保本基金。基金中的基金，其投资标的是基金，因此又被称为组合基金。基金公司集合客户资金后，再投资自己旗下或别家基金公司目前最有增值潜力的基金，搭配成一个投资组合，目前国内尚无这个品种。

交易所交易基金（Exchange Traded Funds，ETF），也称为交易型开放式指数基金，是一种跟踪标的指数变化、且在证券交易所上市交易的基金。ETF 属于开放式基金的一种特殊类型，它综合了封闭式基金和开放式基金的优点。投资者既可以通过交易所使用现金买卖 ETF 份额，也可以向基金管理公司申购或赎回 ETF 份额。但申购或赎回必须以指数所对应的股票换取基金份额，或者以基金份额换回指数所对应的股票；且申购或赎回的门槛较高，一般只面向资金数量多的投资者。由于 ETF 的投资组合与标的指数具有同样的组成，因此具有较高的透明度，这有利于投资者分析、判断并据以作出投资决策。

上市开放式基金（Listed Open-ended Funds，LOF），是指在交易所上市交易的开放式证券投资基金，这是深圳证券交易首创的产品。投资者既可通过基金销售机构进行申购赎回，也可通过交易所进行交易。LOF 在基金公司及其代销机构的申购、赎回操作程序与普通开放式基金相同；在交易所的交易方式的程序则与封闭式基金基本一致。并且，LOF 还能通过份额转托管机制，将两个不同市场联系在一起，即投资者可以在基金公司及其代销机构以净值申购基金份额，转托管后在交易所卖出，或者是在在交易所以市场价格买入，转托管后在基

金公司及其代销机构以净值赎回，这就使得 LOF 的市场价格与资产净值趋于一致。LOF 打破了封闭式基金和开放式基金之间的鸿沟，促使基金交易手段的创新进入一个新阶段，不仅弥补了封闭式基金大幅折价的缺憾，同时解决了开放式基金销售高成本的问题。与 ETF 相区别，LOF 不一定采用指数基金模式；同时，申购和赎回均以现金进行。

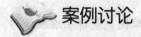 **案例讨论**

瑞福分级基金①

1. 瑞福分级基金概述

瑞福分级基金，全名为国投瑞银瑞福分级股票型证券投资基金，是封闭期为 5 年的契约型封闭式基金。在《国投瑞银瑞福分级股票型证券投资基金基金合同》（简称《基金合同》）生效满两年后，达到合同约定的条件，基金管理人可以向中国证监会申请将基金运作方式转换为契约型开放式基金。瑞福分级基金通过精选蓝筹股票，分享中国证券市场成长收益，力求实现基金资产的长期稳定增值。基金管理人为国投瑞银基金管理有限公司，基金托管人为中国工商银行。

2. 基金份额的分级

瑞福分级基金通过基金收益分配的安排，将基金份额分成预期收益与风险不同的两个级别，即优先级基金份额（简称为瑞福优先）和普通级基金份额（简称为瑞福进取）。两级基金的基金份额的初始配比原则上为 1:1。根据基金份额的实际设立募集情况，基金管理人有权在 1:1 至 1:1.1 之间对初始配比进行调整。在《基金合同》生效后，瑞福优先将每年开放一次，接受基金投资者的集中申购与赎回，开放日结束后，两级基金的基金份额配比将根据瑞福优先的申购份额与赎回份额实际成交确认情况重新进行确定。瑞福分级基金初始设立募集份额总额上限为 60 亿份，其中，瑞福优先与瑞福进取的募集份额上限分别为 30 亿份，每份基金份额面值为人民币 1.00 元。两种基金份额分开募集，合并运作。

3. 基金收益的分配

在符合分红条件的前提下，每年收益分配次数不少于 1 次，分配比例不得低于基金年度可供分配收益的 90%，且每次的基金分红率（分红率是指每次分红金额总额与该次分红公告日的前一工作日的基金资产净值超出基金份额总面值部分的比率）不得低于 60%（出现强制分红的情形除外）。

瑞福分级基金为瑞福优先特设基准收益率，其对应的收益分配金额称为基准收益，其中，基准收益率及基准收益均以基金份额面值为基准进行计算。瑞福优先的年基准收益率（按基金份额面值计算）每年设定一次，计算公式为：

年基准收益率 = 1 年期银行定期存款利率 + 3%

计算瑞福优先第一年年基准收益率的 1 年期银行定期存款利率指《基金合同》生效之

---

① 节选于《国投瑞银瑞福分级股票型证券投资基金基金合同》。

日中国人民银行公布并执行的同期金融机构人民币存款基准利率；瑞福优先其后各年的年基准收益率的计算中使用的 1 年期银行定期存款利率指其后每年 1 月 1 日当日中国人民银行公布并执行的同期金融机构人民币存款基准利率。例如，2007 年 5 月 31 日 1 年期银行定期存款利率为 3.06%，则瑞福优先的年基准收益率为 3.06% +3% =6.06%。

瑞福分级基金在优先满足瑞福优先的基准收益分配后，对超额收益部分由瑞福优先和瑞福进取共同参与分配，每份瑞福优先与每份瑞福进取参与分配的比例为 1:9。

在此收益分配安排下，瑞福优先以较低比例的超额收益分配权换取优先获得基准收益部分的分配权，从而将呈现出较低收益和较低风险的综合特征。瑞福优先为投资者提供了一个低风险低收益的投资渠道，非常适合风险偏好度低的投资者。首先，瑞福优先设定的年基准收益率为当年 1 年期银行定期存款利率加 3%，明显高于 5 年期定期存款利率，对低风险偏好者有吸引力。其次，在享受优先分配之后，还可以参与分配超额收益部分的 10%，实现在低风险情况下分享一定的高风险收益。瑞福进取则通过对瑞福优先的基准收益优先分配权的让渡，获取较高比例的超额收益分配权，在此过程中，瑞福进取的预期收益与风险都将得到一定程度的放大，从而将表现出高收益与高风险的特征。

此外，瑞福分级基金为瑞福优先的基准收益实现及其投资本金的安全提供多种保护机制，包括基准收益差额累积弥补机制、强制分红机制和有限的本金保护机制等。

问题：瑞福分级基金是特殊的封闭式基金，试对其与普通的封闭式基金进行对比。

 复习思考题四

一、名词解释

证券投资基金　基金净值　契约式基金　开放式基金　封闭式基金　伞形基金　指数基金 ETF　LOF

二、单项选择题

1. 契约式基金反映的是投资者和基金管理人之间的一种（　　）关系。
　　A. 债权关系　　　　B. 所有权关系　　　C. 综合权利关系　　　D. 委托代理关系
2. 基金持有人与托管人之间的关系是（　　）。
　　A. 所有人与经营者的关系　　　　　　B. 经营与监管的关系
　　C. 持有与监管的关系　　　　　　　　D. 委托与受托的关系
3. 封闭式基金的交易价格主要取决于（　　）。
　　A. 基金总资产　　B. 供求关系　　　C. 基金净资产　　　D. 基金负债
4. 为了满足投资者中途抽回资金、实现变现的需要，（　　）一般在基金资产中保持一定比例的现金。
　　A. 封闭式基金　　B. 开放式基金　　C. 国债基金　　　D. 股票基金
5. 基金按（　　）划分，可分为国债基金、股票基金、货币市场基金等。
　　A. 投资标的　　　　　　　　　　　　B. 基金的组织形式不同
　　C. 投资目标　　　　　　　　　　　　D. 是否自由赎回和基金规模是否固定

三、多项选择题

1. 证券投资基金的当事人主要有（　　　）。

   A. 基金持有人　　　　B. 基金发起人　　　　C. 基金托管人　　　　D. 基金管理人

2. 基金的运作中的主要费用有（　　　）。

   A. 管理费　　　　　　B. 托管费　　　　　　C. 风险费　　　　　　D. 投资费

3. 封闭式基金与开放式基金的区别在于（　　　）。

   A. 投资者的身份不同　　　　　　　　B. 期限和发行规模限制不同

   C. 基金单位交易方式和价格计算标准不同 D. 投资策略不同

4. 按投资目标划分，基金可分为（　　　）

   A. 开放型基金　　　　B. 成长型基金　　　　C. 收入型基金　　　　D. 平衡型基金

5. 指数基金的优势是（　　　）

   A. 投资收益绝对超过主动型基金

   B. 管理费较低，尤其交易费用较低

   C. 可以完全消除投资组合的非系统风险

   D. 指数基金可获得市场平均收益率，可以为股票投资者提供比较稳定的投资回报

四、判断题

1. 一般认为，基金起源于美国。　　　　　　　　　　　　　　　　　　　（　　　）

2. 目前，我国现存的基金绝大多数是公司型基金。　　　　　　　　　　　（　　　）

3. 基金市场是基金证券发行和交易的场所，开放式基金是在证券交易所挂牌交易。

                                                  （　　　）

4. 投资者能通过证券经纪商在一级市场和二级市场上进行封闭式基金的买卖。（　　　）

5. 封闭式基金的市场价格永远低于资产净值。　　　　　　　　　　　　　（　　　）

五、简答题

1. 简述基金当事人及其关系。

2. 简述封闭式基金和开放式基金的区别。

3. 简述 ETF 的申购和赎回方式。

第五章　金融衍生工具

📖 学习要求

1. 理解金融衍生工具的概念；
2. 理解远期的含义，了解远期外汇和远期利率协议；
3. 理解期货和期货合约的含义，掌握期货交易方式；
4. 了解金融期货，理解股指期货的含义；
5. 理解期权的含义，掌握期权的分类方式，了解期权定价；
6. 了解可转换债券、可交换债券和互换

关键词

金融衍生工具，套期保值，期货，期权

金融衍生工具，又称金融衍生产品，是与基础金融产品相对应的一个概念，它是在基础金融产品诸如即期交易的商品合约、债券、股票、外汇等基础上派生出来的，是在基础产品高度发展的前提下金融创新的产物。金融衍生工具是旨在为交易者转移风险的双边合约，合约到期时，交易者所欠对方的金额由基础商品、证券或指数的价格决定。

以商品远期、商品期货为代表的衍生工具在西方国家已经出现了若干世纪时间，但现代意义上的衍生工具是在 20 世纪 70 年代产生的。金融衍生工具产生的最基本原因是避险，20 世纪 80 年代以来的金融自由化进一步推动了金融衍生工具的发展；金融机构的利润推动是金融衍生工具产生和迅速发展的又一重要原因；新技术革命则为金融衍生工具的产生与发展提供了物质基础与手段。

金融衍生工具主要包括远期、期货、期权和互换四种基本衍生工具，以及由它们通过变化、组合、合成再衍生出来的一些变形体。国际上金融衍生工具种类繁多，活跃的金融创新活动连接不断地推出新的衍生工具。金融衍生原生标的物则大致包括商品、汇率、利率和股权。

第一节　远　　期

远期合约是买卖双方签订在未来某一时期按确定的价格购买或出售某种资产的协议，即远期合约交易在当前确定所要交易的商品或金融工具的价格，但其执行是在未来发生。远期合约是最简单的衍生工具，通常是在金融机构之间或金融机构与公司客户之间签订，一般比较灵活，由双方约定，不用在交易所交易。远期交易和即期交易同属于现货的范畴，其目的都是为了获得商品的所有权。

远期合约中用于交易的资产，称为标的资产，常见的标的资产包括商品、利率和外汇。远期合约中许诺在某一特定时间以确定价格购买标的资产的一方称为多头；而在某一特定时间以确定价格出售标的资产的一方称为空头。远期合约所确定的交收时间即为到期日，此时，多头支付现金给空头，空头支付标的资产给多头。远期合约中所确定的价格称为交收价格。

例 5.1　A 公司向 B 公司签订合约，100 天以后以 40 美元/桶的价格买进 10 000 桶石油，100 天以后不管石油的实际市场价格是多少，交易双方均按 40 美元/桶的约定价格成交。通过签订远期合约，A 公司避免了 100 天后石油价格上涨的风险；B 公司则避免了石油价格下跌的风险。

市场上最常见的远期交易，莫过于远期外汇交易。远期外汇交易又称期汇交易，是指预约购买或预约卖出的外汇业务，交易双方在成交后并不立即办理交割，而是事先约定币种、金额、汇率、交割时间等交易条件，到期才进行实际交割的外汇交易。

此外，远期利率协议也是一种常见的远期交易方式。远期利率协议，是指交易双方约定在未来某个时点，交换未来某一期限内一定本金基础上的协定利率与参照利率利息差额的合约。或者说，远期利率协议是交易双方达成的关于利率的远期合约，旨在保护交易双方免受未来利率变动带来的影响。在远期利率协议中，买方支付以合同利率计算的利息，卖方支付以参考利率计算的利息。中国人民银行已于 2007 年 9 月底颁布《远期利率协议业务管理规定》，并于 2007 年 11 月起施行，远期利率协议为完善市场避险功能，促进利率市场化进程，起着重要作用。

第二节　期　　货

一、期货概述

（一）概念

期货交易，就是在特定的交易所买卖未来某一特定时期交收特定规格等级商品的标准化合约。或者说，期货是通过商品交易所进行买卖的契约，契约规定买卖双方将按特定的价格，在未来某一特定的时间，对数量标准化的商品或金融工具交货和付款。期货的交易对象大致可分为商品和金融工具两大类：商品类主要包括农产品（谷物、畜产品、林产品），金属（黄金等贵金属和铜、铝等有色金属），能源（原油、燃料油、汽油）；金融工具类主要包括外汇（货币），利率和股票价格指数。

（二）功能

期货交易主要具有规避风险和价格发现的功能。规避风险是指交易者可以通过在期货市场和现货市场上，进行数量相同但方向相反的操作，以避免未来因价格波动而带来的风险。期货具有价格发现功能，是因为期货市场上来自四面八方的交易者带来了大量的供求信息，标准化合约的转让又增加了市场流动性，期货市场中形成的价格能真实地反映供求状况，从而能为现货市场提供参考价格。

（三）期货交易与现货交易的区别

期货交易是在期货交易所内买卖标准化的期货合约的交易，通常不涉及实物所有权的转移，而只需要支付不同时期价格波动的总额。期货交易在多个方面都与现货交易有着本质区别：

1. 交易对象不同

期货交易的买卖对象是某种商品的标准化合约。期货交易者可以通过在合约到期以前在期货市场上做对冲操作免去到期进行实物交收的责任。所谓对冲，是指买方卖出同样的合约，或卖方买入同样的合约来结束交易。这就使得期货交易从实物商品的流通中独立出来，成为一种货币和期货合约之间互相换位的交易。而现货交易买进或卖出的是某种商品本身，是通过商品实物转移来完成交易的，是一种商品和货币互相换位的交易。

2. 交易目的不同

期货交易的目的通常是为了回避价格波动带来的风险或进行投机获利，一般不需要进行实物交收；现货交易则是为了获得商品的使用价值或实现商品的价值。

3. 交易场所不同

期货交易必须在有组织的期货交易所内进行，并且有固定的交易程序和规则；现货交易的交易地点没有严格规定，一般没有必须遵守的交易程序。

4. 交易主体不同

期货交易的交易主体包括希望回避风险的经营者和投机者，买卖双方没有直接联系，是以经纪人和交易所作为中介发生间接联系的；现货交易买卖双方直接见面。

5. 交易方式不同

期货交易是以公开、公平竞争的方式进行，一对一的谈判交易视为违法；现货交易一般通过一对一谈判进行。

6. 价格形成机制不同

期货价格由众多交易者通过公开竞价的方式形成；而现货交易的价格则是由买卖双方私下协商达成。

7. 交易商品范围不同

只有满足一定条件的商品才能进行期货交易，现货交易的商品品种没有限制。

8. 保障制度不同

凡是在期货交易所内达成并符合期货交易所有关规定的期货交易，交易所都提供履约担保，即使合约的一方破产也同样提供这种担保；现货交易由法律来保障，合同不兑现时可借助于法律来解决纠纷。

二、期货合约

期货合约是期货交易的买卖对象或标的物，是由期货交易所统一制定的，规定了某一特定的时间和地点交收一定数量和质量商品的标准化合约。严格来讲，期货交易的对象并不是商品（标的物）的实体，而是商品（标的物）的标准化合约。一般期货合约规定的标准化条款有以下内容：

（1）标准化的数量和数量单位。如上海期货交易所规定每张铜合约单位为5吨，每个合约单位也称为1手。

（2）标准化的商品质量等级。期货合约对商品质量等级作了一定规定，这就使得在期货交易过程中，交易双方不再需要就商品的质量进行协商，大大方便了交易者。

（3）标准化的交收地点。期货交易所在期货合约中为期货交易的实物交收确定经交易所注册的统一的交收仓库，以保证双方交收顺利进行。

（4）标准化的交收日期和交收程序。期货合约具有不同的交收月份，交易者可自行选择，一旦选定之后，在该合约最后交易日之前如仍未对冲掉手中合约，就要按交易所规定的交收程序进行实物交收。国内期货市场上同一商品对应的期货合约有12个，即每个月对应一个合约。

（5）标准化的交易报价单位。交易所对交易过程中的报价单位和最小价格变动单位，都有明确规定。

（6）涨跌幅限制。为了防止期货价格的剧烈波动，交易所一般也规定了涨跌幅限制，使得不至于因期货成交价格的剧烈波动而使投资者遭受过多的损失。

此外，期货合约还可能包含其他一些要素。上海期货交易所铜期货合约如下所示．

表5-1　　　　　　　　　　　　上海期货交易所铜期货合约

交易品种	阴　极　铜
交易单位	5吨/手
报价单位	元（人民币）/吨
最小变动价位	10元/吨
每日价格最大变动限制	不超过上一交易日结算价正负4%
合约交收月份	1～12月
交易时间	上午9：00-11：30下午1：30-3：00
最后交易日	合约交收月份的15日（遇法定假日顺延）
交收日期	合约交收月份的16日-20日（遇法定假日顺延）
交收等级	标准品：标准阴极铜，符合国际GB/T467-1997标准阴极铜规定，其中主成分铜加银含量不小于99.95% 替代品：1. 高纯阴极铜，符合国际GB/T467-1997高级阴极铜规定 2. LME注册阴极铜，符合BS6017-1981和AMD5725标准（阴极铜级别代号CU-CATH-1）

交易品种	阴 极 铜
交收地点	交易所指定交收仓库
交易保证金	合约价值的5%
交易手续费	不高于成交金额的万分之二（含风险准备金）
交收方式	实物交收
交易代码	CU
上市交易所	上海期货交易所

三、期货交易

期货交易可以开多仓，即先买后卖；也可以开空仓，即先卖后买。期货交易实行的是保证金制度和每日结算制度。保证金是一种履约的信用担保，是交易所实行每日结算制度的基础，在期货交易所签约期货合约的买卖双方必须交纳保证金。保证金包括初始保证金与维持保证金。初始保证金是交易者新开仓时所需交纳的资金，它是根据交易额和保证金比率确定的；保证金账户中必须维持的最低余额叫维持保证金。每日结算制度又称逐日盯市制度，其原则是结算部门在每日交易结束后，按当日结算价对投资者未平仓的部分，计算其盈亏、交易保证金及手续费、税金等费用，对应收应付的款项实行净额一次划转，相应增加或减少保证金。交易结束后，当交易者的保证金余额低于规定的标准时，将会收到追加保证金的通知。若交易者没有追加足够的保证金，使得保证金不足以维持仓位，则交易所会对其持有的合约强行平仓。

例5.2 如果投资者以40 000元/吨的价格买入3张铜期货合约（每张5吨），则必须向交易所支付30 000元（即40 000×15×5%）的初始保证金；交易者在持仓过程中，会因市场行情的不断变化而产生浮动盈亏，因而保证金账户中实际可用来弥补亏损和提供担保的资金就随时发生增减。当保证金账面余额低于维持保证金时，交易者必须在规定时间内补充保证金，否则在下一交易日，交易所或代理机构有权实施强行平仓。

根据交易者交易目的不同，可将期货交易行为分为三类：套期保值、投机和套利。套期保值就是买入（卖出）与现货市场数量相当、但交易方向相反的期货合约，以期在未来某一时间通过卖出（买入）同样数量的期货合约来补偿现货市场价格变动所带来的实际价格风险。企业通过期货市场为生产经营进行套期保值，可以保证生产经营活动的可持续发展。可以说，没有套期保值，期货市场也就不是期货市场。投机，是指交易者根据对市场的判断，把握机会，利用市场出现的价差进行买卖并从中获取收益的交易行为。投机交易增强了市场的流动性，分担了套期保值交易转移的风险，是期货市场正常运营的保证。套利是指同一资产，在不同市场中价格不一样时，投资者可以在一个市场中低价买进，同时在另一个市场中高价卖出，最终原来定价低的市场中因对该资产需求增加而使其价格上涨，而原来定价高的市场中该资产价格会下跌直至最后两个报价相等，投资者则因这一交易过程而获利。

我们通过两个例子来看一下套期保值和套利交易的思想。

例 5.3 （套期保值）某铜产品加工厂在 1 月 1 日签订了一笔合同，准备在 5 月 1 日以 50 000 元/吨的价格出售 100 吨铜制品。根据生产安排，这批产品安排在 4 月 1 日开始生产。已知生产 1 吨产品，需要耗费 1 吨铜，以及其他固定成本 5 000 元，原材料铜目前的市场价格为 40 000 元/吨。为准备主要原材料铜，公司可以采取以下几种策略：

（1）4 月 1 日开始生产时再从市场上购买铜。由于铜的价格是变化不定的，无法得知铜的价格。若 4 月 1 日铜价变为 30 000 元/吨，则公司生产这批产品盈利为 150 万元；若铜价变为 50 000 元/吨，则公司生产这批产品亏损 50 万元。显然，公司不太可能因铜价上涨导致亏损而轻易废除合同。采取这种策略，不符合稳健经营的原则。

（2）在 1 月 1 日就通过现货交易购买足够的原材料铜。

（3）公司进行套期保值。由于套利交易者的存在，同一时刻铜的期货价格和现货价格保持一致。1 月 1 日，公司可以在期货市场上，以 40 000 元/吨的价格买入 20 张铜的期货合约，每张 5 吨共 100 吨。等到了 4 月 1 日，公司在现货市场上买入 100 吨铜用于生产；同时在期货市场上平仓，即将买入的 20 张期货合约卖出。该公司在期货市场和现货市场上的盈亏情况如下所示：

表 5-2　　　　　　　　　　　　　　　套期保值结果

情形	时间	期货市场	现货市场及生产	合计盈亏
铜价上涨到 50 000/吨	1 月 1 日	买入 100 吨铜，价格 40 000 元/吨		盈利 50 万
	4 月 1 日	卖出 100 吨铜，价格 50 000 元/吨，盈利 100 万	买入 100 吨铜，价格 50 000 元/吨，生产亏损 50 万元	
铜价下降到 30 000/吨	1 月 1 日	买入 100 吨铜，价格 40 000 元/吨		盈利 50 万
	4 月 1 日	卖出 100 吨铜，价格 30 000 元/吨，亏损 100 万	买入 100 吨铜，价格 30 000 元/吨，生产盈利 150 万元	

综合来看，在策略 1 中，公司没有对铜价的波动采取任何措施，如果铜价下降固然是好事，但如果铜价上涨会带来亏损，甚至可能是一场灾难。策略 2 能够解决铜价波动带来的风险，但需要占用公司大量的资金，造成公司经营的困难；此外，为存储这批原材料铜，公司还需要支出相当数额的保管费用。策略 3 中，通过对期货和现货的反向操作，同样能够解决铜价波动带来的风险。而且期货交易只需要支付一定的保证金和手续费，资金压力比策略 2 小得多；此外，公司也不需要额外支付保管费用。相比较而言，策略 3 最优。当然，公司也可以与铜的供货方签订远期合约来购买，但总是不如使用期货进行套期保值方便。

例 5.4 （套利）在 6 月 1 日，某投资者发现：9 月交收的期货铜合约，其价格为 50 000 元/吨；同时现货市场上铜的价格为 40 000 元/吨。该投资者可以在期货市场上卖出合约，在现货市场上买入相同数量的铜。若在交收日期之前，铜的期货价格和现货价格趋于一致不妨设为 P 元/吨，则投资者在期货市场上盈利为 50 000 - P/吨，在现货市场上盈利

P－40 000/吨，总盈利 10 000 元/吨；若在交收日期之前，铜的期货价格和现货价格不趋于一致，则投资者可进行实物交收，即将现货市场上买入的铜运送到交易所指定的仓库中，同样盈利 10 000/吨。

以上两个例子中为讨论方便，设定铜的期货价格和现货价格相等，而实际上由于一些因素的影响，这两个价格一般不会绝对相等，通常会保持一个较小的差价。因此，只要期货价格与现货价格差距保持在一个合理范围内，就可以认为一致了。此外，现实经济活动的套期保值和套利也并非这么简单，而是需要使用一定的金融数学方法来设计策略，但其思想都是一样的。

第三节　金融期货

一、金融期货概况

（一）概念

金融期货，是指以金融工具作为标的物的期货合约。金融期货交易是指交易者在特定的交易所通过公开竞价方式成交，承诺在未来特定日期或期间内，以事先约定的价格买入或卖出特定数量的某种金融商品的交易方式。金融期货交易具有期货交易的一般特征，但与商品期货相比，其合约标的物不是实物商品，而是金融商品，如外汇、债券、股票指数等。

（二）分类

目前，在世界各大金融期货市场，交易活跃的金融期货合约有数十种之多。根据各种合约标的物的不同性质，可将金融期货分为三大类：利率期货、货币期货和股票指数期货。

1. 利率期货

利率期货是指以代表一定利率的债券为标的物的期货合约，主要包括以长期国债为标的物的长期利率期货和以二个月短期存款利率为标的物的短期利率期货。70 年代以来，美国等主要西方国家的市场利率波动非常剧烈，这使得各类金融市场上的资金借贷者都面临很大的利率风险。在这种情况下，附息证券的持有者或机构在客观上急需一种新型的金融工具以减少或避免利率风险，因而利率期货市场应运而生并在较短时间里取得引人注目的发展。率先发展利率期货市场的是美国，在对金融市场进行了长达 6 年之久的考察研究之后，美国芝加哥交易所借助开办谷物和其他商品期货交易的经验，于 1975 年 10 月 20 日开始在其国际货币市场分部推出了一种全新的期货交易业务，即以政府国民抵押协会的抵押证为对象的期货合约，这标志着利率期货的诞生。

1992 年 12 月 28 日，上海证券交易所首先向证券商自营推出了国债期货交易。1993 年 10 月 25 日，上证所国债期货交易向社会公众开放。1994 年至 1995 年春节前，国债期货飞速发展，全国开设国债期货的交易场所从两家陡然增加到 14 家。由于当时股票市场的低迷和钢材、煤炭、食糖等大宗商品期货品种相继被暂停，大量资金云集国债期货市场，1994

年全国国债期货市场总成交量达2.8万亿元。1995年2月23日，财政部公布的1995年新债发行量被市场人士视为利多，加之"327"国债本身贴息消息日趋明朗，致使全国各地国债期货市场均出现向上突破行情。上证所327合约空方主力在148.50价位封盘失败、行情飙升后蓄意违规，16点22分之后，空方主力大量透支交易，以千万手的巨量空单，将价格打压至147.50元收盘，使327合约暴跌38元，并使当日开仓的多头全线爆仓，造成了传媒所称的"中国的巴林事件"。"327"风波之后，各交易所采取了提高保证金比例、设置涨跌停板等措施以抑制国债期货的投机气氛。但因国债期货的特殊性和当时的经济形势，其交易中仍风波不断，并于5月10日酿出"319"风波。5月17日，中国证监会鉴于中国当时尚不具备开展国债期货的基本条件，作出了暂停国债期货交易试点的决定。至此，中国第一个金融期货品种宣告夭折。

2. 货币期货

货币期货也叫做外汇期货，指以汇率为标的物的期货合约。货币期货是适应各国从事对外贸易和金融业务的需要而产生的，目的是规避汇率风险。1972年5月16日，美国芝加哥商品交易所所属的国际货币市场开始经营澳元、英镑、加元、日元、瑞士法郎、德国马克等6种硬通货的期货交易，这是最早的金融期货合约。其后，英国、澳大利亚等国相继建立货币期货的交易市场，货币期货交易成为一种世界性的交易品种。

3. 股票指数期货

股票指数期货是以股票价格指数为标的物的期货，是买卖双方根据事先的约定，同意在未来某一个特定的时间按照双方事先约定的价格进行股票指数交易的一种标准化协议。股票指数期货是目前金融期货市场最热门和发展最快的期货交易。股票指数期货不涉及股票本身的交收，其价格根据股票指数计算，合约以现金清算形式进行交收。

二、股指期货

同其他期货交易品种一样，股指期货也是适应市场规避价格风险的需求而产生的。由于其标的物——股价指数本身的特性，使得股指期货还具有一些与商品期货不同的特点。

（1）股指期货合约的标的物，不是某种实物商品或金融工具，而是抽象的股票价格指数。只有投资者公认的、具有权威性、代表性的指数，才能作为交易的合约标的物。

（2）股指期货使用现金交收，这与商品期货使用实物交收有所不同。在现金结算方式下，每个未结算合约将于到期日得到自动冲销，交易者只需比较成交及结算时合约价值大小来计算盈亏，以现金交收。股指期货合约之所以采用现金交收，主要有两个方面的原因：首先，股票指数是一种特殊的股票资产，其变化非常频繁，而且是众多股票价格的平均值的相对指标，如果采用实物交收，势必涉及繁琐的计算和实物交接等极为麻烦的手续；其次，股指期货合约的交易者并不愿意交收该股指所代表的实际股票，他们的目的在于保值和投机，采用现金交收和最终结算，既简单快捷，又节省费用。

（3）在报价方式上是以点数来互相报价、竞价成交，并以每份合约为交易单位。股指期货合约标的物为表示股价总水平的股票价格指数，由于标的物没有自然单位，这种股价总水平只能以指数的点数与某一既定货币金额乘数的乘积来表示，乘数表明了每一指数点代表的价格。因此，股指期货合约价值是标的指数的点数乘以一个乘数。

（4）与股指期货完全相对应的现货产品并不存在，需要使用金融方法进行构建。

（5）为尽量防范交易风险，股指期货的交易中一般设有熔断制度。熔断是指，在某一合约达到涨跌停板之前，设置一个熔断价格，使合约买卖报价在一段时间内只能在这一价格范围内交易。熔断制度的目的是让投资者在价格发生突然变化的时候有一个冷静期，防止作出过度反应。熔断制度有两种表现形式，分别是"熔而断"与"熔而不断"："熔而断"的意思是当价格触及熔断幅度后，在随后的一段时间内停止交易，如芝加哥商业交易所的S&P500指数期货合约规定，如果5%跌幅限制启动10分钟后报价仍触及此限制，则暂停2分钟后再交易；"熔而不断"的意思是当价格触及熔断幅度后，在随后的一段时间内继续交易，但报价限制在熔断幅度之内，如新加坡交易所对MSCI台湾指数期货就规定了熔而不断的涨跌幅限制。

出于对金融衍生产品的谨慎，目前我国尚无股指期货这一交易品种。2006中国金融期货交易所在上海正式挂牌成立；2007年《期货交易管理条例》、《期货交易所管理办法》等一大批相关法律、法规相继公布及正式施行；此外，沪深300指数股指期货仿真交易也已持续了一段时间。这标志着股指期货在不远的将来就会成为证券市场上一个新的交易品种。

表5-3 沪深300指数期货仿真合约

合约标的	沪深300指数
合约乘数	每点300元
合约价值	沪深300指数点×300元
报价单位	指数点
最小变动价位	0.2点
合约月份	当月、下月及随后两个季月，其中季月是指3、6、9、12这4个月
交易时间	上午9：15-11：30，下午13：00-15：15
最后交易日交易时间	上午9：15-11：30，下午13：00-15：00
价格限制	熔断幅度为上一交易日的±6%，涨跌停板幅度为上一交易日的±10%，合约最后交易日不设价格限制
合约交易保证金	合约价值的10%
交收方式	现金交收
最后交易日	合约到期月份的第三个周五，遇法定节假日顺延
最后结算日	同最后交易日
交易代码	IF

在沪深300指数期货仿真合约中，熔断幅度为前一交易日结算价格的正负6%，当市场价格触及熔断价格，并持续1分钟后，熔断机制启动；在随后的5分钟内，买卖价格只能在

6%之内；5分钟后，价格限制放大到10%。在这里，6%的第一个熔断点将对交易风险起到预警作用，是10%涨跌停板的一个缓冲，将风险分阶段逐步化解。另外，合约条款中还拟定，每一个交易日只有一次熔断点触发机会，最后交易日不设涨跌幅，也没有熔断机制，以便于期货价格回归于现货价格。

例5.5　（投机）某投资者甲准备在2009年3月初参与沪深300指数期货交易，此时可供甲交易的有IF0903、IF0904、IF0906、IF0909这4个合约。经过考虑，甲判断指数会上涨，于是选择在3月2日以2 200点的价格在IF0903上建立多仓，数量为2手，需占用保证金为2 200×300×10%×2＝132 000元。很可惜，甲预期错误，该交易日指数下降到2 150点，则此时其亏损为(2 200－2 150)×300×2＝30 000元。股指期货也实行每日结算制度，若甲想继续维持合约，则需占用保证金2 150×300×10%×2＝129 000元；若其账户上保证金数额少于129 000元，则将被交易所强行平仓，即甲买入的合约将会被卖出。幸好，甲存入的保证金足够而没有爆仓。第二天，指数上升到2 240点，则该交易日甲盈利为(2 240－2 150)×300×2＝54 000元，除去前一交易日的亏损尚盈利24 000元。

随后，甲坚持认为指数会继续上升，于是其准备持有合约直至交收。3月20日（3月的第三个周五），IF0903到期并予以最后结算，结算价格为2 374.57点。则通过参与IF0903，甲总共盈利为(2 374.57－2 200)×300×2＝104 742元。

另外还有两个投资者乙和丙，与甲同时参与了IF0903合约的交易。与甲不同的是，乙认为指数会下降从而建立空仓，则由于其预期错误而招致损失。丙虽然也建立多仓，但其保证金过少，因此在指数下降过程中，剩余保证金不足以维持合约而被强行平仓：丙猜到了故事的结局，但因为没有猜到故事的过程而不得不在中途黯然离场。

从3月23日开始，投资者能够进行交易的合约将变为IF0904、IF0905、IF0906、IF0909这4个合约。

第四节　期　　权

一、期权概况

期权，又称"选择权"，是指在约定好的时间里，持有人享有按照事先约定的价格买进或者卖出某项资产的权利。对于期权的持有者来说，购买期权并没有立即得到资产，而是购买到一种权利，这种权利使他可以在合同规定的时期内以有利的价格购买或者出售事先约定好的资产，也可以在价格不利的情况下自动放弃这种权利；对于期权的发行者而言，必须承诺在规定的时期内，当期权持有者行使权利时出售或者买进约定的资产。也就是说，期权的持有者只有权利而没有义务，而期权的发行者只有义务没有权利，这与远期、互换和期货都有所不同。为弥补发行者可能遭受的损失，期权的持有者必须支付给期权的发行者一定的费用。

期权合同中规定的买入或卖出某种商品的价格，称为期权的行权价；期权的最后有效日称为期权的到期日；双方约定好买卖的资产称为期权的标的资产；为行使权利，买方支付给卖方的费用称为期权费，即期权的价格。

对于投资者来说，期权交易具有投资少、收益大、降低风险、保有权利的作用。持有者只需支付一笔期权费，就可取得买入或卖出标的资产的权利。一旦持有者的预期与市场变化相一致时，即可获得可观收益；如果与预期相反，持有者也可以放弃行使权利，仅仅损失一定的期权费。在期权交易中，期权持有者的风险是固定的，但可能的潜在盈利却不受限制。

例 5.6 投资者购买某买入期权，合同规定：标的资产为股票 A；到期日为 2009 年 4 月 30 日当天；行权价格为 20 元。若在 2009 年 4 月 30 日这天，若股票 A 市价为 30 元，则投资者有权利以 20 元的价格购买股票 A 以盈利，也可以放弃这项权利；若在 2009 年 4 月 30 日这天，股票 A 市价为 15 元，则投资者可以放弃这项权利，当然也有权利以 20 元的价格购买股票 A 并亏损。但无论投资者到期是否行权，都需要支付给发行者相应的期权费。

二、期权的类型

按照不同的标准，可以将期权分成几个不同类型。

（1）按照期权合约买卖方向不同，可以将期权分成买入期权、卖出期权和双向期权。买入期权，也称为看涨期权，是指期权持有者有权利在规定的时间内，按照行权价向期权的发行者购买标的资产的权利。投资者一般在预期资产价格会上涨时才购入买入期权，以获取资产价格上涨时的收益；而期权的发行者则预期资产价格会下跌，从而出售期权以获取期权费。卖出期权，也称为看跌期权，是指期权持有者有权利在规定的时间内，按照行权价向期权的发行者出售标的资产的权利。投资者一般在预期资产价格会下跌时才购入卖出期权，以获取资产价格下跌时的收益；而期权的发行者则预期资产价格会上涨，从而出售期权以获取期权费。双向期权，是指期权的持有者有权在规定时间内，同时具有买入或卖出标的资产的权利。双向期权可以看做是两个行权价不一致的买入期权和卖出期权的组合。如果投资者预期资产价格会有较大幅度波动，可以买入双向期权，则无论资产价格上涨还是下降，投资者都有利可图；而期权的发行者则坚信价格变化不会很大，所以才愿意卖出这种权利，获得一定的权利费收益。

（2）按照标的资产的不同，期权可分为股票期权、期货期权、利率期权、外汇期权等多种形式，通常所说的期权是指股票期权。

（3）按照行权时间的不同，期权可分为欧式期权和美式期权。欧式期权只有在到期日当天或此前某一段规定的时间内才能执行；美式期权可以在到期日和到期日之前的任何时间执行。如果某支欧式期权可以在到期日前一段时间内执行，则也称为百慕大式期权。这里的"欧式"、"美式"、"百慕大式"只是一种说法，美式期权并非只出现在美国，欧洲同样有美式期权，美国自然也有欧式期权。

（4）在股票期权中，根据期权的发行者不同，期权可分为股本期权和备兑期权。股本期权是由股份公司发行的，期权的标的资产是该公司股票，发行的目的是为了进行权益融资。股本权证通常给予权证持有人在约定时间以约定价格购买公司股票的权利，在约定时间到达时，若当前股票的市面价格高于权证的行使价格，则权证持有人会要求从发行人处购买股票，而发行人则通过增发的形式满足权证持有人的需求。行权结束以后，权证的持有人获得公司股票，公司则获得了资金。备兑期权则是由相关资产的关联方或独立的第三方（一般是投资银行或证券公司）发行的，行权只会使得公司股票的所有权发生转移，而不改变公司股本数量。

（5）按结算方式可分为资产给付结算型期权和现金结算型期权。期权如果采用资产给付方式进行结算，其标的资产的所有权发生转移；如采用现金结算方式，则仅按照结算差价进行现金兑付，标的资产所有权不发生转移。

我国证券市场在 2005 年开始的股权分置改革中，非流通股股东曾经以权证的方式向流通股股东支付对价，以获取流通权。这些权证可分为认购权证和认沽权证两种，标的资产都是该公司的股票。认购权证是一种买入期权，权证的持有者有权在到期日及此前一段时间（通常是 5 天），以约定好的价格向发行权证的非流通股股东购买标的股票；认沽权证是一种卖出期权，权证的持有者有权在到期日及此前一段时间，以约定好的价格向发行权证的非流通股股东出售标的股票。

例 5.7　烟台万华为进行股权分置改革，大股东发行期权作为股改对价的一部分。在《烟台万华：人民币普通股股票之认购权证和认沽权证上市公告书》中有如下内容：

表 5 – 4　　　　　　　　　　　　　　烟台万华期权要素

权证交易简称	万华 HXB1	万华 HXP1
权证类别	备兑认购权证	备兑认沽权证
行权方式	欧式，仅可在权证存续期最后 5 个可上市交易日行权	欧式，仅可在权证存续期最后 5 个可上市交易日行权
行权价	9.00 元	13.00 元
行权比例	1，即一份认购权证可按行权价向大股东购买一股烟台万华 A 股股票	1，即一份认沽权证可按行权价向大股东出售一股烟台万华 A 股股票
结算方式	证券给付方式结算，即认购权证持有人行权时，应支付依行权价格及行权比例计算的价款，并获得相应数量的烟台万华 A 股股票	证券给付方式结算，即认沽权证持有人行权时，应支付根据行权比例计算的烟台万华 A 股股票，并获得依行权价格计算的价款
认购权证存续期间	2006 年 4 月 27 日至 2007 年 4 月 26 日	2006 年 4 月 27 日至 2007 年 4 月 26 日
最后交易日	2007 年 4 月 19 日	2007 年 4 月 19 日

2006 年 6 月 7 日由于烟台万华分红拆股，从而使得一份权证可以对 1.41 份股票进行行权，万华 HXB1 的行权价调整为 6.38 元，万华 HXP1 的行权价调整为 9.22 元。投资者持有 1 份万华 HXB1，表示投资者有权在 5 个交易日里（2007 年 4 月 22 日 ~2007 年 4 月 26 日）中的任何一天，都可以以 6.38 元的价格向期权的发行者，即大股东购买 1.41 股烟台万华的

股票；投资者持有 1 份万华 HXP1，表示投资者有权在 5 个交易日里任何一天，都可以以 9.22 元的价格向大股东出售 1.41 股烟台万华的股票。烟台万华在 2007 年 4 月 22 日～2007 年 4 月 26 日这 5 个交易日中，最高价格为 44.10 元，最低价格为 38.45 元。这说明，持有 万华 HXB1 的投资者如果行权则盈利，而持有万华 HXP1 的投资者如果行权则产生亏损。

例 5.8　深圳发展银行借股权分置改革之机发行了一支新增股本的认股权证——深发 SFC2，其要素如下：

表 5 –5　　　　　　　　　　　　深发 SFC2 要素

权证交易简称	深发 SFC2
权证类别	认股权证
行权方式	百慕大式，持有人在 12 个月到期前的最后 30 个交易日内可以按行权价格买入一股新发的深发展 A 股票
行权价	19.00 元
行权比例	1
认购权证存续期间	2007 年 6 月 29 日起，至 2008 年 6 月 27 日止
最后交易日	2008 年 6 月 20 日（星期五）
行权期限	行权期为权证存续期的最后 30 个交易日，即 2008 年 5 月 16 日至 2008 年 6 月 27 日之间的交易日，其中 2008 年 6 月 23 日至 2008 年 6 月 27 日为不可交易的行权期。

在 2007 年 6 月 29 日至 2008 年 6 月 27 日这段时间内，投资者有权利以 19 元的价格向深圳发展银行申请购买 1 股深发展 A 的股票，而这段时间内深发展 A 的最低价格为 19.44 元，投资者进行行权有利可图。截至 2008 年 6 月 27 日交易时间结束时，共有 95 388 057 份深发 SFC2 行权，占权证总发行数量的 91.42%。深发 SFC2 认股权证行权后，深圳发展银行的股本总数由行权前的 293 407 145 股变为行权后的 388 795 202 股，行权费总额为 1 812 373 083 元。通过发行认股权证，深圳发展银行成功地实行了再融资。

三、期权的定价

期权是一种权利，期权的购买者为拥有这种权利需要向期权的发行者缴纳一定的期权费，即期权的价格。显然，当期权价格低于其真实价值时，购买这份期权才是划算的。期权的价值由两部分构成：内在价值和时间价值。

内在价值，也称为履约价值，是期权合约本身具有的价值，即期权持有者如果立即执行期权所能获得的收益。期权有无内在价值，以及内在价值的大小，取决于该期权的行权价格与标的资产市场价格之间的关系。对于买入期权，若某交易日标的资产的市价为 S，行权价为 K，则其内在价值为 $P_c^* = \begin{cases} S-K & S>K \\ 0 & S \leq K \end{cases}$，即 $P_c^* = \max(0, S-K)$；对于卖出期权，若某交易日标的资产的市价为 S，行权价为 K，则其内在价值为 $P_p^* = \begin{cases} 0 & S \geq K \\ K-S & S < K \end{cases}$，即 $P_p^* = \max(0, K-S)$。对于买入期权，当 $S > K$ 时，称为价内期权；当 $S < K$ 时，称为价外期权；当 $S = K$ 时，称为价上期权；对于卖出期权，则当 $S < K$ 时，称为价内期权；当 $S > K$ 时，称为价外期权；当 $S = K$ 时，称为价上期权。

现有某只买入期权，到期日为 4 月 30 日，行权价格为 20 元，其标的资产在 3 月 30 日的市价为 15 元，则这只期权的内在价值为 0。但由于资产价格具有波动性，在 4 月 30 日资产价格可能会超过行权价格 20 元，由于持有期权只有权利而没有义务，因此这只期权依然会有价值。这种因为资产在一段时间会产生价格波动的而存在的价值，称为期权的时间价值，或外在价值。也就是说，时间价值是在剩余的期限中由于标的资产价格的波动性，可能使得持有者盈利而产生的。决定期权价值的因素主要有：

（1）行权价格和标的资产的市场价格。行权价格和标的资产的市场价格不仅影响期权的内在价值，同时也影响期权的时间价值。对于买入期权，其行权价格越高，市场价格越低，则未来行权的可能性就越小，期权价值应该越低；对于卖出期权，其行权价格越高，市场价格越低，则未来行权的可能性就越大，期权价值应该越高。

（2）标的资产的波动性。标的资产的波动性对期权价值的影响是通过时间价值来实现的。对于标的资产的持有者，需要承受市场价格上升和下降两方面的影响，价格波动越大，所承受的风险也越大，因而标的资产的价值会有所降低。而对于期权的持有者，只有权利而没有义务，因此他们在标的资产的价格波动时，只会在情况有利时收益，而不会在情况不利时受损。因此标的资产波动性越大，则期权价值越高，不管对于买入期权还是卖出期权都是如此。

（3）距到期日时间距离的影响。距离期权到期日的时间越长，标的资产价格发生变化的可能性越大，期权的价值自然也越高。此外，美式期权由于其行权时间比欧式期权灵活，所以在其他要素相同的情况下，美式期权应享有比欧式期权更高的价值。

（4）利率。利率越高，买入期权的持有者在未来执行期权时所支付的行权价格的现值越低，则买入期权的价值就越高；同理，利率越低，卖出期权的价值就越低。

（5）股利的影响。若标的资产是股票，则还会受到公司发放现金股利和股票股利的影响。公司发放股利时，需要对期权的行权价格进行调整。

期权的定价可以使用二项式模型、蒙特卡洛模型和 Black-Scholes 公式，其中最常用的是 Black-Scholes 公式，其数学表达为：

$$P_c = SN(d_1) - Ke^{-rT}N(d_2)$$

其中，$d_1 = \dfrac{\ln\left(\dfrac{S}{K}\right) + (r + 0.5\sigma^2)\ T}{\sigma\sqrt{T}}$，$d_2 = d_1 - \sigma\sqrt{T}$，$\Phi(d_1)$ 和 $\Phi(d_2)$ 则表示标准正态分布的概率。S 表示当前资产的市场价格，K 表示行权价格，T 表示距到期时间，这些要素是在期权合同中确定好的；r 表示无风险利率；σ^2 是资产价格的波动性，可以通过历史数据计算得出。

通过 Black-Scholes 公式，可以计算出买入期权的价格 P_c；卖出期权可用期权平价公式 $P_p = P_c - S + K(1 + r)^{-t}$ 来确定。

1973 年，布莱克（F. Black）和斯科尔斯（M. Scholes）创立了著名的 Black-Scholes 公式，以计算欧式买入期权的价值。Black-Scholes 公式推动了期权交易的发展，因此被称为"第二次华尔街革命"。罗伯特·默顿（Robert C. Merton）认为可以利用期权定价方法对所有具有期权特点的决策问题进行研究，从而使得期权定价理论在投资决策分析中得以广泛应用。由于斯科尔斯和默顿对期权理论作出了巨大贡献，两人于 1997 年获诺贝尔经济学奖。

例 5.9 在《烟台万华：人民币普通股股票之认购权证和认沽权证上市公告书》中，给期权交易者提供了一定的参考价格。根据历史股价波动率估计出，标的资产即烟台万华股票的波动率为 44. 18%；参照同期存款利率，可得到无风险收益率为 2. 25%；万华 HXB1 和万华 HXP1，存续期均为 1 年，由此可以计算出在标的股票的不同价格下，万华 HXB1 和万华 HXP1 相应的理论价值。

表 5 – 6 烟台万华期权参考价格

烟台万华市场价格	9. 0	10. 0	11. 0	12. 0	13. 0	14. 0	15. 0
万华 HXB1 理论价格	1. 658 1	2. 310 6	3. 042 6	3. 837 8	4. 682 3	5. 564 9	6. 476 3
万华 HXP1 理论价格	4. 289 3	3. 620 0	3. 036 0	2. 533 5	2. 105 8	1. 745 0	1. 442 7

当标的股票价格为其他值时，依然可以根据 Black-Scholes 公式和买卖期权平价公式计算出万华 HXB1 和万华 HXP1 的理论价值。

认股权证行权后会改变公司的股本数量，美式期权的行权日期为到期日及到期日之前任何时间，这两种期权的定价，需对 Black-Scholes 公式进行一定的调整后再进行计算。

四、利率期权

利率期权是一项关于利率变化的权利。买方支付一定金额的期权费后，就可以获得这项权利：在到期日有权以预先约定的利率，按一定的期限借入或贷出一定金额的货币。这样当市场利率向不利方向变化时，期权买方可固定其利率水平；当市场利率向有利方向变化时，期权买方可获得利率变化的好处。利率期权的卖方向买方收取期权费，同时承担相应的责任。几种常见的利率期权主要有利率封顶、利率封底以及利率两头封。

利率封顶又称"利率上限"，投资者同发行人达成一项协议，指定某一种市场参考利率，同时确定一个利率上限水平。在此基础之上，期权的发行人向买方承诺：在规定的期限内，如果市场参考利率高于协定的利率上限水平，发行人向买方支付市场利率高于利率上限的差额部分；如果市场参考利率低于或等于协定的利率上限水平，则发行人无需承担任何义务。买方由于获得了上述权利，必须向发行人支付一定数额的期权费。

利率封底又称"利率下限"，与利率封顶相反，利率封底是投资者与发行人达成一项协议，指定某一种市场参考利率，同时确定一个利率下限水平。在此基础之上，期权的发行人向买入方承诺：在规定的期限内，如果市场参考利率低于协定的利率下限水平，发行人向买方支付市场利率低于利率下限的差额部分；如果市场参考利率高于或等于协定的利率下限水平，则发行人无需承担任何义务。买方由于获得了上述权利，也必须向发行人支付一定数额的期权手续费。

利率两头封又称"利率上下限"，是将利率封顶和利率封底两种金融工具合成的产品。具体地说，购买一项利率两头封，就是在买进一项利率封顶的同时，卖出一项利率封底，以收入的期权费来部分抵消需要支出的期权费，达到既规避利率风险又降低费用成本的目的。卖出一项利率两头封，则是指在卖出一项利率封顶的同时，买入一项利率封底。当借款人预计市场利率会上涨时，可以考虑购买一项利率两头封。

目前，国内银行业已经推出的住房贷款固定贷款利率业务，这实际上就是一种利率期权。

例 5.10　2006 年 4 月 27 日和 8 月 19 日中国人民银行分别进行了两次调息，综合当时经济形势来看，利率今后的升值空间较大。

张先生于 2005 年 5 月购买了一套住宅，按揭期限 6 年，贷款金额 100 万元，采用月均等额还款方式。在按揭初期，张先生向按揭银行购买了三年期固定贷款利率和固定贷款利率期权，当时的三年期固定利率价格为 6.12%。2006 年 4 月 27 日 6 年期商业贷款利率调整为 6.39%，之后 8 月 19 日又进行了一次升息，利率上升为 6.84%。由于张先生购买了固定贷款利率期权，张先生可在 2008 年 5 月第一期固定贷款利率到期时，以 6.12% 的价格享受第二期固定贷款利率。假设 2006 年 8 月之后一直到张先生贷款到期利息都保持不变，张先生购置的三年固定利率以及固定贷款利率期权可帮助他直接节省利息 5 万元以上。

同时，固定贷款利率期权更有它的灵活性，如当时的固定利率或流动利率都低于 6.12%，张先生也可以不履行期权权利，就低选择其他利率。

五、外汇期权

外汇期权是期权的一种，相对于股票期权、利率期权等其他种类的期权来说，外汇期权买卖的是外汇，即期权买方在支付一定数额的期权费后，有权在约定的到期日按照双方事先约定的协定汇率和金额向期权发行人买卖约定的货币，同时期权的买方也有权不执行上述买卖合约。

外汇期权是 20 世纪 80 年代出现的，第一批外汇期权是英镑期权和德国马克期权，由美国费城股票交易所于 1982 年承办，它是已建立的股票期权交易的变形。外汇期权的产生归因于两个重要因素：国际金融市场日益剧烈的汇率波动和国际贸易的发展。随着 20 世纪 70 年代初期布雷顿森林货币体系危机的出现到最终崩溃，汇率波动越来越剧烈。同时，国际间的商品与劳务贸易也迅速增长，越来越多的交易商面对汇率变动甚剧的市场，寻求避免外汇风险更为有效的途径。

例 5.11　投资者以 1 000 美元的权利金买入了一张价值 100 000 美元的欧元/美元的欧式看涨合约，合约规定期限为三个月，执行价格为 1.150 0。三个月后的合约到期日，欧元/美元汇率为 1.180 0，则此人可以要求合约发行人以 1.150 0 卖给自己价值 100 000 美元的欧元，然后他可以再到外汇市场上以 1.180 0 抛出，所得盈利减去最初支付的 1 000 美元即是其最后的盈利。如果买入期权合约三个月后，欧元/美元汇率为 1.120 0，此时执行合约还不如直接在外汇市场上买合算，此人于是可以放弃执行合约的权利，最多损失 1 000 美元。

第五节　可转换债券与可交换债券

一、可转换公司债券

可转换公司债券，简称为可转债或转债，是指由股份公司发行的，投资者可以在约定的时间内以约定的条件转换为普通股票的一种特殊的公司债券。这种债券兼具债权和股权双重属性，在可转债被转换成普通股之前，持有人是公司的债权人，可以每年固定的获取利息回报，若在可转债到期之前未能转股，还可以要求发行人还本付息；当持有人选择将其转换成股票后，身份就由债权人转变成了股东，不能再继续享受利息回报，但可以和其他股东一样获得公司的分红收益。自从 1843 年美国的 New York Erie 铁道公司发行第一张可转换公司债券以来，经过一个多世纪的发展，可转换债券市场已经成为现代金融市场中不可或缺的组成部分。

可转债包含有若干要素，包括有效期限和转换期限、票面利率、转换价格、赎回条款与回售条款、转换价格修正条款。这些要素基本决定了可转换债券的转换条件、转换价值、市场价格等总体特征。由于可转债具有可转换成股票这一权利，因而其票面利率比普通债券要低一些。不同的条款，表示了不同的期权，这些期权代表了持有人或发行人相应的权利。通常附在可转债上的期权包括：

（1）持有人所享有的转股权，是指持有人能够以约定价格将可转债转换为公司普通股的权利，这是可转债包含的最基本的期权。这种期权可看做是股本期权，即投资者以债券的本金作为投入，按照约定的价格购入公司的股票。事先约定好的价格就是转股价格，即转股权的行权价格。可转债持有人行使转股权的时间区间称为转股期限，通常是在可转债发行后的 6 个月或 12 个月之后至到期日，因此这种认股权属于美式期权。

（2）持有人享有的回售权。回售权是指当股票价格持续低于转股价格达到一定幅度时，持有人可以按照事先约定的价格，将可转债出售给发行人的一种权利。回售权是持有人拥有的一种卖出期权，这一期权在一定程度上保护了持有人的利益，相当于发行人提前兑付本息。通常情况下，回售收益率要高于票面利率。

（3）发行人享有的赎回权。赎回权是指当股票价格在一段持续的时间内连续高于转股价达到一定幅度时，发行人有权按照事先约定的价格，将尚未转股的可转债赎回的权利。在股票价格上涨时，赎回权实际上起到强制转股的作用，也就是说，当公司股票增长到一定幅度，持有人若不进行转股，则其从转债被赎回得到的收益将低于从转股中获得的收益。因此，赎回权具有强制转股的作用，锁定了可转债价格上涨的空间。

（4）发行人享有的修正权。修正包括自动修正和条件修正。自动修正是指，当公司股票需要进行除权除息处理时，转股价格需要进行相应调整；条件修正是指，为了避免上市公司在其股价出现持续下跌之后面临转债回售的压力，当股票价格连续一段时间低于转股价格时，发行人能够以一定的比例修正转股价格。

2006 年 5 月证监会正式发布《上市公司证券发行管理办法》，允许符合规定的上市公司发行分离交易的可转换公司债券，简称分离式可转债。分离式可转债的债券和附有的转股权能够分离交易。分离后，分离出来的债券和期权与一般意义上的公司债券和认股权证没有区别。分离式可转债实际上是捆绑发行的公司债券和期权两种品种。通过发行分离式可转债，募集的资金将通过两个阶段到达发行人手中，第一个阶段为发行时的债权融资，第二个阶段为认股权证到期时，持有人行权导致的股本融资，当然期权到期后，若情况不利于行权则持有人也可以选择不行权。

二、可交换公司债券

可交换公司债券，是由公司发行的一种公司债券。债券的持有人，有权在一定期限内按照事先约定的条件将债券转换成发行人所持有的另外一种有价证券，通常情况下是该公司持有的另外一家上市公司的股票。持有人有权但没有义务一定要去转换，当转换对持有人不利时，可以当作纯粹的债券处理。

可交换债券的条款与普通可转债大致相同，具有面值、发行期限、发行规模、票面利率、转股期、交换价格、交换价格调整条款、回售以及赎回等部分或全部条款，条款的设计极为灵活。

可交换债券可看做是可转换债券的一种拓展，最主要的区别是债券持有人最终能够转换的标的证券不同：可转换债券最终能够转换为发行可转换债券公司的股票，而可交换债券只能够转换为可交换债券发行公司持有的其他有价证券。发行可转换债券最主要的目的就是融资，分离式可转债能够分离为纯债和认股权证两部分，则赋予了上市公司一次进行两次融资的机会。而发行可交换债券的目则主要有四个。

（1）可交换债券是发行人筹资的工具。由于可交换的债券发行人可以是非上市公司，所以它是非上市集团公司筹集资金的一种有效手段。

（2）增加资产的流动性。在某些情况下，发行人发行可交换债券并不是为了减持证券，而是为了增加投资于这一部分证券的资金的流动性。发行可交换债券以后，发行人只需在可交换债券行权的时候进行现金交收，这样就可以达到不减持股票又可以融资的目的。

（3）可交换债是收购兼并的工具。实施购并的一个难题就是资金的筹集，通过在收购前发行"并购可交换债"，不但能解决资金有限的问题，而且不会像其他杠杆收购一样容易失去控制权和被对手瓦解。

（4）发行可交换债券可以有效地减持所持有其他公司的股票。发行人由于经营战略上变化的需要减持其他公司股票时，发行可交换债券要比直接在二级市场上出售股票有效的多。集团公司发行可交换债约定的交换对象一般是集团拥有的子公司的股票，债券到期时，可以转换成其子公司的股票，从而达到减持股票的目的。

2008 年 9 月 5 日，为控制大小非减持对证券市场造成的不利影响，证监会公布了《上市公司股东发行可交换公司债券的规定》（征求意见稿），主要内容为，持有上市公司股份的股东，可以由保荐人保荐，向证监会申请发行可交换公司债券。可交换公司债券自发行结束之日起十二个月后方可交换为预备交换的股票，债券持有人对交换股票或者不交换股票有选择权。但截止到 2009 年 3 月 31 日，尚无公司发行可交换债券。

第六节 互 换

互换通常是指利率互换，是交易双方签约同意，以名义的（或假设的）本金作为基础交换不同类型的利率（固定利率或浮动利率）款项。互换双方需要使用相同的货币；在互换整个期间，通常没有本金的交换而只有利息的交换，但名义本金在互换中是计算利息的基础。进行互换的目的主要有以下几点：

（1）降低融资成本。出于各种原因，对于同种货币，不同的投资者在不同的金融市场的资信等级不同，因此融资的利率也不同，存在着相对的比较优势。利率互换可以利用这种相对比较优势进行互换套利以降低融资成本。

（2）资产负债管理。利率互换可将固定利率债权（债务）换成浮动利率债权（债务），以方便管理。

（3）对利率风险保值。对于一种货币来说，无论是固定利率还是浮动利率的持有者，都面临着利率变化的影响。对固定利率的债务人来说，如果利率的走势下降，其债务负担相对较高；对于浮动利率的债务人来说，如果利率的走势上升，则成本会增大。通过互换，可将债务人承担的风险转换为另一种类型的风险，以顺利地进行风险管理。

国际资本市场上最早一次利率互换发生在 1982 年 7 月，当时，德意志银行在发行 3 亿美元 7 年期的固定利率欧洲债券的同时，与另外三家银行达成互换协议，交换成以 LIBOR 为基准利率的浮动利率债务。这项交易使得双方能利用各自在不同金融市场上的相对优势获得利益，即德意志银行按低于 LIBOR 的利率支付浮动利息，而其他三家银行则通过德意志银行的较高的资信等级换得了优惠的固定利率债务。利率互换作为一种新型的避免风险的金融技巧，目前已在国际上被广泛采用。

最基本的利率互换是固定对浮动利率互换，即互换一方支付固定利率，另一方支付浮动利率。固定利率在互换开始时就已确定，在整个互换期间内保持不变；浮动利率在整个互换期间参照一个特定的市场基准利率确定，在每期前预先确定，到期偿付。利率互换不仅可以在固定利率和浮动利率之间进行，也可以是浮动利率对浮动利率互换，或固定利率对固定利率互换。利率互换的浮动利率基准一般是流动性好、不易被操纵且市场公认的短期利率基准，通常是与实际融资成本相关的货币市场利率。国际市场上最常见的浮动利率基准包括伦敦同业拆借利率、短期国债利率、商业票据利率、银行承兑汇票利率、银行存单利率、联邦基金利率及最优惠利率等；国内则经常使用 SHIBOR（上海同业拆借利率）作为互换的基准利率。

例 5.12 现有两家公司都想借入期限为 2 年的 100 万元的款项，甲公司想以浮动利率借款，乙公司想以固定利率借款。这两家公司相互之间比较了解，知道对方不会违约，但在银行的资信记录上，甲公司要好于乙公司，因此银行提供给这两家公司的贷款成本是不一样的。

表5-7	银行对两公司的贷款成本		
公司	固定利率	浮动利率	
甲公司	10.0%	LIBOR + 0.3%	
乙公司	11.2%	LIBOR + 1.0%	
借贷成本差额	1.2%	0.7%	

在上表中可以看出,无论是固定利率借款还是浮动利率借款,乙公司都明显高于甲公司。但相对而言,乙公司借入固定利率时比甲公司多付1.2%,而借入浮动利率时则只比甲公司多付0.7%。乙公司在借入浮动利率贷款上有比较优势,而甲公司在借入固定利率贷款上有比较优势。如果两个公司利用比较优势,就可以节约融资成本。

假设两公司选择了利率互换,即甲公司以10%的固定利率借入期限为2年的100万元资金,乙公司以每年LIBOR + 1.0%的浮动利率借入期限为5年的100万元资金。另一方面,甲公司以浮动利率为LIBOR来向乙公司支付利息,乙公司以9.95%的固定利率来向甲公司支付利息。

不妨设随后两年的LIBOR分别为9.0%和10.0%,对于甲,第1年向银行支付10万元,向乙支付9万元,并获得乙的支付9.95万元,其净支出为9.05万元;第2年向银行支付10万元,向乙支付10万元,并获得乙的支付9.95万元,其净支出为10.05万元:两年中甲共支出19.1万元。同样可以计算出,两年中乙共支出21.9万元。比较互换前后甲、乙两公司的融资成本,可以看出:通过利率互换,两公司都节约了融资成本。

表5-8	互换前后比较		
公司	互换前支出	互换后支出	节约
甲公司	19.6万元	19.1万元	0.5万元
乙公司	22.4万元	21.9万元	0.5万元

在互换业务中,两个公司直接进行利率互换是极为少见的,由于需要花费时间寻找交易对象,并且还需承担一定的信用风险。因此,更多的情况是通过金融机构进行间接利率互换,即在有中介机构参与条件下,双方分别与中介机构签订协议,进行互换交易。

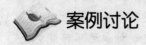 案例讨论

长期资本管理公司的兴衰存亡[①]

1. 长期资本管理公司介绍

美国长期资本管理公司(Long-Term Capital Management, LTCM),是一家主要从事定

[①] 节选自2008年12月17日东方证券的衍生品专题研究报告,作者为高子剑。

息债务工具套利活动的对冲基金。该基金创立于1994年，主要活跃于国际债券和外汇市场，利用私人客户的巨额投资和金融机构的大量贷款，专门从事金融市场炒作，与量子基金、老虎基金、欧米伽基金并称为当时国际四大对冲基金。公司成立之初，其组成人员主要有：

（1）约翰·麦利威瑟，LTCM掌门人，前所罗门兄弟公司全球固定收益证券、套利业务与汇率业务副总裁，被誉为能"点石成金"的华尔街债券套利之父；

（2）罗伯特·默顿，1997年诺贝尔经济学奖获得者，同时也是哈佛大学教授，金融界泰斗级人物，为华尔街培养了包括艾里克·罗森菲尔德在内的好几代交易员；

（3）马尔隆·斯科尔斯，1997年诺贝尔经济学奖获得者，曾与费舍尔·布莱克一起，共同创立了著名的Black-Scholes公式；

（4）戴维·马林斯，前美国财政部副部长及美联储副主席；

（5）艾里克·罗森菲尔德，前所罗门兄弟债券交易部主管。

此外，麦利威瑟还召集了一批华尔街上证券交易的精英入伙LTCM，组成了一个强大的"梦幻组合"。LTCM在初期以固定收益产品的套利交易为主，并取得了辉煌的投资业绩。由于对冲基金的私募性质，绩效不必公开披露，使得人们只能通过一些不太完全的数字来观察LTCM的投资业绩。

LTCM 净资产变化

时　间	1994 年 3 月	1995 年 1 月	1996 年 1 月	1997 年 1 月	1997 年底
净资产（亿美元）	12.5	16	35.44	55.64	73.68

2. LTCM 的盈利方式

LTCM 的交易策略可以概括为一句话："通过计算机精密计算，发现不正常市场价格差，资金杠杆放大，入市图利。"

首先，斯科尔斯和默顿这两位金融工程的著名学者，将金融市场的历史交易资料、已有的市场理论和市场信息有机结合在一起，形成了一套较完整的计算机数学自动投资模型。通过连续而精密的计算得到两个不同金融工具间的正常历史价格差和最新的价格差异。如果两者出现偏差，计算机立即建立起庞大的债券和衍生工具组合，大举入市投资；经过市场一段时间调节，放大的偏差会自动恢复到正常轨迹上，此时计算机指令平仓离场，获取偏差的差值。具体操作中，LTCM遵循"市场中性"原则，即不从事单方面交易，仅以寻找市场或商品间效率落差而形成的套利空间为主，通过对冲机制规避风险，使承受的市场风险最小化。

模型假设前提和计算结果都是在历史统计基础上得出的，但是历史统计永远不可能完全覆盖未来现象。历史数据的统计过程往往会忽略一些小概率事件，如股市和债市，统计数据告诉我们的一定是二者负相关，一涨一跌；然而2001年的"9·11"恐怖攻击事件，美国股市和债市同时下跌，二者变成正相关，因为金融机构需要钱，同时卖出手上的股票和债券。如果某对冲交易员同时买进美股和美债进行对冲，那么他会在"9·11"时看到二者同跌带来巨大风险。这类小概率事件发生的机会可能并不像统计数据反映的那样小，如果一旦发生，则对冲就变成了一种高风险的交易策略，或两头亏损，或盈利甚丰。这将会改变整个系统的风险，造成致命打击。

高杠杆比率是 LTCM 追求高回报率的必然结果。由于 LTCM 借助计算机模型分析常人难于发现的利润机会，这些交易的利润率都非常微小，如果只从事数量极少的衍生工具交易，则回报一般只能达到市场平均水平。所以需要很高的杠杆比率将其放大，进行大规模交易，才能提高权益资本回报率。LTCM 从投资者筹得 43 亿美元资本，却拥有 1 250 亿美元的资产，如果将金融衍生产品包括在内的话，这一数值达到 12 500 亿美元之巨，杠杆比率高达 300 倍。LTCM 所采取的资金策略是运用最少的权益资本进行交易，主要有回购融资、巨额负债和高杠杆的衍生品交易三种。

3. LTCM 的陨落

在 1994 年到 1997 年间，LTCM 业绩辉煌而诱人，以成立初期的 12.5 亿美元资产净值迅速上升到 1997 年 12 月的近 70 亿美元，每年的回报率为 28%、59%、57% 和 25%（不扣除管理费）。

但是，他们的交易策略被越来越多的市场对手所仿效，寻找市场错误定价并从中获利的机会变得越来越难了。为了保证回报率，公司返还投资者 27 亿美元，同时提高杠杆比例，以维持总资产在一定的规模。同时，公司开始大规模介入他们不熟悉的交易领域，包括：股票衍生产品、总收益互换、指数期权和购并套利等。这些动作反而为后面的亏损埋下伏笔。

当时 LTCM 与其他对冲基金还有一个与众不同之处，就是它的巨大的成交量、高杠杆以及投资的规模。到 1998 年 8 月底，LTCM 作了超过 60 000 笔交易，总的名义期货头寸是 5 000 亿美元，互换合约 7 500 亿，期权超过 1 500 亿。另外一件值得关注的是它在某些市场的总头寸，有的时候 LTCM 一家的头寸就占到了交易所的 5% ~ 10%。如此庞大的头寸，在金融市场发生动荡时，自然要面临很大的流动性风险。

LTCM 交易的合约数和资金数都非常惊人，他们在全世界主要市场上都进行互换利差交易，他们持有惊人的股票波动幅度交易合约，更要命的是，长期资本基金的财务杠杆已经被放大到 30∶1 的极高水平，这是没有将他们在金融衍生工具交易上所用财务杠杆计算进去的水平。一家公司如果同时具有极高的财务杠杆同时流动性又很差的话，他无疑在玩俄罗斯左轮游戏。也就是说，对市场的判断必须是绝对准确的，否则市场的走势一旦违背他们的交易方向，就会产生很大的风险。

果不其然，在 1998 年全球金融动荡中，LTCM 难逃一劫。1998 年，俄罗斯经济因为亚洲金融危机遭受了巨大打击。1998 年 8 月 17 日，俄罗斯政府宣布采用休克疗法，包括卢布贬值和延期偿付到期债务。投资者信心受到严重打击，市场波动开始传播到全球各地，投资者纷纷转向持有优质资产，美国国债、德国政府债券等价格上涨，而高风险债券市场的流动性大幅度下降。优质债券与高风险债券之间的价差不断扩大，同时，股市波动率也达到前所未有的水平。

LTCM 在世界各地持有巨量基于优质债券与高风险债券之间的价差会缩小的套利合约，同时他们在股票波动幅度减小上也下了很大的赌注。由于全球市场同向波动，LTCM 以前制定的全球投资分散风险的策略起不了任何作用。不能在全球各地进行有效对冲，LTCM 的损失加倍。更糟的是，由于市场丧失了基本的流动性，LTCM 没有办法对其持有的巨额资产清算，也没有足够的现金来清算它的头寸。

从 1998 年 5 月到 9 月，短短的 150 多天 LTCM 资产净值下降 90%，出现 43 亿美元巨额亏损，仅余 5 亿美元，已走到破产边缘。9 月 23 日，美联储出面组织安排，以 Merrill

Lynch、J. P. Morgan 为首的15家国际性金融机构注资37.25亿美元购买了LTCM90%的股权，共同接管了LTCM，从而避免了它倒闭的厄运。

4. LTCM 给我们的经验

LTCM 的轰然倒塌绝不是偶然，探究其失败的原因并引以为戒，才能避免重蹈覆辙。

（1）控制风险是永恒的主题。LTCM公司的风险压力测试只考虑每天波动10个基点的情况，就是说当利率变动0.1%时，头寸的价值变化会有多少。显然，他们关于风险的检测远远不够，管理层应该测试所有可能的负面变动下的情况。对风险的认识不足和控制不当，为LTCM的陨落埋下了后患。

（2）高杠杆是把双刃剑。LTCM产生巨额亏空的一个原因就是超高杠杆率形成的巨额仓盘产生高风险。他们持有300多倍，最高至500多倍的高杠杆。这样的豪赌不赔则已，一赔则血本无归。LTCM关于市场的预测是正确的，但是因为高杠杆带来的保证金不足，LTCM已经没有足够的现金了，面临着被赶出赌场的危险。高杠杆比率带来的流动性不足把LTCM推向了危机的边缘。

（3）保本并及时止损，切忌孤注一掷。信贷差价的扩大使LTCM在1998年6月亏损约10%，至8月就已损失至52%了。但是LTCM见事不好却未能及时止损，认定其投资组合正确，只要追补上衍生合约的保证金，待市场平稳后仍可反败为胜。于是LTCM抽出其他非核心资产套现以支撑仓盘，没想到市场行情依旧，超高的杠杆率和衍生合约使其亏损面成倍扩大。如果没有事先确定的退出策略，一切都可能化为乌有。所以止损失非常重要的。所有的投资都不可能百战百胜，必须承认中间有可能出错，这不可避免。及时止损离场可避免小错成大错，免得泥足深陷。投资过程中有的意外足以致命，如果能小心利用止损点，就可化险为夷。

（4）不要忽视小概率事件和意外风险。凭借雄厚的金融工程理论支持和对历史数据的充分研究，LTCM建立起一套堪称完美的数学模型来预测市场的走势。但是市场不是充分可测的，再完美的模型也不能覆盖市场的全部方面。

俄罗斯经济危机爆发，全球金融震荡，高风险债券的市场流动性全部丧失，这些意外事件的发生，让LTCM措手不及。小概率事件不发生则已，一旦发生，其结果也许是毁灭性的。所以，投资者在投资过程中一定要充分重视市场风险，时刻考虑到意外发生的可能性。

（5）重视内部控制。在LTCM内部，麦利威瑟过度信任他的两位金牌交易员：劳伦斯·希利布兰德和维克多·哈格哈尼。他完全放手让他的王牌交易员独立操作，他们的交易决定几乎没有人可以反驳，致使LTCM的内部控制系统形同虚设。默顿、斯科尔斯等人对公司在多桩交易中的持仓量，交易品种提出异议，而他们对建议置之不理，一意孤行，大量重仓买卖，造成公司多次出货困难甚至巨额亏损。所以，对于机构投资者而言，风险控制一定要落到实处。前台交易人员的操作一定要有必要的后台风险控制措施，避免灾难发生。

（6）不熟不做。每一个成功的人都有一片自己的领地，投资也如此。在介入一个新领域之前，一定要对其进行充分的研究和学习。"只做你能把握的机会"，对于不熟悉的领域必须谨慎，也是一条投资的永恒真理。麦利威瑟精通于债券的套利交易，对股票衍生品市场的了解却并不深入。为了给庞大的基金寻找利润源，他在没有修改交易模型的情况下，仍然以相同的交易方式大规模进入了一个全然不同的股票衍生品领域，结果在股票及期衍生品市场上损失了近18亿美元，使LTCM元气大伤。

问题：如果没有动用杠杆交易，那么 LTCM 的发展前景是怎样的？

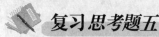**复习思考题五**

一、名词解释

衍生工具 远期 现货 期货 期货合约 保证金 每日结算制度 套期保值 股指期货 熔断制度 期权 内在价值 时间价值 可转换债券 互换

二、单项选择题

1. 金融衍生工具产生的最基本的原因是（ ）。

    A. 新技术革命   B. 金融自由化   C. 利润驱动   D. 避险

2. 股权类产品的衍生工具是指以（ ）基础工具的金融衍生工具。

    A. 各种货币   B. 股票或股票指数

    C. 利率或利率的载体

    D. 以基础产品所蕴含的信用风险或违约风险

3. 实物期货主要有（ ）等几种类型。

    A. 外汇期货   B. 利率期货   C. 股票期货   D. 有色金属期货

4. 若 A 股票报价为 40 元，该股票在 2 在两年内不发放任何股利；2 年期期货报价为 50 元。某投资者按 10% 年利率借入 4 000 元资金（复利计息），并购买该 100 股股票；同时卖出 100 股 2 年期期货。2 年后，期货合约交割，投资者可以盈利（ ）元。

    A. 120   B. 140   C. 160   D. 180

5. 兼有债权和股权的双重性质的公司债是（ ）。

    A. 优先股   B. 可转换公司债   C. 收益公司债   D. 信用公司债

6. 金融期货通过在现货市场与期货市场建立相反的头寸，从而锁定未来现金流风险的功能称为（ ）。

    A. 套期保值功能   B. 价格发现功能

    C. 投机功能   D. 套利功能

7. 根据（ ）划分，金融期权可以分为买入期权和卖出期权。

    A. 选择权和性质

    B. 合约所规定的履约时间的不同

    C. 金融期权基础资产市场价格的关系

    D. 协定价格与基础资产市场价格的关系

8. 在期权到期日或到期日之前的任何一个营业日执行的是（ ）。

    A. 欧式期权   B. 美式期权

    C. 修正的美式期权   D. 大西洋期权

9. 从理论上说，期权价格由两个部分组成，即（ ）。

    A. 内在价值、时间价值

    B. 协定价格、市场价格政策

    C. 利率、权利期间

D. 基础资产价格的波动性、基础资产的收益

10. 根据权证行权时所买卖的标的股票来源不同，分为（　　）。

　　A. 平价权证、价内权证和价外权证

　　B. 认购权证和认沽权证

　　C. 认股权证和备兑权证

　　D. 美式权证、欧式权证、百慕大式权证

三、判断题

1. 金融衍生工具交易一般只需在支付少量的保证金或权利金就可以签订远期大额合约或互换不同的金融工具。　　　　　　　　　　　　　　　　（　　）

2. 期货交易结算所是所有交易者的对手，也就是所有成交合约的履约担保者。（　　）

3. 期货市场套利功能的理论基础在于经济学中所谓的"一价定律"，即忽略交易费用的差异，同一商品只能有一个价格。　　　　　　　　　　　（　　）

4. 期权交易实际上是一种权利的单方面有偿让渡。　　　　　　　　（　　）

5. 修正的美式期权也称为百慕大期权，可以在到期日之前的任何一个营业日执行。
　　　　　　　　　　　　　　　　　　　　　　　　　　　　　（　　）

四、简答题

1. 简述期货合约包含的内容。

2. 简述期货套期保值交易的思想。

3. 简述沪深 300 指数期货的交易合约。

4. 简述期权的各种分类方式。

5. 简述可转换债券中所附有的期权。

第六章 证券市场运行

📖 学习要求

1. 理解掌握各种类型的证券发行方式；
2. 掌握首次公开发行的发行程序，以及发行价格的确定；
3. 了解上市公司发行证券，了解国债发行；
4. 掌握证券交易程序，掌握证券交易的相关事项；
5. 了解证券交易费用；
6. 了解证券交易软件的使用。

关键词

债券，债券分类，公司债券，债券价值

第一节 证券发行

一、证券发行方式

证券发行是指政府、企业等，为了财政的需要或是筹集资金的需要，在证券发行市场上按照法律规定的条件和程序，向投资者发行证券的行为。证券发行的方式很多，按照不同的标准可以划分为不同种类。

（1）按发行对象不同，可分为公开发行和非公开发行。公开发行是指证券发行人依照有关法律办理发行审核程序，向广泛的不特定的投资者公开发行证券的一种方式，发行的证券可在市场中流通交易。公开发行涉及到众多投资者，其社会责任和影响很大，因此一般要求发行者具有较高的社会信誉。非公开发行是指仅向少数特定投资者发行证券的一种方式，也称内部发行。发行对象一般是与发行人有特定关系的投资者，如发行人的职工或与之有密切关系的金融机构、公司、企业等。采用非公开发行时，发行公司不需办理公开发行的审核程序，证券不公开对外销售，发行者的资信情况为投资者所了解，不必向公开发行那样向社会公开内部信息。

（2）按发行过程划分，可分为直接发行和间接发行。直接发行是指发行者不通过证券承销机构，而是自己办理证券发行承销事宜，由自己承担发行风险。直接发行的优点是手续简单，发行费用低；缺点是发行范围狭窄，筹资时间较长，发行部门还得有专职人员，发行人本身需要具有较高的知名度与信誉，还要承担销售不完的风险。

间接发行也称承销发行，是指发行人不直接参与证券的发行过程，而是委托给一家或几家证券承销机构承销的一种方式。承销是指，证券经营机构借助自己在证券市场上的信誉和营业网点，在规定的发行有效期限内将证券销售出去。承销主要包括代销和包销两种：代销是指承销机构代证券发行人发售证券，在承销期结束时，将未售出的证券全部退还给发行人的承销方式，承销商不承担任何发行风险；包销是指承销机构将发行人的证券按照协议全部购入，或者在承销期结束后将售后剩余的证券全部自行购入的承销方式。对于一次发行量特别大的股票发行，一家承销机构往往不愿意单独承担发行风险，这时就会组织一个承销集团，由多家证券经营机构共同担任承销人，这样每一家承销机构单独承担的风险就减少了。承销团的发起者为证券承销的主承销商，一般由实力雄厚的大型证券经营机构充当。承销团的结构取决于发行规模、发行地区和上市地区的选择。当发行规模较小，且仅在一个国家发行、上市，那么仅选择该国家的一些承销商组成承销团就够了；当发行规模很大，并且在几个国家同时发行、上市时，那么就可能需要根据实际情况组成多个承销团。间接发行需要支付一定的发行费用，但发行时间短，能较快地获得所需的资金，发行人承担的风险小。目前，我国证券发行大都采用间接发行方式。

（3）按证券发行的地点划分，可以分为国内发行和国外发行两种方式，在国外发行证券是利用外资和证券市场国际化的一种体现。

（4）按照发行手段不同，可分为网上发行和网下发行。网上发行是指利用证券交易所的交易网络，公开销售证券，投资者通过交易系统申购证券的发行方式；网下发行，是不利用证券交易所的交易系统而发行证券的方式。

（5）按照发行价格制定方式的不同，可分为竞价发行、询价发行和定价发行。竞价发行是指发行人和承销商确定发行底价，投资者按自己愿意支付的价格（必须不低于底价）和认购的数量进行申报，承销商按集中竞价原则决定发行价格，即以累计有效申报数量达到证券发行数量的价位作为发行价格，在发行价格以上的所有买入申报均按该价格成交；如果底价之上的有效申报的累计总数小于证券发行量，则将底价作为实际发行价，剩余部分由承销商按其与发行人订立的承销协议处理。询价发行方式则给申购的投资者一个询价区间（即申购价格上限和下限），然后根据投资者对该询价区间占大多数价格的认同来确定发行价格后，以该价格进行配售。定价发行则是由发行人和主承销商在证券公开发行前商定一个固定价格，然后根据这个价格进行公开发售。

（6）按照发行价格与面值的关系，可以分为平价发行、溢价发行和折价发行三种。平价发行也称为等额发行或面额发行，是指发行人以面值作为发行价格；溢价发行，是指发行人以高于面值的价格发行证券；折价发行，是指发行人以低于面值的价格发行证券。发行附息债券时，通常使用平价发行，而在债券市场行情较好时采用溢价发行，在市场行情不佳时采用折价发行。

使用平价方式发行股票较为简单易行，但发行人筹集资金量较少，一般较少采用，多在证券市场不发达的国家和地区采用，我国在 1987 年深圳发展银行发行股票时，每股面额为

20 元，发行价也为每股 20 元，即为平价发行。溢价发行股票可使公司用较少的股份筹集到较多的资金，同时还可降低筹资成本。目前我国沪深证券市场股票发行都是溢价发行。溢价发行又可分为市价发行和中间价发行两种方式。市价发行也称时价发行，是指以同种或同类股票的流通价格为基准来确定股票发行价格，股票公开发行通常采用这种形式。中间价发行是指以介于面额和时价之间的价格来发行股票，我国股份公司对老股东配股时，基本上都采用中间价发行。折价发行股票时，折扣的大小主要取决于发行公司的业绩和承销商的能力。目前，西方国家的股份公司很少有按折价发行股票的，而在我国《公司法》中明确规定，股票发行价格可以按票面金额，也可以超过票面金额，但不得低于票面金额。

（7）股票发行时，根据发行目的不同，可以分为筹资发行和增资发行。筹资发行是为组建和设立股份公司而发行股票。股份公司在设立时，要通过发行股票来筹措资金，使之达到一定的规模并具备经营发展的实力。筹资发行又分发起设立和募集设立两种方式：发起设立，指由发起人认购公司应发行的全部股份而设立公司，无需向社会公众筹资，每个发起人都是公司的原始股东，发起人认购股份后，即可订立公司章程，选举董事会，并向有关主管部门办理申请登记，即可开始营业；募集设立，是由发起人认购公司应发行股份的一部分，其余部分向社会公众募集而设立公司。在筹资发行中，首次公开发行（Initial Public Offerings，IPO）是一种常见的发行方式，是指股份公司申请在证券交易所上市前第一次通过公开发行股票募集资金的行为。增资发行是股份公司为扩大经营以加强其市场竞争力时，筹措新的资本而发行股票。增资发行又分为无偿增资和有偿增资两种。无偿增资是公司将过去积累的公积金或用于分配的利润转为股本金，并按照公司股东的持股比例转入其账户。无偿增资并没有真正增加公司的资本金，而只是对资本金的结构作了调整。有偿增资是通过发行新股来增加公司的资本金，又可分为向社会增发新股和向老股东配股两种方式。增发是社会公众投资者按照股票的发行价格在市场上公开购买公司股票；配股是公司对老股东按照其持股比例配售一定数量的新股，配售价格通常低于股票的市场价格，若老股东不愿或无力接受配股，也可将自己的配股权转让给其他投资者。

二、首次公开发行

股票发行主体应是依法设立且合法存续的股份有限公司，并且满足公司治理、独立性、同业竞争、关联交易、财务等方面的各项要求。我国股票发行制度历经多次变化，目前股票发行采用的是 2006 年 9 月 19 日正式施行的《证券发行与承销管理办法》（简称《发行办法》）。

首次公开发行，也就是通常所说的新股发行。我国证券市场上历来有"新股不败"的传统，即新股刚上市的前几个交易日的价格通常大大高于其发行价。这使得投资者可以在一级市场上申购新股并在二级市场上高价出售，从而获得较高的无风险收益，因此新股发行受到证券市场的广泛关注。

（一）新股发行决议

公司发行股票，董事会应依法就本次股票发行的具体事项作出决议，并提请股东大会批准。股东大会就本次发行股票作出决议，决议中应包含：本次发行股票的种类和数量，发行对象，价格区间或者定价方式，募集资金用途，发行前滚存利润的分配方案，决议的有效期，对董事会办理本次发行具体事宜的授权，以及其他必须明确的事项。

（二）聘请主承销商、分销商和上市保荐人，以及会计师事务所、律师事务所等

这里的保荐人是指依照法律规定，为上市公司的上市申请承担推荐职责，并为上市公司上市后一段时间的信息披露行为向投资者承担担保责任的证券公司。担保职责是保荐人最具特点的职责，此外，为了配合好推荐和担保工作，保荐人的职责还包括辅导、监督以及调查、报告、咨询和保密等。

（三）监管机构的核准

发行人应当按照有关规定制作申请文件，由保荐人保荐并向证监会申报。证监会收到申请文件后，在 5 个工作日内作出是否受理的决定。若受理申请，则由相关职能部门对发行人的申请文件进行初审，并由发行审核委员会审核。在初审过程中，将征求发行人注册地省级人民政府是否同意发行人发行股票的意见，并就发行人的募集资金投资项目是否符合国家产业政策和投资管理的规定征求国家发展和改革委员会的意见。证监会依照法定条件对发行人的发行申请作出予以核准或者不予核准的决定，并出具相关文件。

证券发行监管制度包括审批制、核准制和注册制。在 2000 年以前，我国新股的发行监管制度主要以审批制为主，实行"额度控制"，即拟发行公司在申请公开发行股票时，要征得地方政府或中央企业主管部门同意后，向所属证券管理部门正式提出发行股票的申请；经所属证券管理部门受理审核同意转报证监会核准发行额度后，公司可正式制作申报材料，提出上市申请，经审核、复审，由证监会出具批准发行的有关文件，方可发行。核准制是指发行人在发行股票时，不需要各级政府批准，只要符合《证券法》和《公司法》的要求即可申请上市；但是发行人要充分公开企业的真实状况，证监会有权否决不符合规定条件的股票发行申请。注册制是指发行人在准备发行证券时，必须将依法公开的各种资料完全、准确地向证券主管机关呈报并申请注册。这三种发行制度中，审批制是完全计划发行的模式，核准制是从审批制向注册制过渡的中间形式，注册制则是成熟资本市场普遍采用的发行体制。目前，我国新股发行采用核准制。

（四）刊登招股说明书

招股说明书是首次公开发行时，就发行中的有关事项向公众作出披露，并向非特定投资人提出购买或销售其股票的要约邀请性文件。招股说明书需要按照法律法规披露会对发行投资产生重要影响的信息。凡对投资者作出投资决策有重大影响的信息，均应予以披露，发行人认为有助于投资者作出投资决策的信息，发行人可增加这部分内容。一般来说，需要披露的信息包括：本次发行概况，如股票种类、面值、发行股数、占发行后总股本的比例、发行方式与发行对象、承销方式以及发行费用概算等，风险因素，发行人基本情况，业务和技术，同业竞争与关联交易，董事、监事、高级管理人员，公司治理结构，财务会计信息，业务发展目标，本次募集资金运用以及其他重要事项。此外，发行人成立不足 3 年的，应提供其自成立之日起，至进行股票公开发行准备工作之时止的经营业绩及其他资料，如果发行人由原有企业经改制而设立，且改制不足 3 年，则发行人在根据要求对其历史情况进行披露

时，应包括原有企业情况。

招股说明书内容详尽但不便于投资者阅读和了解，为尽可能广泛、迅速地向社会公众投资者提供和传达有关股票发行的简要情况，发行人还应作出招股说明书概要，简要地提供招股说明书的主要内容。一般情况下，招股说明书概要约为 1 万字左右。

（五）路演或网上路演

路演主要是针对机构投资者，网上路演主要针对的是公众投资者。路演是国际上广泛采用的证券发行推广方式，指证券主承销商发行证券前针对投资者的推介活动，是在投融资双方充分交流的条件下促进股票成功发行的重要推介、宣传手段。路演的主要形式是举行推介会，在推介会上，公司向投资者就公司的业绩、产品、发展方向等作详细介绍，充分阐述上市公司的投资价值，让投资者们深入了解具体情况，并回答投资者关心的问题。随着网络技术的发展，传统的路演搬到了互联网上，即借助互联网进行路演，称为网上路演。主承销商和投资者通过互联网进行实时、开放、交互的网上交流活动，一方面可以使主承销商进一步展示所发行证券的价值，加深投资者的认知程度；另一方面使投资者了解企业的内在价值和市场定位，了解企业高管人员的素质，了解公司的财务情况、公司募集资金的投入向的项目情况，从而更加准确地判断公司的投资价值。网上路演现已成为上市公司展示自我的重要平台和推广股票的重要方式。

（六）确定发行价格

发行人及其主承销商应当以询价的方式确定股票发行价格。询价的对象是符合规定条件的证券投资基金管理公司、证券公司、信托投资公司、财务公司、保险机构投资者、合格境外机构投资者，以及经证监会认可的其他机构投资者。

询价分为初步询价和累计投标询价。首先，发行人及其主承销商应当以书面形式向不少于 20 家（发行数量 4 亿股以上的，不少于 50 家）询价对象进行初步询价，并根据初步询价的结果确定发行价格区间。初步询价时，询价对象对股票定价主要使用市盈率法、市净率法、现金流量贴现法等。通过市盈率定价法估计股票发行价格，首先计算发行人的每股收益；然后，根据二级市场上的平均市盈率、同类行业公司股票的市盈率、发行人的经营状况以及成长性等拟定发行市盈率；最后，通过发行市盈率与每股收益的乘积决定发行价格。通过市净率定价法估计股票发行价格，首先根据审核后的净资产计算出每股净资产；然后，根据二级市场上的平均市净率、同类行业公司股票的市净率、发行人的经营状况以及净资产收益率等拟定发行市净率；最后，通过发行市净率与每股净资产的乘积决定发行价格。现金流量贴现法是通过预测公司未来的现金流量，按照一定的折现率来计算公司的净现值，从而确定股票发行价格。

初步询价后，发行人及其主承销商在发行价格区间内通过累计投标询价确定发行价格。累计投标询价是指在发行过程中，投资者在发行价格区间内按照不同的发行价格申请认购数量，主承销商按照申购价格由高到低进行排序，并对申购数量进行统计，最终由主承销商和发行人根据排序和统计结果确定发行价格。

询价对象可以自主决定是否参与初步询价，询价对象申请参与初步询价的，主承销商无正当理由不得拒绝。未参与初步询价或者参与初步询价但未有效报价的询价对象，不得参与累计投标询价。首次发行的股票在中小企业板上市的，发行人及其主承销商可以根据初步询价结果确定发行价格，不再进行累计投标询价。

（七）发行

发行一般包括战略配售、网下配售与网上申购三部分。

首次公开发行股票数量在4亿股以上的，可以向战略投资者配售股票，发行人应当与战略投资者事先签署配售协议，并报证监会备案。战略投资者不得参与首次公开发行股票的初步询价和累计投标询价，并应当承诺获得本次配售的股票持有期限不少于12个月，持有期自本次公开发行的股票上市之日起计算。这里的战略投资者是指符合国家法律、法规和规定要求、与发行人具有合作关系或合作意向和潜力并愿意按照发行人配售要求与发行人签署战略投资配售协议的机构投资者，是与发行公司业务联系紧密且欲长期持有发行公司股票的投资者。

网下配售，是指通过证券交易所网下发行电子平台，发行人及其主承销商向参与累计投标询价的机构投资者进行配售的证券发行行为。公开发行股票数量少于4亿股的，配售数量不超过本次发行总量的20%；公开发行股票数量在4亿股以上的，配售数量不超过向战略投资者配售后剩余发行数量的50%。发行人及其主承销商通过累计投标询价确定发行价格的，当发行价格以上的有效申购总量大于网下配售数量时，应当对发行价格以上的全部有效申购进行同比例配售。

网上发行，是指通过证券交易所交易系统，向社会公众投资者定价发行的证券发行行为。网上发行时发行价格尚未确定的，参与网上发行的投资者应当按初步询价给出的价格区间上限申购，如最终确定的发行价格低于价格区间上限，差价部分应当退还给投资者。首次公开发行股票达到一定规模的，发行人及其主承销商应当在网下配售和网上发行之间建立回拨机制，根据申购情况调整网下配售和网上发行的比例。

发行人及其主承销商网下配售股票，应当与网上发行同时进行。因此投资者在参与新股申购时应关注新股的价格，究竟是已经经过初步询价确定了的价格、还是仍需要通过累计询价才能确定价格。前者价格是固定的，后者在申购时，应以发行区间的上限参与申购，以确保申购成功。

此外，当首次公开发行股票数量在4亿股以上的，发行人及其主承销商可以在发行方案中采用超额配售选择权，但须经证监会、证券交易所和证券登记结算机构同意。所谓超额配售选择权，是指发行人授予主承销商的一项选择权，获此授权的主承销商按同一发行价格超额发售不超过包销数额一定比例的股份（通常是15%），即主承销商按不超过包销数额115%的股份向投资者发售。在本次发行的股票上市之日起一定期限内（通常为30日），主承销商有权根据市场情况选择从交易市场购买发行人股票，或者要求发行人增发股票，分配给对此超额发售部分提出认购申请的投资者。具体来讲，就是当超额配售选择权行使期间，如果股票市价跌破发行价时，主承销商应当从二级市场购回多售出的股票，以支持股价；如果超额认购很大，股票市价高于发行价，则主承销商要求发行人增发一定量的股份分配给投资者。这样，通过运用超额配售选择权，就可以保持市场股价的相对稳定。超额配售选择权制度最早由美国绿鞋公司首次公开发行股票时率先使用，因此也称为"绿鞋"机制。

（八）上市流通

当已经发行的股票经证券交易所批准后，在交易所公开挂牌交易，这一过程称为股票上市。在我国，股票公开发行后即获得上市资格。此时，其股票在证券交易所上市交易的股份有限公司称为上市公司。

三、上市公司发行证券

有时上市公司为扩大经营活动，需要在证券市场上进行新的融资，这些融资活动包括上市公司发行股票、公司债券以及可转换债券等。上市公司向社会公开发行股票有两种方式，一种向原股东配售股票的，称为配股；另一种向全体社会公众发售股票，称为增发。上市公司发行证券，其程序和首次公开发行股票基本一样，只是具体细节有所不同。一般来说，上市公司发行证券的程序为：

（1）发行决议。当上市公司满足发行证券的各项规定后，可以发行证券。董事会就上市公司申请发行证券作出决议，并提请股东大会批准。若存在利润分配方案、公积金转增股本方案尚未提交股东大会表决或者虽经股东大会表决通过但未实施的，应当在方案实施后发行。

（2）聘请主承销商及保荐人等。保荐人按证券发行条件以及要求主承销商重点关注的事项对该公司进行尽职调查后，与董事会在发行方案上取得一致意见，并按照证监会的有关规定编制和报送发行申请文件。

（3）监管机构的核准。证监会依照有关程序审核，对收到的发行申请作出核准或不予核准的决定。公司债券采用一次核准，可分次发行的方式，若在 6 个月内首次发行，不少于总发行量的 50%，剩余数量应在 24 个月内发行完毕；股票和可转换债券核准后必须在一次全部发行。

（4）刊登发行说明书。上市公司取得证监会发行核准批文后，在规定期限内，刊登所发行证券的相关说明，就发行中的有关事项向公众作出披露。

（5）路演或网上路演。通过路演和网上路演，与投资者进行沟通交流，以保证证券能够顺利发行。

（6）确定发行价格。上市公司发行证券，可以通过询价的方式确定发行价格，也可以与主承销商协商确定发行价格。公司债券和可转换债券的发行价格通常由发行人与保荐人通过市场询价确定；上市公司发行股票的价格，通常是根据此前一段交易日公司股票的市场价格，给予一定比例的折扣计算出来的。

（7）发行。上市公司发行证券期间，相关证券需要按照证券交易所的相关规则进行停牌处理。上市公司向原股东配股，应当向股权登记日登记在册的股东配售，且配售比例相同。上市公司增发或者发行可转换公司债券，主承销商可以对参与网下配售的机构投资者进行分类，对不同类别的机构投资者设定不同的配售比例，对同一类别的机构投资者按相同的比例进行配售。主承销商未对机构投资者进行分类的，应当在网下配售和网上发行之间建立回拨机制，回拨后两者的获配比例应当一致。上市公司增发股票或者发行可转换公司债券，可以全部或者部分向原股东优先配售，优先配售比例应当在发行公告中披露。上市公司发行股票，应当由证券公司承销；非公开发行股票，且发行对象均属于原前 10 名股东的，可以由上市公司自行销售。

投资者申购缴款结束后，主承销商需要聘请具有证券相关业务资格的会计师事务所对申购资金进行验证，并出具验资报告。

（8）上市流通。发行人向交易所提交所需文件，获得交易所同意后可上市流通。

四、国债发行

中国债券市场包括银行间债券市场、交易所债券市场和商业银行柜台债券市场三个子市场，其中中国银行间债券市场是中国债券市场的主体和核心。

发行国债时，首先由财政部制定有关国债发行的相关事宜，确定发行场所，发行品种和发行数量，时间安排，上市安排，兑付安排以及发行手续费率等，并向市场参与者发出通知；然后在规定时间内，采用公开招标的方式确定国债的利率和发行数量；最后按照招标结果进行销售。目前，我国记账式国债的发行主要采用公开招标方式。公开招标方式是指通过投资者的直接竞价来确定发行价格或利率水平，发行人将投资者报出的标价从高到低排列，或将利率从低到高排列，发行人从高价或低利率选起，直到达到需要发行的数额为止。公开招标发行可以使发行人与投资者直接见面，减少了中间环节；招标发行确定的价格是由供求关系决定的市场价格，提高发行效率，降低了发行成本。

第二节　证券交易

在沪深证券交易所，投资者可以进行交易的交易品种有股票（包括 A 股和 B 股）、债券（包括公司债券和上市国债）、基金（包括封闭基金、ETF 和 LOF）、权证和国债回购。其中，股票、债券、基金和权证的交易程序基本一样，只在个别地方有所差别；而国债回购则是一种抵押贷款，交易程序与其他交易品种差别较大，且国债回购只针对机构投资者。交易日为每周一至周五，国家法定节假日和交易所公告的休市日休市，不进行交易；每个交易日交易时间为上午 9：15 至 11：30，下午 13：00 至 15：00。

一、证券交易程序

对于股票、债券、基金和权证交易，其具体过程如下：

（一）开户

证券投资基金、保险公司、证券公司等特殊金融机构，需要直接到中国证券登记结算公司办理开户手续。个人投资者和一般机构投资者，则需在交易时间内通过证券公司开立证券账户和资金账户。证券账户是证券登记结算公司为投资者设立的，用于登记投资者所持有的证券种类、名称、数量及相应权益变动情况的一种账册；资金账户是投资者开设的资金专用账户，用于存放投资者买入证券所需资金或卖出证券所取得的资金，记录着证券交易资金的比重、余额与变动情况。同时，投资者需要与证券公司签订证券交易委托协议。协议生效后，证券公司就可以接受投资者委托，在证券交易所代办证券买卖；并在证券登记结算公司，代表投资者进行相应的证券与资金登记、清算与交收。

开设证券账户时，个人投资者需填写《自然人证券账户注册申请表》，并提交本人身份证及复印件，委托他人代办的，还需提供经公证的委托代办书和代办人身份证及复印件；机构需填写《机构证券账户注册申请表》，并提交企业法人营业执照及复印件、法定代表人证明书、法定代表人身份证复印件、法定代表人授权委托书和经办人身份证及复印件。此外，投资者若进行权证交易，还需签署专门的风险揭示书。

投资者开设的证券账户按用途可分为人民币普通股票账户（简称 A 股账户）、人民币特种股票账户（简称 B 股账户）、证券投资基金账户（简称基金账户）和其他账户等。除 B 股股票外，其他交易品种均可通过 A 股股票账户进行交易。

（二）转入保证金

投资者开立证券账户和资金账户后，需通过银行转账的方式，向资金账户中转入足够的保证金方可进行证券交易。此外，投资者也可以根据自己的需要，将资金账户中的保证金转出。

（三）委托

委托是指投资者向证券公司进行具体授权买卖证券的行为。投资者买卖证券不能到交易所直接办理，需通过证券公司进行。投资者的委托指令应当包括证券账户号码、证券代码、买卖方向、委托数量、委托价格以及交易所及证券公司要求的其他内容；对于未成交的部分，投资者可以撤销委托。投资者委托买入证券时，其资金账户上须有足够的证券保证金；投资者委托卖出证券时，其证券账户上须有相应的证券，国内证券交易不允许卖空交易。证券公司没有受到明确的委托指令，不得动用投资者所持有的证券和资金进行交易。

根据投资者委托价格的不同，可分为限价委托或市价委托。限价委托是指投资者发出的委托指令中包含限定的价格，证券公司必须按限定的价格或低于限定的价格买入证券，或者按限定的价格或高于限定的价格卖出证券。市价委托是指投资者向证券公司发出委托指令时，只规定证券的代码和数量，由证券公司按市场价格买卖以尽快成交。限价委托可能按投资者希望的价格成交，有利于投资者谋取较大收益，但成交速度较慢，可能无法成交；市价委托便于成交，尤其是在证券价格急剧波动，投资者急需立即买入或卖出时，为尽快达成交易，常采用市价委托，但市价委托成交的价格可能不太符合投资者的希望。

根据委托方式不同，可分为营业部委托、电话委托和网上委托。证券营业部通常提供的委托方式有：当面柜台委托，是指投资者在证券公司营业部的柜台上，填写买进或卖出委托书，交由证券公司工作人员审核执行；自助终端委托，是指投资者用证券公司的计算机自助委托终端下达指令。电话委托，是由投资者拨打交易委托电话，按提示语音操作，进行委托和查询。网上委托包括两种方式：网页委托，是指投资者不需下载任何软件，只要上网登录证券公司网站即可进行操作；软件委托，是指投资者需下载证券公司指定的行情和交易软件，输入相应账号和密码，即可进行行情查询、资产查询以及委托等。此外，某些证券公司还提供了手机委托，投资者可通过下载手机用交易软件，通过手机上网来进行操作。

　　根据委托的有效期不同，可分为不定期委托和定期委托。不定期委托也称有效委托，即投资者发出委托指令时不规定指令的有效期限，只要没有撤销委托，则委托指令一直有效。定期委托也称限时委托，是指投资者发出委托指令时，对交易的时间有一定限制，超过时限则委托指令自动失效，而不论买卖是否成交；若投资者仍有买卖意向，则需要重新进行委托。

（四）申报

　　证券公司接到投资者的委托指令后，需要根据委托指令向证券交易所进行申报。委托和申报也可以看做是同一过程，只不过委托是投资者向证券公司提交的买卖申请，申报是证券公司向交易所提交的买卖申请。

　　交易所接受申报的时间为每个交易日 9：15 至 11：30 和 13：00 至 15：00；每个交易日的9：20 至 9：25，交易所不允许撤销申报，深圳证券交易所在 14：57 至 15：00 也不允许撤销申报；每个交易日 9：25 至 9：30，交易所只接受申报，但不对买卖申报或撤销申报作处理；在其他接受申报的时间内，未成交申报可以撤销。

　　证券交易所对于证券交易数量和交易价格作了一些规定。对于股票和基金，100 股（份）称为 1 手；债券以人民币 100 元面额为 1 张，10 张为 1 手；债券质押式回购则需按照一定标准将质押的债券折算成标准券，以 100 元标准券为 1 张，10 张为 1 手。申报买入股票、基金和债券时，申报数量应当为 1 手或其整数倍；卖出股票、基金和债券时，余额不足1 手的部分，应当一次性申报卖出。股票和基金的单笔申报最大数量应当不超过 100 万股（份），债券和债券质押式回购竞价交易单笔申报最大数量应当不超过 10 万张。不同证券的交易采用不同的计价单位。股票为"每股价格"，基金为"每份基金价格"，债券为"每百元面值的价格"，债券质押式回购为"每百元资金到期年收益"。A 股、债券、债券质押式回购交易的申报价格最小变动单位为 0.01 元人民币；基金和权证交易为 0.001 元人民币；B股交易分别为 0.001 美元（上海 B 股）和 0.01 港元（深圳 B 股）。

（五）竞价

　　证券竞价交易采用集合竞价和连续竞价两种方式：集合竞价是指对一段时间内接受的买卖申报一次性集中撮合的竞价方式；连续竞价是指对买卖申报逐笔连续撮合的竞价方式。上海证券交易所的竞价方式和深圳证券交易所略有不同。

表 6 -1　　　　　　　　　　　　　　交易时间与竞价方式

时　　间	上海证券交易所	深圳证券交易所
9：15 ~ 9：25	集合竞价	集合竞价
9：30 ~ 11：30 以及 13：00 ~ 14：57	连续竞价	连续竞价
14：57 ~ 15：00	连续竞价	集合竞价

　　开盘集合竞价期间未成交的买卖申报，自动进入连续竞价；深圳证券交易所中，连续竞价期间未成交的买卖申报，自动进入收盘集合竞价。

（六）成交

证券竞价交易按价格优先、时间优先的原则撮合成交。价格优先原则是指，较高价格买入申报优先于较低价格买入申报，较低价格卖出申报优先于较高价格卖出申报；时间优先原则是指，买卖方向、价格相同的，先申报者优先于后申报者，先后顺序按交易所接受申报的时间确定。

集合竞价的所有交易以同一价格成交，成交价格的确定原则为：可实现最大成交量的价格；高于该价格的买入申报与低于该价格的卖出申报全部成交；与该价格相同的买方或卖方至少有一方全部成交。若有两个以上价格符合上述条件的，则取距前收盘价最近的价格为成交价。

连续竞价时，成交价格的确定原则为：最高买入申报与最低卖出申报价格相同，以该价格为成交价；买入申报价格高于集中申报簿当时最低卖出申报价格时，以集中申报簿当时的最低卖出申报价格为成交价；卖出申报价格低于集中申报簿当时最高买入申报价格时，以集中申报簿当时的最高买入申报价格为成交价。这里的集中申报簿是指交易所某一时点有效竞价范围内，按买卖方向以及价格优先、时间优先顺序排列的所有未成交申报队列。

（七）清算、交收与过户

清算是指证券买卖双方在证券交易所进行的证券买卖成交以后，通过证券交易所将各证券公司之间买卖的数量和金额分别予以抵消，计算应收应付证券和应收应付金额的一种程序，包括了证券清算和资金清算两个方面。交收是指证券卖方将证券交付买方，买方将价款支付给卖方的行为。清算交收统称为结算，是一笔证券交易达成后的后续处理，是价款结算和证券交收的程序。

由于证券买卖是通过证券公司进行的，买卖双方并不直接见面，而是由证券公司代为完成。因此，结算实际上包含了证券公司与结算公司之间的结算，以及投资者与证券公司之间的结算这两个过程。证券公司必须在结算公司或其委托银行处开设专门结算账户，由结算公司集中清算，并以内部划账、转账等方式交收净余额证券或价额；投资者与证券公司之间进行结算，是指买者支付现金而获得证券，卖者交付证券而取得现金，由于投资者已在证券公司处开设证券账户与资金账户，故这种结算不必由当事人出面进行实物交收，而是由计算机自动完成就可以了。

过户是指投资者买进股票后，持所买股票到发行公司办理变更股东名册登记的手续。过户后，新股东即可享有发行公司的一切股东权益，股票的委托交易过程至此才算终结。目前由于结算公司实行证券集中存管和无纸化交收，股票的过户手续在结算后就已经由计算机自动完成，因此无需投资者本人专门到证券营业部办理股票过户手续。

根据交收日期不同，可分为 T＋1 和 T＋3 交收。T＋1 交收是指投资者当日买入的证券不能在当日卖出，需待进行交收过户后在第 2 个交易日方可卖出；当日卖出证券后，投资者可以使用卖出证券获得的价款继续买入其他证券，但不能在当日立即提取现金，必须等到第 2 个交易日才能将现金提出。T＋3 交收是指投资者买入的证券须在第 4 个交易日方可卖出，卖出证券获得的价款也须在第 4 个交易日后方能取出，但投资者可以使用卖出证券获得的价款在当日继续买入其他证券。目前，B 股实行 T＋3 交收，同时 B 股也实行次日回转交易制度，即投资者可以在买入的次日反向卖出已买入但未交收的 B 股，但 B 种股票的交收期和交收制度，仍按 T+3 日逐笔交收的现行规则办理。其他证券实行 T+1 交收，但债券和权证实行当日回转交易，即当日买入可以当日卖出。

二、交易费用

投资者通过中介机构办理开户、委托买卖证券及过户等业务时需支付相应费用，这些费用主要包括开户费、佣金、过户费、通信费和印花税、资本利得税等等。

（一）开户费

开户费是投资者在开立证券账户和资金账户时需缴纳的费用。不同地区、不同证券公司、不同证券登记结算公司在为个人投资者和机构投资者开立账户时，其收费标准不一致。开立上海 B 股账户时，开户费须以美元缴纳；开立深圳 B 股账户时，开户费须以港币缴纳；其他账户则一律采用人民币缴纳。例如，上海证券交易所规定，对于 A 股账户，个人和机构开户费分别为 40 元和 400 元；对于 B 股账户，个人和机构开户费分别为 19 美元和 85 美元。深圳证券交易所规定，对于 A 股账户，个人和机构开户费分别为 50 元和 500 元；对于 B 股账户，个人和机构开户费分别为 120 港元和 580 港元。有时，某些证券公司为吸引客户，可能会免收开户费，而替投资者代缴。

（二）佣金

佣金是指投资者在证券买卖成交后，须按成交金额的一定比例支付的费用。这些费用一般由证券公司的经纪佣金、证券交易所交易的经手费及监管机构的监管费等组成。目前，A 股、B 股和基金的交易佣金实行最高上限向下浮动制度，证券公司向投资者收取的佣金（包括代收的监管费和交易所的手续费），不得高于证券成交金额的 3‰，也不得低于代收的监管费和交易所的手续费。A 股和基金每笔交易佣金不足 5 元的，按 5 元收取；B 股每笔交易佣金不足 1 美元或 5 港元的，按 1 美元或 5 港元收取。

（三）过户费与结算费

过户费是委托买卖的股票、基金成交后，买卖双方为变更证券登记所支付的费用，由证券公司在同投资者清算交收时代为扣收。在上海证券交易所，A 股股票过户费为成交票面金额的 1‰，其中 0.5‰由证券公司交给证券登记结算公司，个人起点为 1 元，机构起点为 10 元；基金和深圳证券交易所的 A 股股票不收过户费。

对于 B 股，这项费用称为结算费。在上海证券交易所结算费为成交金额的 0.5‰；在深圳证券交易所结算费也为成交金额的 0.5‰，但最高不超过 500 港元。

（四）印花税

印花税是根据国家税法规定，在股票成交后对买卖双方投资者按照规定的税率分别征收的税金，由证券公司代扣后再由登记结算公司统一代缴。在我国，印花税是证券监管机构调节证券市场运行的重要手段，其收取方式和税率曾多次改变，最近的一次改变为 2008 年 9

月 19 日。目前，我国印花税只对股票的卖方单向征收，比例为成交金额的 1‰，股票的买方无需缴纳印花税，其他证券交易也无需缴纳印花税。

（五）资本利得税

某些国家的证券市场在进行证券交易时，还需要根据证券买卖差价所获得盈利的一定比例，缴纳资本利得税。目前我国不征收资本利得税。

三、相关概念与事项

在证券交易中，除掌握证券交易程序外，投资者还需要掌握一些相关概念和事项，以能够顺利完成交易。

（一）证券名称

在证券交易所进行交易的证券，都有一个能够体现出其本身特点的名称，名称中通常含有 3 至 6 个汉字、数字或字符。

A 股股票名称一般包含 4 个汉字，通常是公司名称的缩写，如振华重工、长安汽车；有时也是汉字与字母 A 的组合，以表示该证券为 A 股股票，如深发展 A、万科 A。上海 B 股的名称通常为"××B 股"，如振华 B 股、伊泰 B 股；深圳 B 股的名称通常为"××B"，如万科 B、长安 B。这里的振华重工和振华 B 股，分别为同一上市公司的 A 股和 B 股，万科 A 和万科 B 也是同一上市公司的 A 股和 B 股。深发展 A 的名称中含有"A"但不表示有"深发展 B"；同样存在伊泰 B 股，而没有"伊泰 A 股"。

证券交易所中交易的基金包括封闭基金、ETF 和 LOF。传统的封闭基金名称为"基金××"，如基金安信，基金普丰；ETF 名称则通常与其拟合的指数有关，如 50ETF，180ETF；LOF 名称通常由 4 个汉字组成，其中前两个汉字表示基金所属的基金公司，如华夏蓝筹，鹏华价值；创新性封闭式基金的名称类似于 LOF。

国债的名称为"国债+4 个数字"的格式，这 4 个数字表示国债的发行年份和批次，如国债 0901、国债 0902，分别表示 2009 年记账式（一期）国债和 2009 年记账式（二期）国债；公司债的名称则表示了债券的发行年度和发行人，如 08 莱钢债，08 中远债，若同一上市公司在同一年度发行了两次公司债，则以数字予以区分，如 08 万科 G1，08 万科 G2；可转换债券的名称为"××转债"，其中"××"表示发行可转换债券的公司名称，如包钢转债，赤化转债。

权证的名称既包括汉字也包括字母和数字，一般所使用的格式为：标的证券缩写（2 个汉字）+发行人缩写（2 个字母）+权证类别（1 个字母）+序号（1 个数字或字母）。其中权证类别中：B 和 C 表示认购权证，P 表示认沽权证；序号则表明了这是同一发行人以同一标的证券发行的第几支权证，若大于 9 时采用字母表示。例如，五粮 YGC1 表示标的股票为五粮液，发行人为宜宾国有资产经营有限公司（取"宜，国"的拼音 YG），这是认购权证，1 表示这是该类权证的第 1 支。此外，在上海证券交易所上市的股本权证均以"CWB"标示，如宝钢 CWB1，江铜 CWB1。

回购的名称为字母 R 加 3 个数字，这 3 个数字表示回购的天数，如 R001 表示 1 天回购，R273 表示 273 天回购。

某些股票名称前具有一些特殊符号或字母，以表示股票属于一些特殊种类。某些上市公司出现财务状况或其他状况异常，如经审计连续两个会计年度的净利润均为负值，或是上市公司最近一个会计年度经审计的每股净资产低于股票面值，或是注册会计师对最近一个会计年度的财产报告出具无法表示意见或否定意见的审计报告等，则这些公司的股票称为特别处理股票（Special Treatment，ST），其名称前应加"ST"以示区别，如 ST 大唐，ST 中华 B；证券交易所对存在股票终止上市风险的公司股票交易实行"警示存在终止上市风险的特别处理"，是在原有"特别处理"基础上增加的一种类别的特别处理，其主要措施是在其股票名称前冠以"＊ST"字样，以区别于其他股票，如＊ST 夏新、＊ST 物业 B；某些上市公司尚未进行股权分置改革，则需在其 A 股股票名称前加"S"表示其尚未进行股改，如 S 上石化，S ST 华新、S＊ST 长岭。若股票和基金发放现金股利，则在除息基准日当日证券名称前加"XD"；若股票因转增股本、发放股票股利或是配股而需要进行除权时，则在除权基准日当日证券名称前加"XR"；若证券同时进行除权除息，则需在其名称前加"XDR"，此类符号仅在证券的除权（除息）基准日使用。此外，在新股上市首日，股票名称需要加"N"来表示。

（二）证券代码

证券市场中，各种证券都有由 6 位数字构成的证券代码与之相对应，不同交易品种，其证券代码范围也不一样。一般来说，前 3 位表示证券种类，后 3 位表示顺序。目前各证券使用的代码基本如表 6-2 所示：

表 6-2 　　　　　　　　　　　　　证券代码范围

种　　类		上海证券交易所	深圳证券交易所
股票	A 股	600×××，601×××	000×××，001××× 002×××（中小板块）
	B 股	900××× 若同时存在 A 股和 B 股，则 A 股和 B 股代码的后 3 位不相同	200××× 若同时存在 A 股和 B 股，则 A 股和 B 股代码的后 3 位相同
基金	封闭基金	500×××	184×××
	ETF	510×××，160×××	159×××
	LOF		16×××
债券	国债	009×××，010×××	100×××
	公司债	110×××，120×××	111×××，112×××
	可转换债券	105×××	100×××，125×××
权证	买入期权	5800××	030000~032999
	卖出期权	5809××	038000~039999
回购		201×××	131×××
指数类		0000××	3990××

此外，对于新发行证券进行申购或是对公司决策进行投票，则有一些临时性的代码以供使用。申购或是投票结束后，则该代码将予以取消。

（三）开盘价与收盘价

证券的开盘价为当日该证券的第一笔成交价，证券的开盘价通过集合竞价方式产生，若开盘集合竞价不能产生开盘价，以连续竞价方式产生。对于上海证券交易所，证券的收盘价为当日该证券最后一笔交易前一分钟所有交易的成交量加权平均价（含最后一笔交易）；对于深圳证券交易所，证券的收盘价由 14：57 至 15：00 的集合竞价产生，收盘集合竞价不能产生收盘价的，以当日该证券最后一笔交易前一分钟所有交易的成交量加权平均价（含最后一笔交易）为收盘价。当日无成交的，以前一交易日收盘价作为当日收盘价。

（四）涨跌幅限制

证券交易所对股票、基金和权证交易实行价格涨跌幅限制，以防止证券价格剧烈波动。对于一般的股票和基金，涨跌幅比例为 10%，ST、＊ST 和 S 类股票价格涨跌幅比例为 5%，涨跌幅价格的计算为：涨跌幅价格 = 前收盘价 ×（1 ± 涨跌幅比例）。权证涨跌幅则是以涨跌幅的绝对价格来限制的，权证涨（跌）幅价格 = 权证前一日收盘价格 ±（标的证券当日涨幅价格 – 标的证券前一日收盘价）×125% × 行权比例，最低为 0.001 元。例如，A 公司股票收盘价是 10 元，与之对应的权证的某日收盘价是 0.8 元，行权比例为 1。次日 A 公司股票最多可以上涨或下跌 10%，即 1 元；而权证次日可以上涨或下跌的幅度为 10 × 10% ×125% = 1.25 元，即在该交易日权证最高可涨到 2.05 元，最低可跌到 0.001 元。买卖有价格涨跌幅限制的证券，在价格涨跌幅限制以内的申报为有效申报。超过涨跌幅限制的申报为无效申报。

此外，对于首次公开发行上市的股票、增发上市的股票和暂停上市后恢复上市的股票，原则上在股票上市首日不实行价格涨跌幅限制；但为防止价格剧烈波动，交易所也可能会临时性地进行一定限制。

（五）挂牌、摘牌、停牌与复牌

交易所对上市证券实施挂牌交易。当证券上市期满或依法不再具备上市条件的，交易所终止其上市交易，予以摘牌。其中 ST 和 ＊ST 类股票退市后，通常转入代办股份转让系统，即所谓的三板系统。若证券交易出现交易所规定的异常波动，或是有能够大幅度影响证券交易价格的事项宣布，或是公司召开股东大会等重大活动时，交易所对相关证券实施停牌。直至有披露义务的当事人作出公告的当日 10：30 复牌；公告日为非交易日的，在公告后首个交易日开市时复牌。

四、证券交易软件

随着计算机技术和信息技术的发展，使用证券交易软件查询证券行情、信息，以及进行委托交易都十分方便。目前，证券交易软件多种多样，常见的交易软件有大智慧、同花顺、通达信、投资通等，投资者可以从自己开户的证券公司网站上下载使用。此外，还有一些交易软件是收费的，这些收费软件一般都具有免费软件所不具备的功能，可以对投资者的交易作出一定指导。这里以齐鲁证券公司所使用的通达信为例来简单介绍一下如何使用交易软件进行行情信息查询和委托交易，其他交易软件使用方法基本类似。

（1）进入齐鲁证券网站，通过链接进入软件下载页面，下载并予以安装，此时桌面上将出现齐鲁证券通达信的图标。

（2）双击该图标，将出现登录界面。

图 6-1

投资者选择登录方式以及自己开立账户的证券营业部名称，并输入自己的证券账号或资金账号、登录密码和验证码，进行登录。一般来说，投资者会同时开立上海 A 股账户和深圳 A 股账户，因此在登录方式选择沪 A 股东和深 A 股东没有区别，以深 A 股东方式登录，一样可以进行上海证券交易所的 A 股证券交易。

（3）登录成功后，出现证券公司的提示信息，包括安全提示、证券交易提示以及一些投资分析报告和投资建议。关掉这些界面后，将会进行行情系统。投资者可以通过行情系统最上边的菜单进行相应操作，并可根据自己的爱好设定各界面的显示方式。

（4）投资者可根据需要，设定自选股票，以方便查询行情和相关信息。此外，还可以通过输入证券代码，或证券名称的拼音缩写（不分大小写）进行查询。例如，投资者可通过输入数字 600036 或字母"ZSYH"来观看"招商银行"这支股票的分时行情走势。

（5）招商银行股票的分时行情走势界面，又分为几个小区域。左上部分为当日股票的分时价格走势，变化较为剧烈的线表示是每分钟的成交价格，变化较为平缓的则是从开盘到现在的成交均价，在交易软件上使用不同颜色予以区分；分时走势图下方为从开盘到现在股票在每分钟内的成交量，单位为"手"。当光标在这两块区域进行移动时，将会出现不同时间的成交状况。例如在 10：32 时，股票价格为 15.66 元，从开盘到现在的均价为 15.70 元，比起昨天的收盘价，下跌了 0.03 元，跌幅为 0.19%；在这一分钟，股票成交了 1 785 手，成交金额为 279 万元人民币。

右边部分最上面的为买五卖五信息，交易所集中申报簿中尚未成交的申报，按照价格高低进行排列。卖一价格为 15.68，数量为 11 手；买一价格为 15.67 元，数量为 5 手。在这一时刻，若投资者想购买 1 手股票，可以采用市价委托，也可以采用限价委托。采用限价委托时，委托价格可以设为 15.66 元，则根据价格优先和时间优先的成交原则，只有等到 15.67

元的 5 手和 15.66 元的 50 手成交后，该投资者的委托方可成交；委托价格也可以设为 15.68 元或更高一些，超过了最低委卖价格，则委托立即成交。

买五卖五信息下方的这一小区域则为当日成交信息，包括截止到目前股票成交价格，涨跌金额，涨跌幅度，开盘价，最高价，最低价以及量比等；此外，还包括到目前成交的换手率，以及一些财务信息和股本信息。最下面这一块则是近几分钟内的分时成交明细。投资者还可以通过点击对分时成交明细下方的"价"、"势"、"盘"等选项卡以观察其他信息。

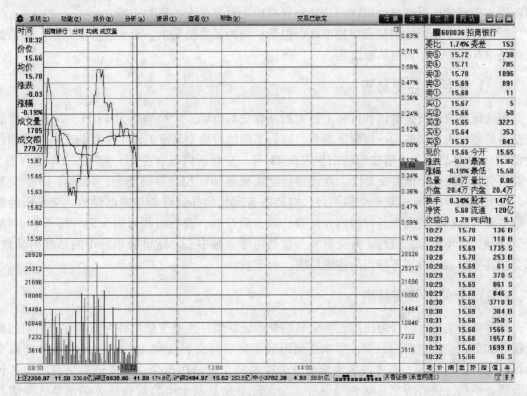

图 6 - 2

（6）投资者可以使用键盘上的"F5"在当日分时走势界面与历史行情走势界面之间进行切换；还可以通过"F10"来查询证券的详细信息。

（7）投资者可以使用"F12"，进入自己账户的查询和交易系统。投资者可以进行买入、卖出、市价买入、市价卖出、撤单、查询，以及对基金进行认购、申购、赎回、撤单和转换等方面的操作。

第三节 证券市场发展

自从 1602 年，荷兰的阿姆斯特丹成立了世界第一家股票交易所后，证券市场开始在全世界发展起来。目前，全世界比较重要的证券市场包括美国证券市场、日本证券市场、中国香港证券市场等。

一、美国证券市场

美国证券市场萌芽于 18 世纪末，历史悠久，但直到 19 世纪的后几十年股票市场才开始迅速发展起来。两次产业革命使股份制得到迅猛发展，企业纷纷借助证券市场筹集大量资金，1929 年经济危机后美国政府加强对证券市场的立法监管和控制，整个市场进入规范发展阶段，美国的证券市场也因此而快速地发展成为世界最大的证券市场。

美国有四个全国性的股票交易市场，包括：纽约证券交易所、全美证券交易所、纳斯达克市场（NASDAQ）和招示板市场。

（一）纽约证券交易所

纽约证券交易所是美国和世界上最大的证券交易市场。1792 年 5 月 17 日，24 个从事股票交易的经纪人在华尔街一棵树下集会，宣告了纽约股票交易所的诞生。目前交易所使用的大楼于 1903 年启用，坐落在纽约市华尔街 11 号。交易所内设有主厅、蓝厅、"车房"等 3 个股票交易厅和 1 个债券交易厅，是证券经纪人聚集和互相交易的场所，共设有 16 个交易亭，每个交易亭有 16 ~ 20 个交易柜台，均装备有现代化办公设备和通讯设施。交易所经营对象主要为股票，其次为各种国内外债券。除节假日外，交易时间每周 5 天，每天 5 小时。自 20 世纪 20 年代起，纽约证券交易所一直是国际金融中心，这里股票行市的暴涨与暴跌，都会在其他国家的股票市场产生连锁反应，引起波动。

（二）全美证券交易所

全美证券交易所前身为纽约证券交易场外市场联盟，主要交易品种为美国建国初期的政府债券和新成立的企业的股票，后来逐渐形成了完善的交易规则。1921 年，由场外交易变为场内交易；1953 年，正式改名为全美证券交易所，且沿用至今。全美证券交易所业务包括股票、期权、交易所交易基金等业务。全美证券交易所上市公司包括英美烟草、帝国石油、埃克森美孚、通用汽车公司、杜邦公司等跨国企业。全美证券交易所为个人和机构投资者、股票发行人提供包括所有行业领域的金融机会。此外，全美证券交易所还是世界第二大股票期权交易所。

（三）纳斯达克市场

纳斯达克是由全美证券交易商协会创立并负责管理，是全球第一个电子交易市场。纳斯达克在成立之初的目标定位在中小企业，由于吸纳了众多成长迅速的高科技企业，纳斯达克给人一种扶持创业企业的印象。纳斯达克拥有自己的做市商制度，它们是一些独立的股票交易商，为投资者承担某一只股票的买进和卖出。这一制度安排对于那些市值较低、交易次数较少的股票尤为重要。通过这种做市商制度使上市公司的股票能够在最优的价位成交，同时又保障投资者的利益。每一只在纳斯达克上市的股票，至少要有两个以上的做市商为其股票报价；一些规模较大、交易较为活跃的股票的做市商往往能达到 40 家 ~ 45 家。这些做市商包括世界顶级的投资银行。

（四）招示板市场

招示板市场的全称是场外交易（或柜台交易）市场行情公告板（或电子公告板），是美国最主要的小额证券市场之一。招示板市场不是证券交易所，也不是挂牌交易系统，它只是一种实时报价服务系统，不具有自动交易执行功能。在招示板市场报价的股票包括：不能满足交易所或招示板市场上市标准的股票以及交易所或招示板市场退市的证券。

此外，美国还存在一些区域性的证券市场，主要包括：费城证券交易所、太平洋证券交易所、辛辛那提证券交易所、中西部证券交易所以及芝加哥期权交易所等。公司无论大小，在投资银行的支持下，均有上市融资的机会。

二、中国香港证券市场

香港证券交易的历史，可追溯到1866年，1891年香港第一家证券交易所——香港经纪协会成立，标志着香港证券市场的正式形成。20世纪60年代香港又相继成立了另外三家交易所，即远东交易所、金银证券交易所和九龙证券交易所，香港证券市场由此进入了所谓"四会时代"。1973～1974年的股市暴跌，充分暴露了香港证券市场四会并存局面所引致的各种弊端，如四会竞争造成上市公司质量下降，四会各自独立运作造成交易效率降低，当局监管不易，市场投机成分过重等等。为加强对香港证券市场的统一管理，香港当局从1974年起提出四大交易所合并的设想，并于1980年注册成立香港联合交易所有限公司。1986年3月27日，四家交易所正式合并组成香港联合交易所，全部业务转移至香港联合交易所。1986年4月2日香港联合交易所开始运作，采用计算机辅助交易系统进行证券买卖，是东南亚地区第一家利用计算机买卖证券的交易所。香港联合交易所同时开始享有在香港建立、经营和维护证券市场的专营权。

1986年，香港市场开始了其崭新的现代化和国际化发展阶段。中国对香港前途的保障，增强了投资者对香港经济的信心，公司盈利和房地产价格回升，香港市场从此进入一个新的发展时期：交易品种多元化，市场参与者日益国际化，交易手段不断完善，证券市场进入了长期繁荣的牛市。2000年以后的香港是亚太地区最重要的金融中心之一，2000年以来的香港证券市场，正在成长为一个全球化的证券市场。

香港证券市场就其交易品种来说，包括股票市场、衍生工具市场、基金市场、债券市场。股票市场是香港证券市场的主要组成部分，有主板市场和创业板市场之分。香港市场的衍生产品种类繁多，主要可分为：股票指数类衍生产品、股票衍生工具、外汇衍生工具产品、利率衍生工具产品、认股权证等五大类。香港的债券市场目前分为港元债券市场和在香港发行及买卖的外币债券市场两大类，其中港元债券市场以外汇基金债券、债券发行计划债券，外币债券市场中以龙债券最具代表性。

三、中国内地证券市场

1872年，由李鸿章创办的轮船招商局，仿照西方国家的形式组成股份有限公司，并向社会公开招股，成为中国第一只企业股票；1894年，清政府开始发行公债。1916年，汉口成立中国第一家证券交易所；1914 年，上海股票商业公会成立，这是证券交易所的雏形。1916 年，汉口成立了中国的第一家综合性证券交易所，第一家专营证券业务的北京证券交易所也在 1918 年成立。1920 年，经孙中山多方努力，北洋政府批准上海建立了证券物品交易所，后来发展成为国内规模最大的交易所。

新中国第一张股票是 1949 年 10 月 10 日发行的"沁源县信用合作社粮食股票"。在 1949 年 6 月和 1950 年 2 月分别在天津和北京成立了新的证券交易所，为国民经济的恢复服务；1952 年，新中国关闭证券交易所；1959 年，证券市场在新中国彻底消失。在 1950 年至 1958 年，我国还发行过 6 次国债，累计发行额折合人民币共计 41.95 亿元，到 1968 年全部偿清；1958 年国家停止了对外借款，1959 年国内政府债券的发行终止。

改革开放以后，为筹措资金为国民经济建设服务，国内重新开始发行债券，中国新兴证券市场开始萌芽。1983 年 7 月，新中国第一家社会主义股份制企业"宝安县联合投资公司"问世，并印制了股金证和股东手册。在它的示范作用下，我国企业界引发了连锁反应；1984 年 9 月，北京市成立了第一家股份制公司——"北京天桥百货股份有限公司"，发行了定期 3 年的股票。同年，成都蜀都大厦股份公司的前身"成都市工业展销信托股份公司"发行了法人股；11 月 18 日，上海飞乐音响公司部分公开发行了新中国第一张规范化的股票，中国新兴证券市场"第一股"正式诞生。1986 年，证券柜台交易正式出现；1987 年 10 月，第一家证券公司产生；1990 年 12 月，"两所一网"开业，中国新兴证券市场正式诞生。目前，我国的证券市场主要有债券市场、股票市场、基金市场、期货市场以及可转换债券市场等。

（一）债券市场

我国的债券市场开始主要由国债市场构成。自 1981 年恢复国债发行以来，国债市场得到了迅速发展。

1996 年是国债发行方式改革和国债投资价值被投资者认可的重要一年，在这一年，为保证国债的顺利发行，国债发行市场采取了一系列的重要改革，在国债发行市场化方面取得了重要的进步。改革措施主要包括：引进竞标拍卖机制；一年中分多次发行，共发行了 10 次；国债期限多样化，共发行了 7 个期限各异的债券，最短的 3 个月，最长的 10 年；付息方式多样化，采用了附息券；86% 的国债可以上市流通。1996 年国债发行市场的革新同时也带动了国债二级市场的发展，表现在：二级市场的容量陡增，国债流动性提高，国债收益率曲线初步显现，人民币基准利率正在形成。国债二级市场出现了交易所债券市场和银行间债券市场并存的现象。1997 年 6 月，人民银行下令所有商业银行退出证券交易所市场，并组建了银行间债券市场，市场参与者主要为国有商业银行、股份制商业银行、城市合作银行、保险公司及中央银行。

1994 年，我国政策性金融机构和商业性金融机构分立，开始允许政策性银行面向其他金融机构发行政策性金融债券，以筹措政策性信贷资金，其中国家开发银行发行的政策性金融债券占据着主导地位。2004 年 6 月 23 日，央行和银监会共同制定的《商业银行次级债券发行管理办法》公布实施。商业银行开始发行次级债券，这些次级债券设计条款较为复杂，计息方式有浮动利率、固定利率，浮动利率债券的基准利率也有不同的选择。而且一般都附有发行人可提前偿付、投资人可调换等选择权。银行次级债券的发行，丰富了债券品种，为投资者提供了新型的投资工具，也为其他金融机构发行次级债券提供了借鉴。

目前，中国债券市场包括银行间债券市场、交易所债券市场和商业银行柜台债券市场三个子市场。中国银行间债券市场是中国债券市场的主体和核心，其债券存量和交易量约占中国债券市场总量的90%。银行间债券市场的参与者是各类机构投资者，因而银行间债券市场属于大宗交易（批发交易）市场，实行双边谈判成交，逐笔结算。银行间债券市场交易方式包括债券买卖、债券质押式回购、债券买断式回购、债券远期四种交易。交易所债券市场是中国债券市场的另一重要组成部分。它由除银行以外的其他各类社会投资者构成，属于集中撮合交易的零售债券市场，实行净额结算。商业银行柜台债券市场是银行间债券市场的延伸，也属于债券零售市场。

（二）股票市场

1981～1984年，股票市场处于内部集资冲动下的极不规范的阶段。企业发展极度地缺乏资金，为寻找出路，自发地采取内部集资形式筹集资金，这时候的股票发行，没有严格的资产评估，没有划分成等额股份，发行范围也只是企业的内部职工和一些自愿的法人，股票实行到期还本，保息分红的办法，带有浓厚的债券和福利色彩。

1985～1988年，这一阶段股票虽公开发行，强调了股票的不可偿还性，但对股票的其他规范要求尚没有满足。在1988～1989年，股票开始向规范化方向过渡，但股票公开交易过于冷淡，只有少量的黑市交易，真正的股票交易市场尚未形成。

1989年以后，国务院确定深圳、上海作为我国股票市场的两个试点城市，开始了对股票市场发展的探索。1990年和1991年，股票发行量大大增加，股票发行市场开始初具规模。1990年12月，上海证券交易所的成立，标志着我国的股票交易市场开始进入集中交易。1991年，我国股票市场出现了新的尝试性突破，成功地发行了人民币特种（B股）股票，开辟了一条吸引外资的新渠道。1992年10月，国务院证券委员会和中国证券监督管理委员会宣告成立，继而颁布了《股票发行与交易管理暂行条例》、《证券交易所管理暂行办法》，《禁止证券欺诈行为暂行办法》等法规，标志着我国股票市场的监管体制进一步得到了完善。继B股发行后，1993年以来，多家公司在美国发行并流通，此外，数十家公司还陆续在香港证券市场发行H股。

1999年7月1日，《中华人民共和国证券法》正式出台，表明中国证券市场的建设进入一个崭新的阶段。1999年的党的十五届四中全会审议通过的《中共中央关于国有企业改革的发展若干重大问题的决定》中提出要进一步推动证券市场的健康发展。由于在思想认识上的逐步统一才使得中国证券市场度过了早期的动荡不定，逐步走上规范发展之路，并一步步走向辉煌。

2001年6月至2005年10月，股票市场进入下跌调整阶段。宏观调控、疯狂扩容、全流通的不确定被市场认为是股市下跌的三大杀手。2004年9月初，上证指数终于跌穿了数年未破的1300点的"政策底"。2005年6月6日，上证指数跌穿了1 000点大关，创下998点的8年新低。

在最初的股市制度中，为防止国有资产流失，只有占股市总量36%的社会公众股上市自由交易，属于流通股；另外64%国有股、法人股、原始股东及公司经营阶层的持股则属于非流通股，不在股市中买卖，其价值估算不是按照流通股的交易价格，而是按照公司的净资产估算。由此而产生的股权人为割裂现象不利于证券市场发展，从而出现了"全流通"

问题。2005 年 4 月 29 日证监会宣布对股权分置进行改革，对首次公开发行的公司不再区分流通股和非流通股，对原上市公司股份逐步解决股权分置问题。应股改的需要，自 2005 年 5 月以后，股市中包括 IPO 与 SPO 的筹资功能完全暂停。2006 年 5 月 25 日中工国际公开招股，暂停一年多的 IPO 开始重新启动，开启了中国股市的全流通时代。截止到 2008 年 12 月 31 日，除极少数几只股票外，绝大多数股票都已经完成了股权分置改革。

（三）基金市场

我国的投资基金起步于 1991 年，并以 1997 年 10 月《证券投资基金管理暂行办法》颁布实施为标志，分为两个主要阶段。

1991 年 10 月，在中国证券市场刚刚起步时，"武汉证券投资基金"和"深圳南山风险投资基金"分别由中国人民银行武汉分行和深圳南山区政府批准成立，成为第一批投资基金。截至 1997 年 10 月，全国共有投资基金 72 只，募集资金 66 亿元。其中"淄博乡镇企业基金"于 1993 年 8 月在上海证券交易所挂牌交易，是第一只上市交易的投资基金。这些早期成立的证券投资基金组织形式单一，全部为封闭式基金，并且除了淄博乡镇企业投资基金、天骥基金和蓝天基金为公司型基金外，其他基金均为契约型基金。这些基金规模也很小，投资范围宽泛，资产质量不高；基金发起人范围广泛，包括银行、信托投资公司、证券公司、保险公司、财政和企业等。

中国投资基金业的起步阶段存在一定的问题。第一是基金的设立、管理、托管等环节均缺乏明确有效的监管机构和监管规则。例如，大部分基金的设立由中国人民银行地方分行或者由地方政府审批，其依据是《深圳市投资信托基金管理暂行规定》等地方性法规，没有统一的标准，甚至在名称上都存在较大差异。在基金获批设立后，审批机关也没有落实监管义务，基金资产运营、投资方向等方面均缺乏相应的监督制约机制。第二是一些投资基金的运作管理不规范，投资者权益缺乏足够的保障。第三是资产流动性较低，账面资产价值高于实际资产价值，同时存在资产价值高估的问题。

《证券投资基金管理暂行办法》在 1997 年 10 月的出台，标志着中国证券投资基金进入规范发展阶段。该暂行办法对证券投资基金的设立、募集与交易，基金托管人、基金管理人和基金持有人的权利和义务，投资运作与管理等都作出了明确的规范。1998 年 3 月，金泰、开元证券投资基金的设立，标志着规范的证券投资基金开始成为中国基金业的主导方向。2001 年华安创新投资基金作为第一只开放式基金，成为中国基金业发展的又一个阶段性标志。与此同时，对原有投资基金清理、改制和扩募的工作也在不断进行之中，其中部分已达到规范化的要求，重新挂牌为新的证券投资基金。

截至 2008 年底，已经成立基金管理公司 60 家（不包括未发行基金的基金公司），其中内资基金管理公司 31 家，中外合资基金管理公司 29 家。

（四）期货市场

我国期货市场大体经历了初期发展、清理整顿和逐步规范三个阶段。1988 年至 1993 年是我国期货市场的初期发展阶段。1988 年 5 月国务院决定进行期货市场试点，1990 年 10 月 12 日，郑州粮食批发市场以现货为基础，逐步引入期货交易机制，作为我国第一个商品期货市场开业。1992 年 10 月深圳有色金属期货交易所率先推出特级铝标准合约，正式的期货交易真正开始，之后，各期货交易所陆续成立，开始期货交易。在初期发展阶段，期货市场盲目发展，期货市场中的会员及经纪公司主体行为很不规范，严重扭曲了期市价格，不能发挥期货对现货的套期保值和价格发现功能，阻碍了期货市场的正常运行。

1993 年底至 2000 年是我国期货市场的清理整顿阶段。1993 年 11 月 4 日，国务院下发《关于制止期货市场盲目发展的通知》，开始了第一次清理整顿工作，当时的国务院证券委及中国证监会等有关部门加强了对期货市场的监管力度，最终有 15 家交易所被确定为试点交易所。1998 年 8 月 1 日，国务院下发《关于进一步整顿和规范期货市场的通知》，开始了第二次整顿工作。在这次清理整顿中，期货交易所只保留了上海、郑州和大连 3 家，当时期货品种压缩为 12 个，并且各个品种在各个交易所不再重复设置。证监会组织制定了多套法规，并且统一了三个交易所的交易规则，完善了风险控制制度。

2000 年之后，期货市场进入逐步规范阶段。通过全面推进法规基础制度建设，期货市场发展基础和监管环境大为改善。市场规模稳步增长，行业实力有所增强，期货市场功能初步显现，服务国民经济的水平不断提高。不仅是商品期货品种创新步伐加快，金融期货市场建设也在稳妥起步，股指期货即将出现。

目前，我国有上海、大连和郑州三个商品期货交易所。其中，上海期货交易所的交易品种有铜、铝、锌、黄金、螺纹钢、线材、燃料油和天然橡胶；大连商品交易所的交易品种有玉米、大豆、豆粕、豆油、棕榈油和聚乙烯；郑州商品交易所的交易品种有菜籽油、小麦、棉花、白砂糖、绿豆和 PTA（精对苯二甲酸）；中国金融期货交易所坐落在上海，目前只有沪深 300 指数期货的仿真交易。

（五）可转换债券

我国境内第一次发行可转债的历史可以追溯到 1991 年 8 月 11 日发行的能源转债，这是一只由非上市公司发行的可转债，其发行者为海南新能源股份有限公司，发行规模仅为 3 000 万、存续期为 3 年，公司股票直到 1992 年 11 月才上市。1992 年 11 月，中国宝安集团股份有限公司在国内证券市场第一次公开发行了总额为 5 亿元的 3 年期可转债，该转债于 1993 年 2 月 10 日上市交易，成为我国第一只上市交易的可转债，但由于其转换价格过高，仅有 2.7% 的转债转股，剩余的 97.3% 到期赎回。

由于宝安转债转股失败，国内证券市场可转债发行基本处于停滞状态，直到 1997 年，国务院证券委颁布了《可转换公司债券管理暂行办法》之后，1998 至 1999 年间，南化转债、丝绸转债、茂炼转债等由非上市公司发行的可转债先后登录中国沪深交易所进行交易，这类转债没有事先确定的转股价格，其转股价取决于股票公开发行价格，一般定为 IPO 价格的 92% ~ 98%。2000 年，机场转债、鞍钢转债上市，上市公司发行可转换债券才得以恢复。2001 年 3 月，中国证监会开始实行核准制，融资和再融资方式发生了根本性的变革。2002 年，阳光转债的发行，成为核准制下发行的第一家转债，可转债逐渐成为中国市场中重要的融资方式，当年就有 5 家上市公司发行了可转债，实际募集资金 41.5 亿元。

随着 2006 年《上市公司证券发行管理办法》的出台，上市公司可以发行分离交易的可转换公司债券，同年 11 月 19 日，国内第一只可分离交易可转债——06 马钢债和马钢 CWB1（马钢权证）同时在上海证交所上市交易。除了国内市场外，内地公司也尝试了通过发行可转债在国际资本市场上进行融资，1993 年，中纺机 B 股、深南玻 B 股在瑞士成功发行了可转债，此后，庆铃汽车、镇海炼油、华能国际和中国移动也在先后国际资本市场通过发行可转债的方式募集到发展所需要的资金。

截止到 2008 年底，沪深交易所先后共有挂牌普通可转债 60 余只，总募集的资金超过 800 亿，当前仅剩 14 只转债仍在交易，市场规模约 148 亿，其余转债均已到期、转股、被赎回或停止交易。累计发行的分离交易可转债 19 只，募集资金超过 850 亿。从近几年融资额来看，分离债超越普通转债，越来越成为上市公司重要的融资方式。

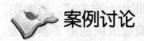 案例讨论

风险投资与创业板

1. 风险投资

风险投资（Venture Capital，VC），也称创业投资。根据全美风险投资协会的定义，风险投资是由职业金融家投入到新兴的、迅速发展的、有巨大竞争潜力的企业（特别是中小型企业）中的一种股权资本；相比之下，经济合作和发展组织的定义则更为宽泛，凡是以高科技与知识为基础，生产与经营技术密集的创新产品或服务的投资，都可视为风险投资。风险投资家投入的资金换得企业的部分股份，以日后获得红利或出售该股权获取投资回报为目的，并将回收金循环投入类似高风险事业。从投资行为的角度来讲，风险投资是把资本投向蕴藏着失败风险的高新技术及其产品的研究开发领域，旨在促使高新技术成果尽快商品化、产业化，以取得高资本收益的一种投资过程。从运作方式来看，是指由专业化人才管理下的投资中介向特别具有潜能的高新技术企业投入风险资本的过程，也是协调风险投资家、技术专家、投资者的关系，利益共享，风险共担的一种投资方式。风险资本、风险投资人、投资对象、投资期限、投资目的和投资方式构成了风险投资的六要素。

风险投资的起源可以追溯到 19 世纪末期，当时美国一些私人银行通过对钢铁、石油和铁路等新兴行业进行投资，从而获得了高回报。1946 年，美国哈佛大学教授乔治·多威特和一批新英格兰地区的企业家成立了第一家具有现代意义的风险投资公司——美国研究发展公司，开创了现代风险投资业的先河。但是由于当时条件的限制，风险投资在 20 世纪 50 年代以前的发展比较缓慢，真正兴起是从 20 世纪 70 年代后半期开始的。1973 年随着大量小型合伙制风险投资公司的出现，全美风险投资协会宣告成立，为美国风险投资业的蓬勃发展注入了新的活力。

风险投资在美国兴起之后，很快在世界范围内产生了巨大影响。1945 年，英国诞生了全欧洲第一家风险投资公司——工商金融公司。但英国风险投资业起步虽早，发展却很缓慢，直至 20 世纪 80 年代英国政府采取了一系列鼓励风险投资业发展的政策和措施后，风险投资业在英国才得以迅速发展。其他一些国家如加拿大、法国、德国的风险投资业随着新技术的发展和政府管制的放松，也在 20 世纪 80 年代有了相当程度的发展。日本作为亚洲的经济领头羊，其风险投资业也开展得如火如荼。但与美国不同的是，日本的风险投资机构中有相当一部分是由政府成立的，这些投资机构也大多不是从事股权投资，而是向高技术产业或

中小企业提供无息贷款或贷款担保。

　　我国的风险投资业是在 20 世纪 80 年代才姗姗起步。1985 年 1 月 11 日，我国第一家专营新技术风险投资的全国性金融企业———中国新技术企业投资公司在北京成立。同时，通过火炬计划的实施，我国又创立了 96 家创业中心、近 30 家大学科技园和海外留学人员科技园，它们都为我国的风险投资事业作出了巨大贡献。1986 年，政协"一号提案"为我国的高科技产业和风险投资发展指明了道路，为我国的风险投资业掀开了新的一页。

　　风险投资在培育企业成长，促进一国的经济乃至全球经济的发展过程中都起着十分重要的作用。它可以推动科技成果尽快转化为生产力，促进技术的创新，促进管理和制度的创新。除此之外，风险投资机构还可以为被投资公司提供高水平的咨询、顾问等服务。风险投资业自乔治·多威特开创以来，数十年长盛不衰，就是因其在现代经济中显示出了强大的生命力和先进性。

　　2. 创业板

　　创业板指主板之外的专为暂时不满足主板上市条件的中小企业和新兴公司提供融资途径和成长空间的证券交易市场。创业板的最大特点是上市条件较低，有助于有潜力的中小企业融资，同时为风险资本营造了一个退出机制。在全球范围内，创业板已经不再是新鲜事，美国的 NASDAQ 市场，伦敦 AIM、韩国 KOSDAQ 等市场都是创业板市场。其中，NASDAQ 市场是目前全世界最成功的创业板市场。创业板的特点决定了它是一个高风险的市场，因此更加注重公司的信息披露。创业板推出能够促进风投产业发展。20 世纪 70 年代初美国纳斯达克的建立一定程度上促进了风投产业的迅速发展，风险投资的规模在 20 世纪 70 年代末增速明显提高。

　　中国证监会于 2009 年 3 月 31 日发布了《首次公开发行股票并在创业板上市管理暂行办法》，办法共分为 6 章 58 条，对拟到创业板上市企业的发行条件、发行程序、信息披露、监督管理和法律责任等方面进行了详细规定。《暂行办法》将从 2009 年 5 月 1 日起执行，8 月份有望正式启动，中国建立多层次资本市场的战略目标将迎来实质性的进展。

主板市场和创业板市场 IPO 的区别

条件	A 股主板	创业板
主体资格	依法设立且合法存续的股份有限公司	依法设立且持续经营三年以上的股份有限公司
盈利要求	（1）最近 3 个会计年度净利润均为正数且累计超过人民币 3 000 万元，净利润以扣除非经常性损益前后较低者为计算依据； （2）最近 3 个会计年度经营活动产生的现金流量净额累计超过人民币 5 000 万元；或者最近 3 个会计年度营业收入累计超过人民币 3 亿元； （3）最近一期不存在未弥补亏损；	最近两年连续盈利，最近两年净利润累计不少于 1 000 万元，且持续增长；或者最近一年盈利，且净利润不少于 500 万元，最近一年营业收入不少于 5 000 万元，最近两年营业收入增长率均不低于 30%。 净利润以扣除非经常性损益前后孰低者为计算依据 （注：上述要求为选择性标准，符合其中一条即可）

续表

条件	A 股主板	创业板
资产要求	最近一期末无形资产（扣除土地使用权、水面养殖权和采矿权等后）占净资产的比例不高于 20%	最近一期末净资产不少于 2 000 万元
股本要求	发行前股本总额不少于人民币 3 000 万元	企业发行后的股本总额不少于 3 000 万元
主营业务要求	最近 3 年内主营业务没有发生重大变化	发行人应当主营业务突出。同时，要求募集资金只能用于发展主营业务
董事及管理层	最近 3 年内没有发生重大变化	最近 2 年内未发生重大变化
实际控制人	最近 3 年内实际控制人未发生变更	最近 2 年内实际控制人未发生变更
同业竞争	发行人的业务与控股股东、实际控制人及其控制的其他企业间不得有同业竞争	发行人与控股股东、实际控制人及其控制的其他企业间不存在同业竞争
发审委	设主板发行审核委员会，25 人	设创业板发行审核委员会，加大行业专家委员的比例，委员与主板发审委委员不互相兼任

业内人士认为创业板公司将有三大来源，即排队中小板的拟上市公司、新三板挂牌公司和部分新申请创业板的公司。此外，一些与创业板定位契合、对创业板情有独钟的新兴企业也望首批亮相，其中大批是从事新经济、新商业模式、新能源新材料、现代服务业和现代农业的企业。2008 年我国风险投资市场仍旧保持了较快增长。根据《China Venture 2008 年中国创业投资市场研究报告》统计，全年发生投资案例 535 起，涉及金额 50.08 亿美元。投资案例数量和金额同比分别增长 28.9% 和 39.5%。从行业分析，互联网、IT、制造业、医疗健康行业投资案例数量最多，四个行业投资案例数量占总数量比例超过 50%。其中，互联网行业案例数量和投资金额均居各行业首位，全年共发生投资案例 102 起，投资金额 8.34 亿美元。分析人士称这些行业的公司有望率先登陆中国创业板市场。对于创业板上市公司选择标准，深交所副总经理陈鸿桥曾公开表示，创业板将重点支持新经济、"中国服务"、"中国创造"、文化创意、现代农业、新商业模式等六种模式的优秀企业。

我国创业板市场的建立，对于扩展中小企业融资途径、完善风险投资退出机制、促进市场制度建设等有重要意义，并将为风险投资业带来一次历史性发展机遇。

（资料来源：摘自网络，经作者整理。）

问题： 搜索有关创业板的更多信息，并与目前的主板和中小板进行比较

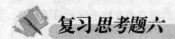 复习思考题六 ......

一、名词解释

承销　询价发行　竞价发行　网上发行　网下发行　战略投资者　IPO　配股　增发

核准制 超额配售选择权 委托 连续竞价 集合竞价 结算

二、单项选择题

1. 证券公司代发行人发售证券，在承销期结束时，将未售出的证券全部退还给发行人的承销方式是（   ）。

    A. 代销   B. 余额包销   C. 全额包销   D. 包销

2. 证券包销是指（   ）

    A. 证券公司将发行人的证券按照协议全部自行购入的承销方式

    B. 证券公司在承销期结束时将售后剩余证券全部自行购入的承销方式

    C. 证券公司将发行人的证券按照市场价格全部购入或者在承销期结束时将售后剩余证券全部自行购入的承销方式

    D. 证券公司将发行人的证券按照协议全部购入或者在承销期结束时将售后剩余证券全部自行购入的承销方式

3. 中国证券市场逐步规范化，其中发行制度的发展（   ）。

    A. 始终是审批制   B. 由审批制到核准制

    C. 始终是核准制   D. 由核准制到审批制

4. 为了确保股票发行审核过程中的公正性和质量，中国证监会成立了（   ），对股票发行进行复审。

    A. 股票发行审核委员会   B. 证券业协会

    C. 交易所监督部   D. 证券登记机构

5. 关于询价论述不正确的是（   ）

    A. 询价分为初步询价和累计投标询价两个阶段

    B. 通过初步询价确定发行价格和相应的市盈率

    C. 根据累计投标询价的结果确定发行价格和发行市盈率

    D. 询价对象可以是符合中国证监会规定条件的合格境外机构投资者（QFII）

6. 债券发行的定价方式以（   ）最为典型

    A. 公开招标   B. 上网竞价方式

    C. 协商定价方式   D. 累计投标询价方式

7. 为保护投资者利益，防止股价暴涨暴跌和投机盛行，证券交易所制定的交易规则是（   ）

    A. 涨跌幅限制   B. 价格决定   C. 大宗交易   D. 报价方式

8. 电子化交易是世界各国证券交易的发展方向，整个交易系统的核心是（   ）

    A. 柜台终端   B. 价格决定   C. 结算系统   D. 撮合主机

9. 1602 年，世界上成立了第一家股票交易所，它是在（   ）。

    A. 纽约   B. 伦敦   C. 巴黎   D. 阿姆斯特丹

10. 中国人自己创办的第一家证券交易所是 1918 年夏天成立的（   ）。

    A. 上海证券交易所   B. 上海众业公所

    C. 上海华商证券交易所   D. 北平证券交易所

三、多项选择题

1. 我国《公司法》规定，股票发行价格可以和票面金额（   ）。
   A. 相等   B. 无关   C. 超过票面价格   D. 低于票面金额

2. 证券交易的集中竞价应当实行（   ）的原则。
   A. 数量优先   B. 价格优先   C. 时间优先   D. 地点优先

3. 深圳证券交易所进行集合竞价的时间段包括（   ）
   A. 9:15~9:25   B. 11:30~13:00   C. 14:57~15:00   D. 15:15~15:30

4. 在我国证券法中规定的委托方式有（   ）。
   A. 市价委托   B. 限价委托   C. 止损委托   D. 限价止损委托

5. 买卖在上海证券交易所交易的股票需要花费的交易成本有（   ）
   A. 佣金   B. 印花税   C. 过户费   D. 资本利得税

四、判断题

1. 证券发行注册制实行实质管理原则，实质上是一种发行公司的财务公布制度。它要求发行人提供关于证券发行本身以及证券发行和有关的一切信息。　　　　　（   ）

2. 在我国，首次公开发行的股票的定价方式实行询价制度。　　　　　（   ）

3. 法人分两类：一类是战略投资者；另一类是一般法人。　　　　　（   ）

4. 超额配售选择权制度，又称为"红鞋"制度。　　　　　（   ）

5. 我国上海、深圳证券交易所的价格决定采取集合竞价和连续竞价方式。　　　　　（   ）

五、简答题

1. 简述我国目前新股首次公开发行（IPO）的程序。
2. 简述我国证券市场进行证券交易的程序，并比较沪深交易所交易规则之间的区别。
3. 简述证券名称和证券交易代码。
4. 简述 ST、*ST、S、N 等符号所代表的含义。

六、实践

目前除了通达信以外，还存在许多其他的证券交易软件，如钱龙、大智慧、同花顺等等，使用并分析这些交易软件的功能。

第七章　证券基本分析

📖 学习要求

1. 理解基本分析的含义；
2. 了解宏观经济分析包含的内容；
3. 了解行业分析包含的内容，掌握板块的概念；
4. 了解公司分析包含的内容，了解财务报表。

🔖 关键词

基本分析，宏观分析，行业与板块，公司分析

证券投资分析，是指投资者对证券市场所反映的各种资讯进行收集、整理、综合等工作，借以了解和预测证券价格的走势，进而作出相应的投资策略，以降低投资风险和获取较高的投资收益。投资分析的主要内容包括基本因素分析和技术因素分析，而这两方面又都包含了广泛的内容。

第一节　基本分析概述

基本分析又称为基本面分析，是指投资者根据经济学、金融学、财务管理学以及投资学等基本原理，对决定证券内在价值及其价格的基本要素，如宏观经济指标、经济政策、行业发展状况、产品市场状况、公司财务与经营管理状况等进行分析，评估证券的投资价值，判断证券的合理价位，作出相应投资策略的一种分析方法。简单说，基本分析是把对股票的分析研究重点放在它本身的内在价值上的一种分析方法。

基本分析法是从分析股票的内在价值来入手的，而把对股票市场的大环境的分析结果摆在次位，看好一支股票时，看中的是它的内在潜力与长期发展的良好前景，所以当投资者采用这种分析法来进行完预测分析并在适当的时机购入股票后，就可不必耗费太多的时间与精力去关心股票价格的实时走势了。一般来说，基本分析主要包括宏观经济分析、行业分析、公司分析三大块内容。

（一）宏观经济分析

宏观经济分析主要探讨各经济指标和经济政策对证券价值的影响。经济指标包括先行性指标、同步性指标和滞后性指标；经济政策主要包括财政政策、货币政策和汇率政策等。在证券投资领域，对宏观经济进行分析是非常重要的。只有把握住经济发展的大方向，才能作出正确的长期投资决策；只有密切关注宏观经济因素的变化，才能抓住市场机遇。

（二）行业分析

行业分析主要分析上市公司所属的不同市场类型、所处的不同行业生命周期等对证券价格的影响。行业的发展状况对于该行业上市公司的影响十分巨大，从某种意义上说，投资于某上市公司，实际上就是以公司所属行业为投资对象。在国民经济中，一些行业与整个国民经济保持同步增长，另一些行业的增长率高于整个国民经济的增长率，还有一些行业则滞后于整个国民经济的增长。因此，若选择某企业作为投资对象，必须研究其所属行业的发展状况。另外，上市公司在一定程度上还受到区域经济的影响。分析区域经济对选择股票投资对象也具有十分重要的作用，这在区域经济发展不平衡的我国尤为突出。

（三）公司分析

公司分析是基本分析的重点，主要是对上市公司的成长周期、内部组织管理、发展潜力、竞争能力、盈利能力、财务状况及经营业绩等进行全面分析，借以评估股票的投资价值，以及对其市场价格的趋势进行预测。如果没有对发行股票的上市公司的基本状况进行全面分析，就不可能准确地预测其股票的价格及其变动趋势，也就不可能准确地选择投资对象。

第二节　宏观经济分析

宏观分析是对影响证券市场及其价格变动的各种宏观因素进行分析，这是基本分析的重要方面。任何公司的经营管理及未来的盈利状况都会受到外部政治、经济形势的影响，尽管这种影响是间接的，但却是决定性的。分析宏观经济面对证券市场的影响，具有重要意义。

一、经济政策的影响

（一）财政政策

财政政策是通过调控总需求来影响国民收入总量及其增长速度，是政府调控宏观经济的一种基本手段。根据财政政策对于总需求影响方向的不同，可将其分为扩张性财政政策和紧缩性财政政策：所谓扩张性的财政政策是指能扩大总需求进行刺激经济增长的财政政策，如增加政府购买支出和转移支出、降低税收等；紧缩性财政政策恰好与之相反。一般来说，扩张性财政政策从总体上刺激股价上涨，而紧缩性财政政策则抑制股票价格。财政政策主要通过税收、财政支出和国债发行三个方面对证券市场产生影响。

国家财政通过税收总量和结构的变化，可以调节投资规模，以使社会投资总需求膨胀或者补偿有效投资需求的不足。对于上市公司，减税会直接减少支出，增加税后利润，这使得股票内在价值增加，股票的交易价格也会随之上涨。上市公司税后收益增加，还可以促使企业投资增加，进而带动社会整体需求增加，促进经济增长，使企业利润进一步增加，股票价格将长期走牛。对于社会公众，降低税收可以在增加了社会公众收入的同时也增加了投资需求和消费需求，增加投资需求会直接加大对股票的需求，而增加消费需求会带动社会整体需求增加。此外，运用税收杠杆可对证券投资者进行调节，规定不同的税种和税率也会直接影响着投资者的税后实际收入水平，从而起到鼓励、支持或抑制的作用。总体来说，减税有利于股票价格上涨，增税则与之相反。

加大政府的财政支出，通过政府的投资行为，增加社会整体需求，扩大就业，刺激经济的增长，这样企业利润也将随之增加，进而推动股票价格上涨。在经济的回升中，居民收入增加，居民的投资需求和消费需求也会随之增加，前者会直接刺激股价上涨，后者会间接促使股价步入上升通道。

一国政府运用国债这个政策工具实施财政政策时，往往要考虑很多的因素。实施宽松的财政政策，从增加社会货币流通量这个角度出发，往往会减少国债的发行；从增加政府支出这个角度出发，又会增加国债的发行。减少国债的供给，社会货币流通量增加，在股票总供给量不变或变化较小时会增加对股票的需求，使股价上涨；但减少国债发行又会影响到政府的支出，给国民经济及股市上涨带来负面影响。增加国债的发行一方面导致证券供应的增加，在证券市场无增量资金介入的情况下，就会减少对股票的需求，引起股票价格下跌；另一方面又会增加政府的支出，刺激国民经济增长，有利于股价上涨。因此国债的发行对股价的影响十分复杂，不能单纯地从一个角度来分析国债发行对股价的影响。

（二）货币政策

由于社会总供给和总需求的平衡与货币供给总量与货币需求总量的平衡相辅相成，因而宏观经济调控的重点必然立足于货币供给量。货币政策主要针对货币供给量的调节和控制展开，进而实现诸如稳定货币、增加就业、平衡国际收支、发展经济等宏观经济目标，是政府调控宏观经济的基本手段之一。

货币政策对证券市场与证券价格的影响非常大。扩张性货币政策会扩大社会上货币供给总量，对经济发展和证券市场交易有着积极影响；但是货币供应太多又会引起通货膨胀，使企业发展受到影响，使实际投资收益率下降。紧缩性货币政策则相反，它会减少社会上货币供给总量，不利于经济发展，也不利于证券市场的活跃和发展。另外，货币政策对投资者的心理影响也非常大，这种影响对证券市场的涨跌又产生极大的推动作用。

二、经济周期的影响

在影响证券价格变动的因素中，宏观经济周期的变动，也起着重要作用。经济学上一般把经济周期分成四个阶段，每个阶段有其各自的特点：

（1）繁荣阶段。这是国民收入与经济活动高于正常水平的一个阶段。其特征为生产迅速增加、投资增加、信用扩张、价格水平上升、就业增加、公众对未来预期乐观等。繁荣的最高点称为顶峰，此时就业与产量水平达到最高，但股票与商品价格开始下跌，存货水平很高，公众情绪正由乐观转为悲观。顶峰是繁荣的极盛时期，也是由繁荣转向衰退的开始。

（2）衰退阶段。这是从繁荣到萧条的过渡时期，经济从顶峰下降，但仍未低于正常水平。

（3）萧条阶段。这是国民收入与经济活动低于正常水平的一个阶段。其特征为生产急剧减少、投资减少、信用紧缩、价格水平下跌、失业严重、公众对未来预期悲观等。萧条的最低点称为谷底，这时就业与产量跌至最低，但股票与商品价格开始回升，存货减少，公众的情绪正由悲观转为乐观。谷底是萧条的最严重时期，也是萧条转向复苏的开始。

（4）复苏阶段。这是从萧条到繁荣的过渡时期，经济从谷底回升，但仍未达到正常水平。

一般说来，在经济衰退时期，股票价格会逐渐下跌；到危机时期，股价跌至最低点；而经济复苏开始时，股价又会逐步上升；到繁荣时，股价则上涨至最高点。这种变动的具体原因是：当经济开始衰退之后，企业的产品滞销，利润相应减少，促使企业减少产量，从而导致股利也随之不断减少，投资者因股票收益不佳而纷纷抛售，使得股票价格下跌。当经济衰退已经达到经济危机时，整个经济处于瘫痪状况，大量的企业倒闭，投资者由于对形势持悲观态度而纷纷卖出手中的股票，从而使整个证券市场价格大跌，市场处于萧条和混乱之中。经济周期经过最低谷之后又出现缓慢复苏的势头，随着经济结构的调整，商品开始有一定的销售量，企业又能够向股东派发一些股利，投资者慢慢觉得持股有利可图，于是纷纷购买，使股价缓缓回升；当经济由复苏达到繁荣阶段时，企业的商品生产能力与产量大增，商品销售状况良好，企业开始大量盈利，股利相应增多，股票价格上涨至最高点。

经济周期影响股价变动，但两者的变动周期又不是完全同步的。通常的情况是，不管在经济周期的哪一阶段，股价变动总是比实际的经济周期变动要领先一步。即在衰退以前，股价已开始下跌，而在复苏之前，股价已经回升；经济周期未步入高峰阶段时，股价已经见顶；经济仍处于衰退期间，证券市场已开始从谷底回升。这是因为证券市场股价的涨落包含着投资者对经济走势变动的预期和投资者的心理反应等因素。

三、通货膨胀的双重作用

通货膨胀是影响股票价格的一个重要的宏观经济因素。这一因素对证券市场的影响比较复杂，它既有刺激市场的作用，又有压抑市场的作用。货币供应量与股票价格一般是呈正比关系，即货币供应量增大使股价上升；反之，货币供应量缩小则使股价下降。通常情况下，货币供给量对股票价格起正向作用：

（1）货币供给量增加，一方面可以促进生产，维持物价水平，阻止商品利润的下降；另一方面使得对股票的需求增加，促进股票市场的繁荣。

（2）货币供给量增加引起社会商品的价格上涨，股份公司的销售收入及利润相应增加，从而使得以货币形式表现的股利（即股票的名义收益）会有一定幅度的上升，使股票需求增加，从而股票价格也相应上涨。

（3）货币供给量的持续增加引起通货膨胀，通货膨胀带来的往往是虚假的市场繁荣，造成一种企业利润普遍上升的假象，保值意识使人们倾向于将货币投向贵重金属、不动产和短期债券上，股票需求量也会增加，从而使股票价格也相应增加。

当然，当通货膨胀到一定程度时，会对国民经济造成伤害；此外，剧烈的通货膨胀还会推动利率上升，使得资金从市场中流出，从而使得证券价格下跌。

由此可见，货币供应量的增减是影响股价升降的重要原因之一。总体而言，当通货膨胀对股票市场的刺激作用较大时，会引起股价上涨；而其压抑作用较大时，会引起股价下降。

四、利率变动的影响

对股票市场及股票价格产生影响的种种因素中最敏锐的莫过于金融因素。在金融因素中，利率的变动对证券市场行情的影响又是最为直接和迅速的。一般来说，利率下降时，证券价格就会上涨；利率上升时，证券价格就会下跌。因此，利率的高低以及利率同证券市场的关系，也成为投资者据以买进和卖出股票的重要依据。

利率的升降与股价的变化通常呈反向运动，其原因主要有：

（1）利率上升，不仅会增加公司的借款成本，而且还会使公司难以获得必需的资金，这样，公司就不得不削减生产规模，而生产规模的缩小又势必会减少公司的未来利润，因此，股票价格就会下降。

（2）利率上升时，投资者据以评估股票价值所在的折现率也会相应上升，股票的理论价值因而会下降，从而使得股票价格也应下降。

（3）利率上升时，一部分资金从证券市场流出，从而会减少市场上的股票需求，使股票价格出现下跌。

当利率下降时，其效果与利率上涨导致的效果相反。

既然利率与股价运动呈反向变化是一种一般情形，那么投资者就应该密切关注利率的升降，并对利率的走向进行必要的预测，以便在利率变动之前，抢先一步就对证券买卖进行决策。

五、汇率变动的影响

汇率是外汇市场一国货币与其他国家货币相互交换的比率。汇率作为两国货币交换的比价，由外汇市场的供求关系决定，其行情与股票价格有着密切的联系。一般来说，如果一个国家的货币是实行升值的基本方针，股价就会上涨；一旦其货币贬值，股价随之下跌。在当代国际贸易迅速发展的潮流中，汇率对一个国家的经济的影响越来越大。任何一国的经济在不同程度上都受到汇率变动的影响。随着我国的对外开放不断深入，以及世界贸易的开放程度的不断提高，我国证券市场受汇率的影响也会越来越显著。

六、政治因素的影响

这里所说的政治因素，包括：

（一）战争

战争对股票市场及股票价格的影响，有长期性的，亦有短期性的；有好的方面，亦有坏的方面；有广泛范围的，也有单一项目的，这要视战争性质而定。

战争促使军需工业兴起，凡与军需工业相关的公司股票当然要上涨。战争中断了某一地区之海空或陆运，提高了原料或成品输送之运费，因而商品涨价，影响购买力，公司业绩萎缩，与此相关的公司股票必然会下跌。其他由于战争所引起的许多状况都是足以使证券市场产生波动，投资人需要冷静的分析。

（二）政权

政权的转移、领袖的更替、政府的作为及社会的安定性等，均会对证券市场产生影响。

（三）国际政治形势

国际政治形势的改变，已愈来愈对股价产生敏感反应，随着交通运输的日益便利，通讯手段、方法的日益完善，国与国之间、地区与地区之间的联系越来越密切，世界从独立单元转变成相互影响的整体，因此一个国家或地区的政治、经济、财政等结构将紧随着国际形势改变，股票市场也随之变动。

（四）法律制度

如果一个国家（金融方面的）法律制度健全，使投资行为得到管理与规范，并使投资者的正当权益得到保护，会提高投资者投资的信心从而促进股票市场的健康发展。如果法律法规不完善，投资者权益受法律保护的程度低，则不利于股票市场的健康发展与繁荣。

第三节　行业分析

股票投资的行业分析是介于宏观经济分析与公司分析之间的中观层次的分析，包括传统意义上的行业分析和板块分析两个方面。证券市场上的行业是指一个企业群体，这个企业群体的成员由于其产品（包括有形与无形）在很大程度上的可相互替代性而处于一种彼此紧密联系的状态，并且由于产品可替代性的差异而与其他企业群体相区别。板块则是指因市场表现具有联动性或处于相同的地域等共同特征而被人为归类在一起的一组股票，其共同特征往往被用来作为炒作的题材。在宏观经济分析为证券投资提供了背景条件之后，我们需对不同行业和板块股票的经营状况和市场表现进行分析，以便更好地帮助投资者解决如何投资的问题。

一、我国的行业分类

在不同的应用领域，对行业有不同的分类方法。了解与证券市场相关的各种行业分类方法及按适宜的标准进行行业分类，是股票投资过程进行行业分析的基础。

（一）我国国民经济的行业分类

《中华人民共和国标准（GB/T 4754—94）》中对我国国民经济行业分类进行了详细的划分，成为我国各领域对行业进行分类的基础。这种分类方法将社会经济活动划分为门类、大类、中类和小类四级，其中，门类分为从 A 到 P 共 16 类。

（二）我国证券市场的行业划分

刚开始时，上海证券交易所为编制沪市成分指数，将在上海上市的全部上市公司分为五类，即工业、商业、房地产业、公用事业和综合类，并据此分别计算和公布各分类股价指数；深圳证券交易所将在深圳上市的全部上市公司分为六类，即工业、商业、金融业、房地产业、公用事业和综合类，同时分别计算和公布各分类股价指数。显然，两个证券交易所为编制股价指数而对行业进行的分类是不完全的，随着新公司的不断上市以及老上市公司业务活动的变化，这两种分类方法已不能涵盖全部上市公司。为了提高证券市场规范化水平，证监会在总结沪深两个交易所分类经验的基础上，以我国国民经济行业的分类为主要依据，于1999 年 4 月制定了《中国上市公司分类指引》并予以试行。

（三）证券市场投资实际应用的行业划分

目前证券市场上被业内分析人士和广大投资者接受并获广泛应用的分类方法是为进行投资时分析方便而逐渐形成的，其中应用最多的有行业分类和板块分类。

根据上市公司主营业务的营业范围来划分，业内人士和投资者通常把上市公司分为以下行业：科技行业、房地产行业、家电行业、电子信息行业、化工行业、能源行业、汽车行业、金融行业、农林牧副渔业、酿酒食品饮料行业、医药行业、冶金行业、纺织行业、机械行业、纸业包装行业、建材行业、公用事业、商业行业、综合类等。

板块分类标准不一，如可按地域划分，有北京板块、深圳板块、上海板块（单列一个浦东板块）等；也可以上市公司的经营业绩为纽带划分，包括绩优板块、ST 板块等；根据行业分类划分有高科技板块、金融板块、房地产板块、酿酒板块等；按照上市公司的经营行为划分有重组板块等。随着上市公司的不断发展及数量的日益增多，划分板块的标准也越来越多，各个板块之间的相互联动关系也日趋复杂。只要一个名称能成为市场炒作的题材，就能以此名称冠名一个板块。

二、行业与板块分析在股票投资中的作用

（一）行业分析可为股票投资者提供更为详尽的行业投资背景

宏观经济分析主要分析了社会经济的总体状况，但没有对社会经济的各组成部分进行具体分析。社会经济的发展水平和增长速度反映了各组成部分的平均水平和速度，但各部门的发展并非都和总体水平保持一致。在宏观经济运行态势良好、速度增长、效益提高的情况下，有些部门的增长与国民生产总值、国内生产总值增长同步，有些部门则高于或低于国民生产总值或国内生产总值的增长。投资者除需了解宏观政治经济背景之外。还需对各行业的

一般特征、经营状况和发展前景有进一步的了解，这样才能更好地进行投资决策。

（二）行业分析可协助投资者确定行业投资重点

国家在不同时期的经济政策与对不同地区的政策导向会对不同的行业和地区产生不同的影响，属于这些行业和位于这些地区的企业会受益匪浅。如我国准备对天津滨海新区进行大规模投资建设，则相应公司会获得一定收益。

（三）行业与板块分析可协助股票投资者选择投资企业及持股时间

通过对行业所处生命周期和影响行业发展的因素进行分析，投资者可了解行业的发展潜力和欲投资企业的优势所在，这对其最终确定所投资企业及确定持股时间有重要作用。很多时候，股票的价格会随着某一行业的发展而相应上升。例如，某一种新型发动机的引入使得许多与该行业有关的证券价格上升，因为投资者和投机家们都断定，由于新型发动机的出现使得这些行业都处在潜在增长的边缘。然而，当投资者获悉这种发动机具有耐久性，并且极易应用于现有制造生产体系的确切资料后，这些行业的证券市场价格便恢复到更合理的水平，投资者必须据此适时作出投资决策。板块分析对于投资者选择股票也有较大的影响。在市场发展的某一阶段，属于某一板块的数只股票长期处于强势，那么该板块中的其他尚处于盘整阶段的股票很有可能就是当前市场最有上升潜力的股票，极具投资价值；而在板块中大多数股票升势转弱时，该板块中的其他股票也就应该予以卖出。

三、行业的一般特征分析

行业的经济结构不同，变动规律不同，所处生命周期阶段不同，其赢利水平的高低、经营的稳定状况也不同。这是进行行业分析时要着重考虑的因素。

（一）行业的经济结构分析

行业的经济结构随该行业中企业的数量、产品的性质、价格的制定和其他一些因素的变化而变化。根据经济结构的不同，行业基本上可分为四种市场类型：完全竞争、垄断竞争、寡头垄断和完全垄断。

完全竞争型是指一个行业中有很多的独立生产者，他们都以相同的方式向市场提供同质产品；企业是价格的接受者，而不是价格的制定者；等等。显然，完全竞争是一个理论上的假设，在现实经济中很少存在，一些初级产品和某些农产品的市场类型比较接近完全竞争市场的情况。

垄断竞争是指一个行业中有许多企业生产同一种类但具有明显差别的产品。从某种程度说，企业对自己产品的价格有一定的控制能力，是价格的制定者；生产者众多，所有资源可以流动，进入该行业比较容易。在国民经济各行业中，大多数产成品的市场类型都属于这种类型。

寡头垄断是指一个行业中少数几家大企业控制了绝大部分的市场需求量。其主要特点是：企业为数不多，而且相互影响、相互依存，每个企业的经营方式和竞争策略都会对其他几家企业产生重要影响；产品差别可有可无。从这些特点可以看出，寡头垄断在现实是普遍存在的，资本密集型、技术密集型行业，如汽车行业，以及少数储量集中的矿产品，如石油等产品的市场多属这种类型。

完全垄断是指一个行业中只有一家企业生产某种特质产品，没有或基本没有其他替代品的产品。在完全垄断市场中，一个行业仅有一个企业，也就是说这个垄断企业就构成了一个行业，其他企业进入这个行业几乎是不可能的。垄断企业能够根据市场的供需情况制定理想的价格和产量，以获取最大利润。但是，垄断者的自由性也是有限度的，要受到政府管制和反垄断法的约束。完全垄断可分为两种类型：政府完全垄断，如国有铁路、邮电等部门；私人完全垄断，如政府赋予的特许专营或拥有专利的独家经营以及由于极其强有力的竞争实力而形成的私人垄断经营。

显然，如果按照经济效益的高低和产量的大小排列，上述四种市场类型依次为完全竞争、垄断竞争、寡头垄断和完全垄断；如果按照价格的高低和可能获得的利润的大小排列，则次序正好相反，即依次为完全垄断、寡头垄断、垄断竞争和完全竞争。

（二）经济周期与行业分析

各行业变动时，往往呈现出明显的、可测的增长或衰退的格局。根据这些变动与国民经济总体周期变动的关系的密切程度不同，可以将行业分为增长型行业、周期型行业和防御型行业几类。

增长型行业的运动状态与经济活动总水平的周期及其振幅无关。这些行业主要依靠技术的进步、新产品的推出以及更优质的服务来使其经常呈现出增长形态，因此其收入增长的速率与经济周期的变动不会出现同步影响。然而，由于此类行业的股票价格不会随着经济周期的变化而变化，投资者难以把握精确的购买时机。

周期型行业的运动状态直接与经济周期相关。当经济处于上升时期，这些行业会紧随其扩张；当经济衰退时，这些行业也相应衰落。这是因为，当经济上升时，对这些行业相关产品的购买会相应增加。航空、运输和金属等行业，就属于典型的周期型行业。

防御型行业的运动形态因其行业的产品需求相对稳定，所以不受经济周期处于衰退阶段的影响，相反，当经济衰退时，防御型行业或许会有实际增长，例如食品业和公用事业。正因为如此，投资者对防御型行业投资属于收入投资，而非资本利得投资。

（三）行业生命周期分析

一般而言，每个行业都要经历一个由成长到衰退的发展演变过程，这个过程便称为行业的生命周期。行业的生命周期通常可分为四个阶段，即初始阶段、成长阶段、成熟阶段和衰退阶段。

初始阶段，是指新行业刚刚诞生或初建不久，只有为数不多的创业公司投资于这个新兴的行业。在初创阶段，行业的创立投资和产品的研究、开发费用较高，而产品市场需求狭小，销售收入较低，因此这些创业公司财务上可能不但没有赢利，反而普遍亏损，甚至可能破产。同时，企业还面临着由较高的产品成本和价格与较小的市场需求导致的投资风险。在初创阶段后期，随着行业生产技术的提高、成本的降低和市场需求的扩大，新行业将逐步由高风险、低收益的初创期转入高风险、高收益的成长期。

成长阶段，是指拥有一定市场营销和财务力量的企业逐渐主导市场，其资本结构比较稳定，因而它们开始定期支付股利并扩大经营。在成长阶段，新行业的产品通过各种渠道以其自身的特点赢得了大众的认可，市场需求逐渐上升，与此同时，产品的供给方面也发生了一系列变化。由于市场前景看好，投资于新行业的厂商大量增加，产品也逐步从单一、低质、高价向多样、优质和低价方向发展，因此新行业出现了生产厂商和产品相互竞争的局面，这种状况的持续将使市场需求趋于饱和。在这一阶段，生产厂商不能单纯依靠扩大产量，提高市场份额来增加收入，而必须依靠提高生产技术、降低成本，以及研制和开发新产品来获得竞争优势，从而战胜竞争对手和维持企业的生存与发展。因此那些财力与技术较弱，经营不善，或新加入的企业（因产品的成本较高或不符合市场的需要）往往被淘汰或被兼并。在成长阶段的后期，由于行业中生产厂商与产品竞争优胜劣汰规律的作用，市场上生产厂商的数量在大幅度下降以后便开始稳定下来。由于市场需求基本饱和，产品的销售增长率减慢，整个行业开始进入稳定期。在这一阶段，由于受不确定因素的影响较小，行业的增长具有可预测性，行业的波动也较小。此时，投资者蒙受经营失败而导致投资损失的可能性大大降低，分享行业增长带来的收益的可能性则会大大提高。

行业的成熟阶段是一个相对较长的时期。在这一时期里，在竞争中生存下来的少数大厂商垄断了整个行业的市场，每个厂商都占有一定比例的市场份额。厂商与产品之间的竞争手段逐渐从价格手段转向各种非价格手段，如提高质量、改善性能和加强售后服务等。此时，行业的利润由于一定程度的垄断达到了很高的水平，而风险因市场比例较稳定、新企业难以进入而降低。其原因是市场已被原有大企业比例分割，产品的价格比较低，新企业由于创业投资无法很快得到补偿或产品销路不畅，资金周转困难而难以进入。在行业成熟阶段，行业增长速度降到一个更加适度的水平。在某些情况下，整个行业的增长可能完全停止，其产出甚至下降，因此行业的发展很难较好地与国民生产总值保持同步增长，当国民生产总值减少时，行业甚至蒙受更大的损失。但是，由于技术创新等原因，某些行业或许实际上会有新的增长。

行业在经历了较长的稳定阶段后，就进入了衰退阶段。这主要是因为新产品和大量替代品的出现，使得原行业的市场需求减少，产品的销售量开始下降，某些厂商开始向其他更有利可图的行业转移资金，从而原行业的厂商数目减少，利润下降。至此，整个行业便进入了生命周期的最后阶段。在衰退阶段，市场逐渐萎缩，当正常利润无法维持或现有投资折旧完毕后，整个行业便解体了。

四、影响行业发展的因素

行业生命周期的四个阶段只能说明其总体状况，并不适用于所有行业，行业的实际生命周期会因受到技术进步、政府政策及社会习惯等诸多因素的影响而复杂得多。

（一）技术进步

技术进步对行业的影响是巨大的。例如，电灯的出现极大地削减了对煤气灯的需求，电力行业则是逐渐取代蒸汽动力行业的，但产品稳定性差的行业（如仅以风行一时的产品为基础的行业）则可能很快被淘汰。因此，投资者必须充分了解各行业技术发展的状况和趋势，不断考察一个行业产品生产线的前途，分析其被新的优良产品或消费需求替代的趋势，只有这样，才能使投资效益最大化。

（二）政府政策

政府政策是通过政府对某些行业施加影响，或是对行业进行促进干预和限制干预完成的。

政府实施管理的行业主要包括：公共事业，如电力、邮电通信、广播电视、供水、排污、煤气等；运输部门，如铁路、公路、航空、航运和管道运输等；金融部门，包括银行以及保险公司、商品与证券交易市场、经纪商、交易商等非银行金融机构。政府对这些行业的管理措施可以影响到行业的经营范围、增长速度、价格政策、利润率等诸多方面。

为降低某些行业的成本，刺激和扩大其投资规模，政府对行业的促进作用可以通过补贴、税收优惠、限制与本国竞争的关税、保护某一行业的附加法规等措施来实现，因为这些措施有利于降低该行业的成本，并刺激和扩大其投资规模，例如美国的纺织业就受到进口关税这一法律的极大的保护。同时考虑到生态、安全、企业规模和价格因素，政府会对某些行业实施限制性规定，这会加重该行业的负担；某些法律已经对某些行业的短期业绩产生了负作用。

（三）社会习惯的改变

随着人们生活水平和受教育水平的提高及社会文明程度的变化，人们的消费心理、消费习惯和社会责任感会逐渐改变，从而引起对某些商品的需求变化并进而影响到相关行业的兴衰。例如，人们在解决了基本温饱之后，会更注意生活的质量，绿色食品和不受污染的纺织品备受人们青睐；在健康方面，不再盲目追求保健品而转向更有效的体育锻炼；在物质生活丰富后，人们更注重智力投资和丰富的精神生活，旅游、音响成了新的消费热点；等等。所有这些社会观念、社会习惯及社会趋势的变化对企业乃至行业的经营活动、生产成本和利润收益等方面都会产生一定的影响，足以在使一些不再适应社会需要的行业衰退的同时又激发新兴行业的发展。

五、行业投资的选择

研究了行业分析所需的基本面因素之后，必须根据经济形势的变化和市场的反应不断作出调整，才能作出正确的投资决策。

（一）选择的目的

一般来说，投资者投资的目的是期望以最小的投资风险获得最大的投资回报，因此在投资决策中，应选择增长型的行业和在行业生命周期中处于成长期和稳定期的行业，这就要求投资者应仔细研究公司所处的行业生命周期及行业特征。

增长型行业的特点是增长速度快于整个国民经济的增长率，投资者可享受快速增长带来的较高的投资回报，但投资风险较大。此外，投资者也不应排斥增长速度与国民经济同步的行业，这些行业发展比较稳定，投资回报虽不及增长型行业，但投资风险相应也小。例如，计算机行业正以较快的速度增长，但其面临的相应的竞争风险也在不断增长，投资者须通过收益与风险的对比分析来决定是否投资。

在对处于生命周期不同阶段的行业选择上，投资者应选择处于成长期和稳定期的行业，这些行业有较大的发展潜力，基础逐渐稳定，赢利逐年增加，股息红利相应提高，有望得到丰厚而稳定的收益。一般来说，投资者应避免选择初创期和衰退期的行业，因为，这些行业的发展前景难以预料，投资风险太大。例如，医疗服务行业正处于成长阶段，竞争风险相对较小，收益也相应较大，而采矿业已进入衰退期，该行业的投资收益就较少。

（二）选择方法

随着我国证券市场的发展，投资者如何在众多行业中选择呢？通常用两种方法来衡量：一是将行业的增长情况与国民经济的增长速度进行比较，从中找出增长型行业；二是利用行业历年的销售业绩、赢利能力等历史资料分析过去的增长情况，并预测行业未来的发展趋势。

分析某行业是否属于增长型行业，可用该行业历年的统计资料与国民经济综合指标相对比来判断。第一，取得该行业历年销售额或营业收入的可靠数据并计算出年变动率，与国民生产总值增长率、国内生产总值增长率进行比较，确定该行业是否属于周期性行业。如果国民生产总值或国内生产总值连续几年逐年上升，说明国民经济正处于繁荣阶段；反之，则说明国民经济正处于衰退阶段。观察同一时期该行业的销售额是否与国民生产总值或国内生产总值呈同向变化，如果国民经济繁荣时期该行业的销售额逐年同步增长，或国民经济衰退时期该行业的销售额也逐年同步下降，则该行业属于周期性行业。第二，比较该行业销售额的年增长率与国民生产总值或国内生产总值年增长率。若该行业大多数年份的增长率均大于国民经济综合指标的增长率，则属于增长型行业；反之，该行业的年增长率与国民经济综合指标的年增长率持平甚至偏低，则说明这一行业与国民经济同步增长或增长过缓。第三，计算各观察年份该行业销售额在国民生产总值中所占的比重。若这一比重逐年增加，说明这一行业增长比国民经济水平快；反之，则较慢。通过这些分析，只要观察年数足够多，基本上可以发现并判断增长型行业。

在分析了行业过去的情况之后，投资者还需了解和分析行业未来的增长变化，从而对其未来的发展趋势作出预测。目前常使用的方法有两种：一种是绘出行业历年销售额与国民生产总值的关系曲线即行业增长的趋势线，根据国民生产总值的计划指标或预计值可以预测行业的未来销售额。另一种方法是利用该行业在过去10年或10年以上的年增长率计算历史的平均增长率和标准差，预测未来增长率。如果某一行业与居民基本生活资料相关，也可以利用历史资料计算人均消费量及人均消费增长率，再利用人口增长预测资料预计行业的未来增长。

（三）行业投资决策

通过上面进行的行业分析，投资者可以选择处于成长期和稳定期、竞争实力较强、有较大发展潜力的增长型行业作为投资对象。同时，即期的市盈率在某种程度上也可以作为投资时考虑的因素。例如，某行业显示出的未来增长潜力很大，但是该行业证券的价格相对较高，则不能充分表明这些证券是可以购买的。而一些有着适度收入的行业的证券，如果其价格较低，并且估计其未来收入的变动很小，则这些证券是值得购买的。

因此，投资者在进行投资决策之前，只有通过对欲投资企业所属行业的考察，才能判断市场是否高估或低估了其证券及该行业的潜力和发展能力，进而确定该证券的价格是否合理。在许多时候，市场中投资者和投机者之间的相互作用和影响，足以驱使证券的价格过高或过低，以致偏离真实价值。投资者必须明白，大多数市场运动的变化都导源于投资者对某一企业或行业真实价值的感觉，而并非产生于影响某行业未来收入基本因素的变化。

对个别投资者来说，商业性投资公司或证券公司公布的行业分析或调查资料及具有投资观点和建议的补充资料是极有价值的。因为个别投资者往往无法对必要的大量资料作出准确的计算，而这些投资机构的专业分析人员专长于各行业，能够提供以行业和经济分析为基础的报告，这些信息是十分有益的。首先，它包含了对某一行业未来的展望，并描述了其规模和经济重要性，从而概括出了一个行业经营模式、现期困难及发展的可能性和它们对行业在未来若干年中业绩的影响。其次，这些调查报告也讨论了行业的作为与属性、活动的广度和获利程度及其未来最有可能的增长潜力。所以说投资者在投资时应充分利用这些调查报告的投资导向作用。

另外，一般来说，股票的价格与其真实价值不会有太大的偏差，但投资者要确定某一行业证券的投资价值，必须辨别现实价格与其真实价值的差异及其所反映的未来收入的机会和投机需求程度有多大。只有广泛收集信息、系统地评估该行业，投资者才能进行正确的行业分析，从而最终作出明智的行业投资决策。

第四节 公司分析

一、公司竞争地位分析

准备要投资的公司在本行业中的竞争地位是公司基本素质分析的首要内容。市场经济的规律就是优胜劣汰，在本行业中没有竞争优势的企业，注定要随着时间的推移逐渐萎缩及至消亡。只有确立了竞争优势，并且不断地通过技术更新和管理提高来保持这种竞争优势的企业，才有长期存在并发展壮大的机会，也只有这样的企业才有长期投资价值。

（一）技术水平

决定公司竞争地位的首要因素在于公司的技术水平。对公司技术水平高低的评价可以分为评价技术硬件部分和软件部分两类。评价技术硬件部分如机械设备，单机或成套设备；软件部分如生产工艺技术、工业产权、专利设备制造技术和经营管理技术，具备了何等生产能力和达到什么样的生产规模，企业扩大再生产的能力如何，给企业创造多少经济效益等。

（二）市场开拓能力和市场占有率

公司的市场占有率是利润之源。效益好并能长期存在的公司，其市场占有率必然是长期稳定并呈增长趋势的。不断地开拓进取挖掘现有市场潜力并不断进军新的市场，是扩大市场占有份额和提高市场占有率的主要手段。

（三）资本与规模效益

有些行业，比如汽车、钢铁、造船是资本密集型行业。这些行业往往是以"高投入、大产出"为行业基本特征的。由资本的集中程度而决定的规模效益是决定公司收益、前景的基本因素。

（四）项目储备及新产品开发

在科学技术发展日新月异的今天，只有不断进行产品更新、技术改造的企业才能长期立于不败之地。商海弄潮如逆水行舟，不进则退。一个企业在新产品开发上的停滞，相对于其他前进的企业，就是后退。

二、公司人才素质分析

企业竞争的焦点是人才的竞争。对上市公司人才素质进行分析首先要考察企业管理者的素质，其次要看员工素质。

企业经营者素质状况在企业发展中起决定性作用。经营者素质好、管理水平高，企业往往会获得较高盈利。经营管理能力弱的企业，即使具有竞争性产品，也会因经营管理不善而一事无成。上市公司员工是公司经营的主体，其文化和业务素质对企业的发展起着至关重要的作用。反映劳动力素质的指标主要有劳动者平均受教育水平、高学历的人数构成、职工技术水平构成、劳动生产率等。

三、公司财务分析

在证券市场中，上市公司的经营状况是决定其股价的长期的、重要的因素。而上市公司的经营状况，则通过财务报表反映出来，因此，分析和研究财务统计报表，就显得尤为重要了。

股票投资的财务分析，就是投资者通过对股份公司的财务报表进行分析和解释，来了解该公司的财务情况、经营效果，进而了解财务报告中各项的变动对股票价格的有利和不利影响，最终作出投资某一股票是否有利和安全的准确判断。因此，一般认为，财务分析是基本分析的一项重要组成部分。财务分析的对象是财务报表，财务报表主要包括资产负债表、损益表和现金流量表。财务分析主要的目的是分析公司的收益性、安全性、成长性和周转性四个方面的内容。

（1）公司的获利能力。利润的高低、利润额的增长速度是表示公司有无活力、管理效能优劣的标志。作为投资者，购买股票时，当然首先是考虑选择利润丰厚的公司进行投资。所以分析财务报表，先要着重分析公司当期投入资本的收益性。

（2）公司的偿还能力。分析公司的偿还能力，目的在于确保投资的安全，需要从两个方面进行分析：一是分析其短期偿债能力，看其有无能力偿还到期债务，这一点须从分析、检查公司资金流动状况来做判断；二是分析其长期偿债能力的强弱，这一点是通过分析财务报表中不同权益项目之间的关系、权益与收益之间的关系，以及权益与资产之间的关系来进行检测的。

（3）公司扩展经营的能力。即进行成长性分析，这是投资者选购股票进行长期投资最为关注的重要问题。

（4）公司的经营效率。主要是分析财务报表中各项资金周转速度的快慢，以检测公司各项资金的利用效果和经营效率。

四、资产负债表分析

资产负债表是反映公司在某一特定日期（往往是年末或季末）财务状况的静态报告，反映公司资产、负债以及所有者权益之间的平衡关系。通过分析资产负债表，可以了解公司的财务状况，对公司的偿债能力、资本结构是否合理、流动资金是否充足等作出判断。可以说，资产负债表是企业最重要的、反映企业全部财务状况的第一主表。

资产总额包括了企业所拥有的流动资产、长期投资、固定资产、无形资产、递延资产及其他资产，是反映企业资金的占用分类汇总；负债总额包括流动负债、长期负债，负债作为过去的交易或事项所产生的经济义务，必须于未来支付的经济资源或提供服务偿付；所有者权益，包括股东投入股本、资本公积、盈余公积和未分配利润等。在资产负债表中，资产等于负债与所有者权益之和。利用资产负债表，投资者可以检查企业资本来源和运用是否合理，分析企业是否有偿还债务的能力，提供企业持续发展的资金决策依据。资产结构的分析可以让我们大略掌握该企业的资产分布状况，以及企业的经营特点、行业特点、转型容易度和技术开发换代能力；而负债结构的分析则让我们了解了企业发展所需资金的来源情况，以及企业资金利用潜力和企业的安全性、独立性及稳定性。运用资产负债表进行企业财务分析的方法和指标可以有多种，常见有：

（一）资产的结构分析

资产的结构分析，主要是研究流动资产与总资产之间的比例关系，反映这一关系的一个重要指标是流动资产率，其公式为：

流动资产率 = 流动资产／总资产

流动资产率越高，说明企业生产经营活动越重要，其发展势头越旺盛；也说明企业当期投入生产经营活动的现金，要比其他时期、其他企业投入的多；此时，企业的经营管理就显得格外重要。

对流动资产率这一指标的分析，一般要同行业横向对比看，同企业纵向对比看。不同的行业，该指标有不同的合理区间，纺织、化工、冶金、航空、啤酒、建材、重型机械等行业，该指标一般在30% ~60%之间，而商业批发、房地产则有可能高达90%以上。由于对同行业进行对比研究相对要复杂，工作量要大得多，因此，我们一般多重视同企业的历年间（至少是连续两年，即期初、期末）的纵向对比分析。反过来说，如果一家企业的流动资产率低于合理区间，并逐年不断减少，一般来说，其业务处于萎缩之中，生产经营亮起了红灯，需及时找出原因并谋求相当对策，以求尽快脱离险境。

除了对流动资产进行分析研判外，资产结构的分析还包括对无形资产增减，及固定资折旧快慢的分析。无形资产不断增加的企业，其开发创新能力强；而固定资产折旧比例较高的企业，其技术更新换代快。

（二）负债的结构分析

负债的结构分析，主要是研究负债总额与所有者权益、长期负债与所有者权益之间的比例关系，前者反映了上市公司自有资金负债率，后者则反映了企业的负债经营状况。相应的，有两个衡量指标，即：

自有资金负债率 = 负债总额/所有者权益

负债经营率 = 长期负债/所有者权益

自有资金负债率，也称为企业投资安全系数，用来衡量投资者对负债偿还的保障程度。自有资金负债率越大，债权人得到的保障就越小，银行及原料供应商就会持谨慎态度，甚至中止信贷或停止原料供应，并加紧催促企业还款，这样一来，已经负债累累的企业，将可能陷入资金困境而举步艰难。自有资金负债率越小，债权人得到的保障就越大，股东及企业外的第三方对公司的信心就越足，并愿意甚至主动要求借款给企业。当然，如果自有资金负债率过小，说明企业过于保守，没有充分利用好自有资金，挖掘潜力还很大。

负债经营率，一般用来衡量企业的独立性和稳定性。企业在发展的过程中，通过长期负债，如银行贷款、发行债券、借款等，来筹集固定资产和长期投资所需的资金，是一条较好的途径。但是，如果长期负债过大，利息支出很高，一旦企业陷入经营困境，如货款收不回、流动资金不足等情况，长期负债就会变成企业的包袱。从理论上说，负债经营率一般在 $1/4 \sim 1/3$ 之间较为合适。比率过高，说明企业的独立性差；比率低，说明企业的资金来源较稳定，经营独立性强。

（三）流动比率

流动比率是企业流动资产总额与流动负债总额之比，用它分析确定企业流动资产用以清偿流动负债的保证程度。计算公式为：

流动比率 = 流动资产/流动负债。

在正常情况下，流动资产包括现金、银行存款、应收票据、应收账款、预付货款、待摊费用、存货；流动负债包括短期借款、应付票据、应付账款、预收货款、应付工资、应交税金、预提费用、长期负债本期将到期部分及其他应付款等。流动比率是公认的衡量短期偿还能力的方法，因为它指明了短期债权人在求偿权到期日相当的期间之内变现能力。由于各种行业的经营性质和营业周期不同，对资产流动性的要求应有不同的衡量标准。过低的流动比率表明企业可以面临清偿到期的账单、票据的某些困难；过高的流动比率则表明企业的流动资金过多地滞留在流动资产上，在生产经营过程中没有发挥应有的效率。与之相配合的，还应分析速动比率、负债比率、存款周转率、应收账款平均回收率、总资产周转率等重要数据。

五、损益表分析

损益表反映一定时期内（通常是一年或一季内）的经营成果，是关于收益和损耗情况的财务报表。通过分析损益表，可以了解公司的盈利能力、盈利状况、经营效率，对公司在行业中的竞争地位、持续发展能力作出判断。运用损益表进行企业财务分析的方法和指标可以有多种，常见有：

（一）销售毛利率

销售毛利率也简称为毛利率，是毛利占销售收入的百分比，其中：毛利是销售收入与销售成本的差，其计算公式为：

$$销售毛利率 = [（销售收入 - 销售成本）/ 销售收入] \times 100\%$$

销售毛利率，表示每一元销售收入扣除销售产品或商品成本后，有多少钱可以用于各项期间费用和形成盈利。毛利率是企业销售净利率的最初基础，没有足够大的毛利率便不能盈利。

（二）销售净利率

销售净利率是指净利与销售收入的百分比。其计算公式为：

$$销售净利率 = （净利/销售收入）\times 100\%$$

销售净利率分析反映每一元销售收入带来的净利润的多少，表示销售收入的收益水平。从销售净利率的指标关系看，净利额与销售净利率成正比关系，而销售收入额与销售净利率成反比关系。企业在增加销售收入额的同时，必须相应地获得更多的净利润，才能使销售净利润保持不变或有所提高。通过分析销售净利率的升降变动，可以促使企业在扩大销售的同时，注意改进经营管理，提高盈利水平。

（三）资产收益率

资产收益率是企业净利率与平均资产总额的百分比。资产收益率计算公式为：

$$资产收益率 = （净利润/平均资产总额）\times 100\%$$
$$平均资产总额 = （期初资产总额 + 期末资产总额）/2$$

资产收益率分析是把企业一定期间的净利与企业的资产相比较，表明企业资产利用的综合效果。数值越高，表明资产的利用效率越高，企业在增加收入和节约资金使用等方面取得了良好的效果；否则则相反。企业的资产是由投资人投入或借债形成的，收益的多少与企业资产的多少、资产的结构、经营管理水平有着密切的关系。资产收益率是一个综合指标，为了正确评价企业经济效益的高低，挖掘提高利润水平的潜力，可以用该项指标与本企业前期、与计划、与本行业平均水平和本行业内先进企业进行对比，分析形成差异的原因。影响资产收益率高低的因素主要有：产品的价格、单位成本的高低、产品的产量和销售的数量、资金占用量的大小等。企业可以利用资产收益率来分析经营中存在的问题，提高销售利润率，加速资金周转。

六、现金流量表分析

根据会计准则的规定，现金是指公司库存现金以及可以随时用于支付的存款。此处的现金有别于会计学中所讲的现金，不仅包括"现金"账户核算的现金，而且还包括公司"银行存款"账户核算的存入金融机构、随时可以用于支付的存款，也包括"其他货币资金"账户核算的外埠存款、银行汇票存款、银行本票存款和在途货币资金等。现金流量表是以现金为基础编制的反映公司财务状况变动的报表，它反映出上市公司一定会计期间内有关现金和现金等价物的流出和流入的信息。

从现金流量表中，可以获得从资产负债表和损益表中无法获得的信息。现金流量表可以提供公司的现金流量信息，从而对公司整体财务状况作出客观评价；现金流量表能够说明公司一定期间内现金流入和流出的原因，能全面说明公司的偿债能力和支付能力；通过现金流量表能够分析公司未来获取现金的能力，并可预测公司未来财务状况的发展情况；现金流量表能够提供涉及现金的投资和筹资活动的信息。

现金流量表主要由三部分组成，分别反映企业在经营活动、筹资活动和投资活动中产生的现金流量。每一种活动产生的现金流量又分别揭示流入、流出总额，使会计信息更具明晰性和有用性。

公司经营活动产生的现金流量，包括购销商品、提供和接受劳务、经营性租赁、交纳税款、支付劳动报酬、支付经营费用等活动形成的现金流入和流出。在权责发生制下，这些流入或流出的现金，其对应收入和费用的归属期不一定是本会计年度，但是一定是在本会计年度收到或付出。例如收回以前年度销货款，预收以后年度销货款等。公司的盈利能力是其营销能力、收现能力、成本控制能力、回避风险能力等相结合的综合体。由于商业信用的大量存在，营业收入与现金流入可能存在较大差异，能否真正实现收益，还取决于公司的收现能力。了解经营活动产生的现金流量，有助于分析公司的收现能力，从而全面评价其经济活动成效。

筹资活动产生的现金流量，包括吸收投资、发行股票、分配利润、发行债券、向银行贷款、偿还债务等收到和付出的现金。其中，偿还利息所支付的现金项目反映公司用现金支付的全部借款利息、债券利息，而不管借款的用途如何，利息的开支渠道如何，不仅包括计入损益的利息支出，而且还包括计入在建工程的利息支出。因此该项目比损益表中的财务费用更能全面地反映公司偿付利息的负担。

投资活动产生的现金流量，主要包括购建和处置固定资产、无形资产等长期资产，以及取得和收回不包括在现金等价物范围内的各种股权与债权投资等收到和付出的现金。其中，分得股利或利润、取得债券利息收入而流入的现金，是以实际收到为准，而不是以权益归属或取得收款权为准的，这与损益表中确认投资收益的标准不同。公司投资活动中发生的各项现金流出，往往反映了其为拓展经营所作的努力，可以从中大致了解公司的投资方向，一个公司从经营活动、筹资活动中获得现金是为了今后发展创造条件。现金不流出，是不能为公司带来经济效益的。投资活动一般较少发生一次性大量的现金流入，而发生大量现金流出，导致投资活动现金流量净额出现负数往往是正常的，这是为公司的长远利益，为以后能有较高的盈利水平和稳定的现金流入打基础的。当然错误的投资决策也会使事与愿违。所以特别要求投资的项目能如期产生经济效益和现金流入。

一般情况下，现金流量表中经营活动现金流量净额与损益表的净利润往往不等，其原因主要是影响利润的事项不一定同时发生现金流入、流出，或者是由于对现金流量分类的需要。

复习思考题七 .....

讨论题

1. 通过网络查询 2007 年和 2008 年我国的经济政策，并就其对证券市场造成何种影响进行讨论。

2. 2008 年的金融海啸给许多上市公司造成不利影响，试对航空行业和房地产行业面临的状况进行分析讨论。

3. 为刺激经济继续高速增长，政府出台了许多政策以振兴对国计民生有着重要影响的行业，如工程机械行业等，试分析讨论振兴计划对工程机械行业的影响。

4. 在国内上市的商业银行中，招商银行规模不是最大的，但通常被认为是最好的。试通过其财务报告以及市场其他人员的观点，对招商银行进行分析。

第八章 技术分析

学习要求

1. 理解技术分析的含义，掌握技术分析的三大假设；
2. 掌握K线的画法，了解常见的K线形态和K线组合；
3. 理解切线理论，掌握支撑和压力的含义及其关系；
4. 了解形态理论，了解常见的反转形态和持续形态；
5. 理解技术指标含义，掌握MACD指标的计算方法和使用原则；
6. 了解波浪理论。

关键词

技术分析，K线，支撑和压力，技术指标

所谓技术分析，是相对于基本分析而言的。基本分析着重于对一般经济情况以及各个公司的经营管理状况、行业动态等因素进行分析，以此来研究证券的内在价值、衡量价格的高低。而技术分析则是一种完全根据证券行情的变化加以分析的方法，它通过对成交价、成交量等历史资料的分析，判断整个市场或个别证券未来的价格变化趋势，探讨证券市场中投资行为的可能轨迹，给投资者提供买卖信号。由于早期的技术分析工具是利用记录价格实际波动的图表来研究市场行为，以预测市场的未来动向，因此技术分析又称为图表分析法。

第一节 技术分析概述

一、技术分析的要素

技术分析是以预测市场价格变化的未来趋势为目的，以图表为主要手段对市场行为进行的研究。价格、成交量、时间和空间是描述市场行为的四个要素，其中最重要的要素是价格，其他的数据大多是从这四个要素衍生出来的。

二、技术分析的理论基础

技术分析有三个基本假设或者说前提条件：市场行为包含一切、价格沿趋势移动并保持趋势、历史会重演。

（一）市场行为包含一切

市场行为包含一切是构成技术分析的基础。技术分析者认为，能够影响某种商品价格变动的任何因素，包括基础的、政治的、心理的或者任何其他方面的，都会被反映在其价格上，由此可以推论，我们只需研究价格变化而不必弄清楚之前究竟是什么基本面因素引发价格达到目前的位置。这个前提的实质含义是价格变化必定反映了市场的供求关系，如果需求大于供给，价格必然上涨；如果供给大于需求，价格必然下跌。这个供求规律是所有经济的、基本面的预测方法的出发点。由此可见，技术分析没有背离价格形成的基本规律，技术分析者只是通过价格间接或是无意识地分析了市场的供求状况，图表本身并不产生价格的趋势和涨跌，供求仍是最基本的因素。但技术分析者不必要去理会价格涨落的基本面原因，这就减少了投资者知识背景、信息来源、分析能力和精力的限制，同时由于技术分析方法的广泛适用性，使得技术分析者可以介入各个不同的市场和参与各种不同性质的产品，而这是基本面分析者很难做到的。

（二）价格沿趋势移动并保持趋势

从第一个假设我们可以认识到，价格是对供求关系的反映，而供求关系不会经常改变，因为供求关系性质在一定时期内是确定的，由此可以肯定价格受供求关系决定在一定时期内是以一定方向运行，也就是我们所说的趋势。"趋势"概念是技术分析的核心，也是投资者需要在交易中重点捕捉和把握的，它决定了我们能否成为赢家的关键。研究价格图表的全部意义就是在一个趋势发展的初期，及时准确地发现和把握它，从而达到顺势交易的目的。事实上，具体的技术分析方法主要就是尝试把握趋势的工具。价格沿趋势移动并保持趋势，含义是市场将顺着阻力最小的方向——现在已经形成的趋势方向继续运行。

（三）历史会重演

技术分析和市场行为学、人类心理学等有着千丝万缕的联系。比如，价格形态，它们通过一些特定的价格图表形状表现出来，而这些图形表示了人们对某个市场看好或者看淡的心理。这些图形在过去的一百多年里早已广为人知并被分门别类了。技术图表有自我实现和自我毁灭两种表现，不管是哪种表现都是市场投资者心理或者这种心理被利用的结果，这种情况在过去发生作用，在现在和未来仍会发生作用，只要能够合理使用图表，同时结合科学的资金管理和风险管理，就可以利用这种历史表现指导投资者在资本市场上盈利。

三、技术分析的特点

（一）技术分析有很高的灵活性和适用性

技术分析最大的优点在于，其能适用于任何交易媒介和任何时间尺度，当然也需对不同的情况有适当的调整，但这不妨碍其优势的体现。例如，投资者从事商品期货交易，可以同时跟踪许多品种，不会局限于单一品种市场，不会因为某一单一品种不活跃或者没有好的投资机会而失去参与市场的意义，而基本派则会受到这些限制。技术派可以通过对不同品种的跟踪，选择把握性最高和机会最好的品种进行交易，从而提高账户的效率和胜算率，所以技术派选择面非常广。此外，通过跟踪各个品种的走势，技术派可以对整个市场的大环境有很好的跟踪和理解，同时对各个品种之间存在的内在联系有一定的了解和认识，然后利用以上知识更好的指导单一品种的交易。

除了在单一市场上有灵活性、适应性和关联性优点外，技术分析还可以扩展至不同领域，我们知道技术分析在股市、汇率和利率等市场都有广泛的运用。此外，技术分析原则在套利交易和期权交易中也发挥效用。

另外，技术分析可以应用在不同的时间尺度的图表中。虽然根据不同的时间尺度以及希望把握的行情性质区别，对具体的技术分析方法有不同的调整，但基本原理是一致的。市场上，很多投资者认为基本分析适合长期预测，而技术分析只适合短期分析，这种认识是不正确的。实践证明，使用周线图和月线图解决长期行情研判同样优异，如果投资者能利用技术分析对长、中、短进行有机结合分析，那么交易会有更好的表现。

（二）技术分析较易入门

相对于基本分析和其他有更高要求的分析方法，技术分析对于广大投资者来说更容易入门，但这不是说技术分析很容易掌握。虽然从具体技术分析方法的表述和使用都比较清晰、明确，而且理解也不难，但依此交易未必能取得很好的效果。因为单纯依据传统使用方法，错误概率依然很高，因为在同一位置市场投资者经常达成共识，而资本市场的赢家是少数，因此这种共识会被利用，而导致绝大多数投资者亏损，这是图表自我毁灭。但是在市场投资者对于这一位置失望后，图表又可能自我实现，所以，对技术分析独到地使用则是投资者在入门后需要深入分析和学习的，不能局限在书面的知识。

（三）技术分析可以帮助投资者控制交易节奏和风险

技术分析在指导投资者交易时有一个明显的优势，就是要求投资者在非技术位置尽量不要交易，只在技术位置交易，虽然仍会有很多错误，但是根据技术位置设置止损，可以保证每次交易你所承受的风险有限，同时有效规避了非技术位置随机波动所给一般投资者带来的不必要的心里波动和不容易控制的亏损幅度。同时，技术分析可以帮助投资者树立顺趋势方向交易的思维，这有利于投资者选择阻力最小的方向进行交易，这对于容易受价格波动以及情绪影响的投资者来说是比较关键的，可以部分控制投资者人性的弱点，但这类投资者仅靠技术分析就能实现盈利还是不行的，需要更多的调整。

四、技术分析方法的分类

一般说来，技术分析方法分为如下五类：K线类，切线类，形态类，指标类和波浪类。

（1）K线类。K线类的研究手法是侧重若干天K线的组合情况，推测股票市场多空双方力量的对比，进而判断股票市场多空双方谁占优势，是暂时的，还是决定性的。

（2）切线类。切线类是按一定方法和原则，在由股票价格的数据所绘制的图表中画出一些直线，然后根据这些直线的情况推测股票价格的未来趋势，这些直线就叫切线。切线的作用主要是起支撑和压力的作用。

（3）形态类。形态类是根据价格图表中过去一段时间走过的轨迹的形态，预测股票价格未来的趋势情况的方法。

（4）指标类。指标类建立一个数学模型，得到一个体现股票市场的某个方面内在实质的数字，这个数字叫指标值，指标值的具体数值和相互间关系，直接反映股市所处的状态，为投资者的操作行为提供指导的方向。

（5）波浪类。波浪理论把股价的上下变动和不同时期的持续上涨下降看成是波浪的上下起伏，并根据一定的方法予以刻画。

第二节 K 线分析

一、K 线图的绘制与基本类型

K 线图起源于日本，被当时日本米市的商人用来记录米市的行情与价格波动，后因其细腻独到的标画方式而被引入到股市及期货市场。目前，这种图表分析法在我国以至整个东南亚地区尤为流行。由于用这种方法绘制出来的图表形状颇似一根根蜡烛，加上这些蜡烛有红黑之分，因而也叫蜡烛线或阴阳线图表。通过 K 线图，投资者能够把交易日或某一周期的市况表现完全记录下来。

K 线是一条柱状的线条，由实体和影线组成。中间的方块是实体；影线在实体上方的称为上影线，在实体下方的称为下影线。在画 K 线时，需要使用到四个价格——开盘价、收盘价、最高价和最低价。实体的宽度是没有限制的，其上下边的位置是由开盘价和收盘价决定的。若收盘价高于开盘价，便以红色来表示，或是在柱体上留白，这种称为阳线；若收盘价低于开盘价，则以绿色表示，或是在柱体上涂黑色，这种称为阴线。对于阳线，上影线是最高价与收盘价之间的部分，下影线是开盘价与最低价之间的部分。对于阴线，上影线是指最高价与开盘价之间的部分，下影线是指收盘价与最低价之间的部分。

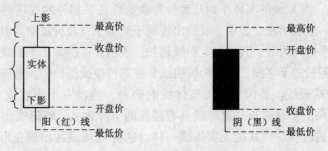

图 8-1 K 线

一般来说，上影线越长、下影线越短、阴线实体越长，表示空方力量越大；上影线越短、下影线越长、阳线实体越长，表示多方力量越大。上影线和下影线比较的结果，也影响多空双方的力量对比：上影线长于下影线，利于空方；下影线长于上影线，利于多方。

根据实体、上影线、下影线以及阴阳线的不同，可以将 K 线分成多种，如图 8-2 所示。

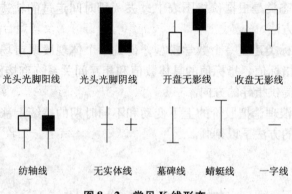

光头光脚阳线　　光头光脚阴线　　开盘无影线　　收盘无影线

纺轴线　　　无实体线　　墓碑线　　蜻蜓线　　一字线

图 8-2　常见 K 线形态

（1）光头光脚阳线和阴线。光头光脚阳线表示最高价与收盘价相同，最低价与开盘价一样，上下没有影线。从一开盘，多方就积极进攻，中间也可能出现多方与空方的斗争，但多方始终占优势，使价格一路上扬，直至收盘。

光头光脚阴线表示最高价与开盘价相同，最低价与收盘价一样，上下也没有影线。从一开盘，空方就积极进攻，中间也可能出现多方与空方的斗争，但空方发挥最大力量，一直到收盘。

在这里，当影线长度很短时就可以认为没有影线，这会遇到量化的问题，带有一定的主观性。此外，根据实体的长短又可分为为光头光脚大阳（阴）线和光头光脚小阳（阴）线，这里的"大"和"小"也是相对而言，需要进行相互比较后才能确定。

（2）开盘无影线。开盘无影线的 K 线缺少从开盘方向伸出的影线。对于阳线，则没有下影线，也称为光脚阳线，表示多方占优；对于阴线，则没有上影线，也称为光头阴线，表示空方占优。

（3）收盘无影线。收盘无影线的 K 线缺少从收盘方向伸出的影线。对于阳线，则没有上影线，也称为光头阳线；对于阴线，则没有下影线，也称为光脚阴线。

（4）纺轴线。纺轴线同时具有上影线和下影线，且实体比较短，影线比实体长。纺轴线表示多空双方力量的不可靠性，其实体颜色和影线长度则不太重要。

（5）无实体线。当 K 线的实体小到开盘价和收盘价几乎相等的程度时，就被称为无实体线，也称为十字线。这表示在交易中，股价出现高于或低于开盘价成交，但收盘价与开盘价相等，多方与空方几乎势均力敌。其中，上影线越长，表示卖压越重；下影线越长，表示多方越强。上下影线看似等长的十字线，可称为转机线，在高价位或低价位，意味着将会出现反转。

（6）墓碑线和蜻蜓线。墓碑线是无实体线的一种，当没有下影线或下影线很短时，就会出现这种线。如果上影线很长，墓碑线具有强烈的下降含义。蜻蜓线出现在开盘价和收盘价处在全天最高价的时候。同其他无实体线一样，这种 K 线通常出现在市场的转折点。

（7）一字线。这种图形表示开盘价、收盘价和最高价、最低价都相同，全日交易都在同一个价格成交。出现这种情形时，通常表示股票要么全天涨停要么全天跌停；此外，对于三板市场，根据规定，全天都是同一个交易价格，其 K 线也为一字线。

二、K 线组合

K 线组合可以是单根的也可以是多根的，最常见的是两根或 6 根组合在一起，很少有超过 5 根或 6 根的组合。从大的分类上看，K 线的组合形态分为反转组合形态和持续组合形态两种。这里对一些常见的 K 线组合作一介绍。

（1）早晨之星和黄昏之星。早晨之星和黄昏之星是相互对称的图形，是发生在下降和上升行情中的三根 K 线组合形态。早晨之星是典型的底部反转形态，黄昏之星则正好相反，是典型的顶部反转形态。

（2）锤形线和上吊线。锤形线出现预示着下跌趋势将结束，是较可靠的底部形态；上吊线的出现，通常预示上涨趋势结束。

（3）倒锤线和射击之星。倒锤线通常预示后市会上涨，射击之星通常预示后市会下跌。

（4）刺穿线和乌云盖顶。当市场处于底部或顶部时，出现刺穿线或乌云盖顶，通常预示后市会出现反转。

（5）红三兵和三乌鸦。红三兵是指三根连续上升的阳线，收盘价一日比一日高，通常表示多头力量聚集，预示着后市将会上涨。三乌鸦与红三兵相反，是指三根连续下跌的阴 K 线，收盘价一日比一日低，表示空方力量在逐步加强，后势看淡。

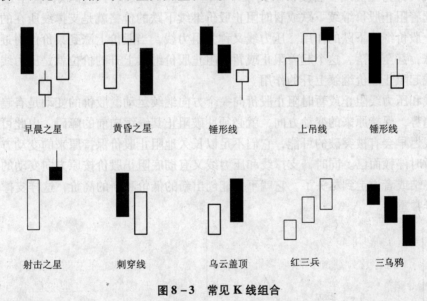

图 8-3 常见 K 线组合

第三节 切线理论

一、趋势分析

证券的市场价格随时间的推移，在图表上会留下自己的痕迹，这些痕迹会呈现出一定的方向性，这种方向性反映了价格的波动情况。

趋势就是价格波动的方向，或者说是证券市场运动的方向。若确定了当前市场是一段上升（或下降）趋势，则价格的波动就是向上（或向下）运动。一般来说，市场变动不是朝一个方向直来直去，中间肯定要出现曲折。从图形上看就是一条折线，每个折点处形成一个峰或谷，从这些峰或谷的相对高度上，可以看出趋势的方向。趋势有三种方向，即上升方向，下降方向，和水平方向。在实际投资中，需要重点关注上升方向和下降方向。

按道氏理论的分类，趋势分为三个类型：

（1）主要趋势。主要趋势是趋势的主要方向，是股票投资者极力要弄清楚的。了解了主要趋势才能做到顺势而为。主要趋势是股价波动的大方向，一般持续的时间比较长。

（2）次要趋势。次要趋势是在主要趋势的过程中进行的调整。趋势不会是直来直去的，总有个局部的调整和回撤，次要趋势正是完成这一使命。

（3）短暂趋势。短暂趋势是在次要趋势中进行的调整。短暂趋势与次要趋势的关系就如同次要趋势与主要趋势的关系一样。

二、支撑线和压力线

支撑线又称为抵抗线。当股价跌到某个价值附近时，股价停止下跌，甚至还有可能回升，这个起着阻止股价继续下跌或暂时阻止股价继续下跌的价格就是支撑线所在的位置，支撑线起阻止股价继续下跌的作用。压力线又称为阻力线，当股价上涨到某价位附近时，股价会停止上涨，甚至回落，这个起着阻止或暂时阻止股价继续上升的价位就是压力线所在的位置，压力线起阻止股价继续上升的作用。

支撑线和压力线阻止或暂时阻止股价向一个方向继续运动。股价的变动是有趋势的，要维持这种趋势，保持原来的变动方向，就必须冲破阻止其继续向前的障碍。由此可见，支撑线和压力线迟早会有被突破的可能，它们不足以长久地阻止股价保持原来的变动方向，只不过是使之暂时停顿而已。同时，支撑线和压力线又有彻底阻止股价按原方向变动的可能。当一个趋势终结或者说走到尽头了，它就不可能创出新的低价和新的高价，这样支撑线和压力线就显得异常重要。

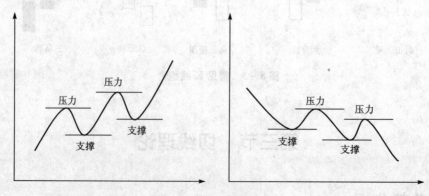

图8-4 支撑线和压力线

支撑线和压力线主要是从人的心理因素方面考虑的。支撑线和压力线之所以能起支撑和压力作用，很大程度是由于心理因素方面的原因。在一定条件下，支撑线和压力线还可以相互转化，即当价格向上突破压力线后，这条压力线就变成了支撑线，或者是当价格向下突破了支撑线后，这条支撑线也就变成了压力线。支撑线和压力线的相互转化也是从心理角度方面考虑的。

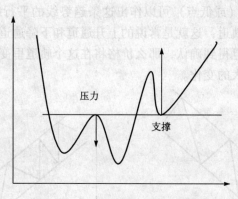

图 8 – 5 支撑线和压力线相互转换

三、趋势线

趋势线衡量价格的趋势，由趋势线的方向可以明确地看出股价的趋势。在上升趋势中，将两个低点连成一条直线，就得到上升趋势线；在下降趋势中，将两个高点连成一条直线，就得到下降趋势。上升趋势线起支撑作用，下降趋势线起压力作用，也就是说，上升趋势线是支撑线的一种，下降趋势线是压力线的一种。

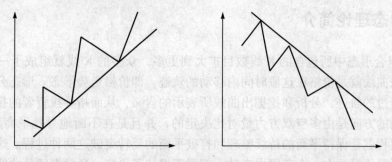

图 8 – 6 趋势线

一般来说，趋势线有两个作用：

（1）对价格今后的变动起约束作用，使价格总保持在这条趋势线的上方（上升趋势线）或下方（下降趋势线），其实就是起支撑和压力作用。

（2）趋势线被突破后，就说明股价下一步的走势将要反转方向。越重要越有效的趋势线被突破，其转势的信号越强烈。被突破的趋势线原来所起的支撑和压力作用，现在将相互交换角色。即原来是支撑线的，现在将起压力作用；原来是压力线的，现在将起支撑作用。

四、轨道线

轨道线又称通道线或管道线，是基于趋势线的一种方法。在已经得到了趋势线后，通过第一个峰（或谷）的高点（或低点）可以作出这条趋势线的平行线，这条平行线就是轨道线。两条平行线组成一个轨道，这就是常说的上升通道和下降通道。轨道的作用是限制股价的变动范围。一个轨道一旦得到确认，那么价格将在这个轨道里变动。对上面的或下面的直线的突破将意味着有一个大的变化。

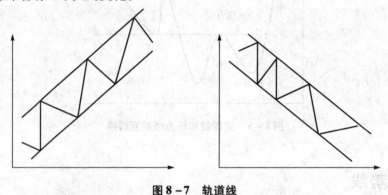

图 8－7　轨道线

第四节　形态分析

一、形态理论简介

将 K 线组合形态中所包含的 K 线数目扩大到更多，众多的 K 线就组成了一条上下波动的曲线，这条曲线就是价格在这段时间内移动的轨迹，即价格走势形态。形态分析则是通过研究价格所走过的轨迹，分析和挖掘出曲线所表示的含义，从而指导投资者的投资行为。

价格移动的方向是由多空双方力量对比决定的，并且是在不断地寻找平衡和打破平衡。价格移动的过程就是保持平衡的持续整理和打破平衡的反转突破这两种过程。这里平衡的概念是相对的，股价只要在一个范围内变动，都属于保持了平衡。通常把股价曲线的形态分成两个大的类型：持续整理形态和反转突破形态。前者保持平衡，后者打破平衡。

（一）反转突破形态

反转形态是指股票价格改变原有的运行趋势所形成的运动轨迹。反转形态存在的前提是市场原先确有趋势出现，而经过横向运动后改变了原有的方向。反转形态的规模，包括空间和时间跨度，决定了随之而来的市场动作的规模，也就是说，形态的规模越大，新趋势的市场动作也越大。在底部区域，市场形成反转形态需要较长的时间，而在顶部区域，则经历的时间较短，但其波动性远大于底部形态。交易量是确认反转形态的重要指标，而在向上突破时，交易量更具参考价值。

（二）持续整理形态

持续形态是指股票价格维持原有的运动轨迹。市场经过一段趋势运动后，积累了大量的获利筹码，随着获利盘纷纷套现，价格出现回落，但同时对后市继续看好的投资者大量入场，对市场价格构成支撑，因而价格在高价区小幅震荡，市场采用横向运动的方式消化获利筹码，重新积聚了能量，然后又恢复原先的趋势。持续形态即为市场的横向运动，它是市场原有趋势的暂时休止。

与反转形态相比，持续形态形成的时间较短，这可能是市场惯性的作用，保持原有趋势比扭转趋势更容易。持续形态形成的过程中，价格震荡幅度应当逐步收敛，同时，成交量也应逐步萎缩。最后在价格顺着原趋势方向突破时。应当伴随大的成交量。

二、反转形态

常见的反转突破形态包括头肩形态，三重顶（底），双重顶（底），圆弧形态，喇叭形态，菱形形态，V 形反转。这里介绍一下头肩形态、三重顶（底）和双重顶（底）。

（一）头肩形态

头肩形态包括头肩顶和头肩底，是实际价格形态中出现最多的形态，也是最出名和最可靠的反转形态。

以头肩顶为例，在上升趋势中，不断升高的各个局部高点和低点保持着上升的趋势，然后在某一地方趋势的上涨势头将放缓。在 A 点和 B 点还没有放慢的迹象，但在 C 点和 D 点已经有了势头受阻的信号，这说明这一轮上涨趋势可能已经出现了问题。当价格走到 E 点并调头向下，只能说原有的上升趋势已经转化成了横向延伸，还不能算是反转向下；只有当价格走到了 F 点，即价格向下突破了颈线，才说明头肩顶反转形态已经形成。颈线是指连接两个阶段性低点 B、D 的连线。头肩顶的形状呈现三个明显的高峰，其中位于中间的一个高峰较其他两个高峰的高点略高；至于成交量方面，则出现梯级型的下降。

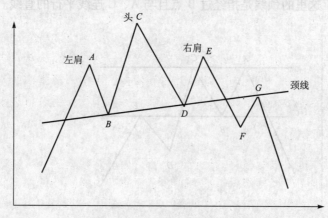

图 8-8 头肩顶

头肩底与头肩顶类似，只不过出现头肩顶表示价格将会有上涨变为下跌，而头肩底的出现表示价格将会由下跌变为上涨。

（二）三重顶（底）

三重顶和三重底是头肩形态的一种变形体，严格来说，它是由三个一样高或一样低的顶或底组成。三重顶（底）与头肩形态的区别在于，头部的价格回缩到与肩差不多相等的位置，有时可能会略高于或略低于肩部一点。三重底则与头肩底相似。

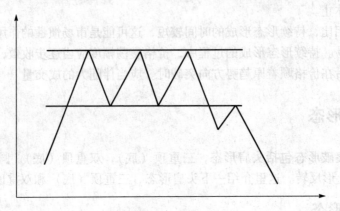

图 8—9　三重顶

（三）双重顶（底）

双重顶由于其类似于英文字母"M"，因此也称为 M 头；双重底由于其类似于英文字母"W"，因此也称为 W 底。

对于双重顶，在大幅度的上升趋势进行了相当长的时间后，上升趋势过程进入了末期，价格在 A 点建立新高点，之后进行正常的回落，这次回落在 B 点附近停止；之后是继续上升，但是力量不够，上升高度也不足；在 C 点（与 A 点等高）遇到压力后，价格向下运动，这样就形成了 A 点和 C 点两个顶的形状。只有当价格突破颈线支撑继续向下后，这才是真正意义上的双重顶。这里的颈线是指经过 B 点且与 A、C 连线平行的直线。

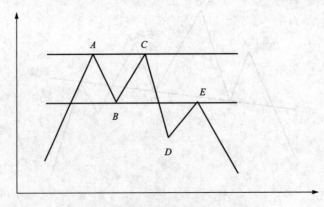

图 8—10　双重顶

三、持续形态

持续整理形态主要包括三角形态，矩形形态，旗形形态，楔形形态等。这里简单介绍一下三角形态和矩形形态。

（一）三角形态

三角形态一般包括对称三角形和上升三角形、下降三角形。

对称三角形大多发生在一个大趋势的进程中，它表示原有的趋势暂时处于修正阶段，之后还要沿着原趋势的方向继续运动。以原有趋势向上为例，可以看出，对称三角形有两条聚拢的直线，上面的向下倾斜，起压力作用；下面的向上倾斜，起支撑作用；两直线的交点为顶点。

对称三角形只是原有趋势在运动途中的休整阶段，所以持续的时间不应该太长，若持续时间太长了，那么保持原有趋势的能力就会下降。一般来说，突破上下两条直线的包围，继续沿原有方向的时间要尽量早些，越靠近三角形的顶点，三角形的功能就越不明显，对实际操作的指导意义就越差。

上升三角形和下降三角形是对称三角形的变形体。对称三角形中有上下两条直线，将上面的直线由向下倾斜变成水平就得到了上升三角形；将下面的直线由向上倾斜变成水平就得到了下降三角形。除此之外，上升三角形和下降三角形与对称三角形没有本质区别。

（二）矩形形态

矩形又叫箱型，是一种典型的持续整理形态。价格在两条水平线之间上下波动，不上也不下，长时间没有突破，一直作横向延伸运动。

矩形在形成之初，多空双方全力投入，各不相让，形成双方拉锯的场面：当价格走高以后，空方就在某个位置抛出；当价格下跌到某个价位后，多方就买入；时间一长就形成两条明显的上下界线。随着时间的推移，双方的力量逐步减弱，市场趋于平淡。一般来说，如果原有的趋势向上，那么经过一段时间的矩形整理后会继续原来的趋势，多方会占优并采取主动，使价格向上突破矩形的上界；如果原有的趋势向下，那么经过一段时间的矩形整理后，空方会占优并采取主动，使价格向下突破矩形的下界。

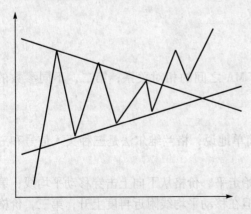

图 8-11　对称三角形

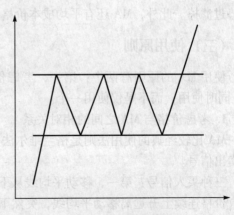

图 8-12　矩形整理

第五节　指标分析

技术指标是指：按照事先规定好的固定方法，对证券市场的原始数据进行处理，处理后的结果是某个具体的数字，这个数字就是技术指标值。将得到的技术指标值制成图表，并根据所制成的图表对市场进行行情研究，这种方法就是技术指标法。股票市场中的技术指标，所采用的原始数据主要包括开盘价、收盘价、最高价、最低价、成交量和成交金额，绝大多数的技术指标只涉及这六个数据。此外，对于其他一些市场，由于交易制度和金融工具的不同，原始数据包含的内容也有所不同。

从数学上看，技术指标是一个多元函数，不同时间的六个原始数据就是自变量，函数就是处理自变量的方式，计算出的技术指标值则是因变量。技术指标的计算主要采用递推方式。常见的技术指标有 MA、MACD、RSI 和 OBV 等。

一、移动平均线 MA

（一）计算方法

MA（Moving Average）的计算方法是求连续若干交易日收盘价的算术平均数。连续交易日的数值就是 MA 的参数。例如，参数为 10 的移动平均线就是连续 10 个交易日收盘价的算术平均价格，记为 MA（10）。常说的 5 日线、20 日线就是参数为 5 和 20 的移动平均线。参数选取越小，移动平均线变化也越剧烈；参数选取越大，移动平均线变化越平缓。此外，计算 MA 并非只能针对交易日，投资者可以自己选择时间区间单位，例如，可以选择月、周、60 分钟、30 分钟等。

（二）作用

MA 最基本的作用是消除偶然因素的影响，留下反映其本质的数字。价格在波动过程中会不断地上下起伏，显然，有些小级别的起伏是不应该被考虑的。MA 可以将这些小级别的趋势过滤掉。此外，MA 还有平均成本价格的含义。

（三）使用原则

使用 MA 的原则有两个：第一，考虑价格与 MA 之间的相对关系；第二，不同参数的 MA 同时使用，而不是仅使用一个。

1. 考虑价格与 MA 之间的相对关系

MA 比较经典的使用法则是格兰维尔法则。简单地说，格兰维尔法是三种买入信号和三种卖出信号。

三种买入信号：第一，移动平均线从下降开始走平，价格从下向上击穿移动平均线；第二，价格连续上升远离移动平均线，突然下跌，但在移动平均线附近再度上升；第三，价格跌破移动平均线，并连续暴跌，远离移动平均线。

三种卖出信号：第一，移动平均线从上升开始走平，价格从上向下击穿移动平均线；第二，价格连续下降远离移动平均线，突然上升，但在移动平均线附近再度下降；第三，价格上穿移动平均线，并连续暴涨，远离移动平均线。

2. 黄金交叉和死亡交叉

黄金交叉是指小参数的 MA 曲线从下向上穿过大参数的长周期 MA 曲线；死亡交叉是指小参数的 MA 曲线从上向下穿过大参数的长周期 MA 曲线。显然，从名称就可以知道，出现黄金交叉应该买入，出现死亡交叉应该卖出。

二、平滑异同移动平均线 MACD

平滑异同移动平均线（Moving Average Convergence and Divergence，MACD），也称移动平均聚散指标。它是一项利用短期（常用为 12 日）移动平均线与长期（常用为 26 日）移动平均线之间的聚合与分离状况，对买进、卖出时机作出研判的技术指标。MACD 是一种移动平均线的波动指标，不过它使用的不是普通移动平均线，而是将长期与中期的平滑移动平均线（EMA）的累积差距计算出来。

（一）组成

MACD 由正负差（DIF）、异同平均数（DEA）和柱状线（BAR）三部分组成。其中，DIF 是 MACD 的核心，MACD 是在 DIF 的基础上得到的，BAR 又是在 DIF 和 MACD 的基础上得到的。

（1）计算 EMA，即

$$当日\ EMA(n) = \frac{2}{n+1} \times 当日收盘价 + \frac{n-1}{n+1} \times 昨日\ EMA(n)$$

（2）计算 DIF，即

$$DIF = EMA(n_1) - EMA(n_2),$$

其中，$n_1 < n_2$，通常取 $n_1 = 12$，$n_2 = 26$

（3）计算 DEA，即

$$当日\ DEA(n) = \frac{2}{n+1} \times 当日\ DIF + \frac{n-1}{n+1} 昨日\ EMA(n)$$

通常取 $n = 9$

（4）计算 BAR，即

$$BAR = 2 \times (DIF - DEA)$$

（二）使用原则

MACD 的使用原则主要包括：

（1）当 DIF 和 DEA 处于 0 轴以上时，属于多头市场，DIF 线自下而上穿越 DEA 线时是买入信号。DIF 线自上而下穿越 DEA 线时，如果两线值还处于 0 轴以上运行，仅仅只能视为一次短暂的回落，而不能确定趋势转折，此时是否卖出还需要借助其他指标来综合判断。

（2）当 DIF 和 DEA 处于 0 轴以下时，属于空头市场。DIF 线自上而下穿越 DEA 线时是卖出信号，DIF 线自下而上穿越 DEA 线时，如果两线值还处于 0 轴以下运行，仅仅只能视为一次短暂的反弹，而不能确定趋势转折，此时是否买入还需要借助其他指标来综合判断。

（3）柱状线收缩和放大。一般来说，柱状线的持续收缩表明趋势运行的强度正在逐渐减弱，当柱状线颜色发生改变时，趋势确定转折。但在一些时间周期不长的 MACD 指标使用过程中，这一观点并不能完全成立。

（4）形态和背离情况。MACD 指标也强调形态和背离现象。当形态上 MACD 指标的 DIF 线与 MACD 线形成高位看跌形态，如头肩顶、双头等，应当保持警惕；而当形态上 MACD 指标 DIF 线与 MACD 线形成低位看涨形态时，应考虑进行买入。在判断形态时以 DIF 线为主，MACD 线为辅。当价格持续升高，而 MACD 指标走出一波比一波低的走势时，意味着顶背离出现，预示着价格将可能在不久之后出现转头下行，当价格持续降低，而 MACD 指标却走出一波高于一波的走势时，意味着底背离现象的出现，预示着价格将很快结束下跌，转头上涨。

（5）牛皮市道中指标将失真。当价格并不是自上而下或者自下而上运行，而是保持水平方向的移动时，称之为牛皮市道，此时虚假信号将在 MACD 指标中产生，指标 DIF 线与 MACD 线的交叉将会十分频繁，同时柱状线的收放也将频频出现，颜色也会常常由绿转红或者由红转绿，此时 MACD 指标处于失真状态，使用价值相应降低。

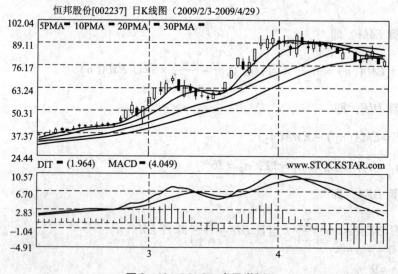

图 8-13 MACD 应用举例

三、相对强弱指数 RSI

相对强弱指数（Relative Strength Index，RSI）是通过比较一段时期内的平均收盘涨数和平均收盘跌数来分析市场买卖的意向和实力，从而作出未来市场的走势。指数区间为 0 ~

100，若指数达到 70 以上时，表示超买，投资者应该考虑卖出股票；相反当指数跌至 30 时，表示市场超卖，投资者可以买入股票。

（一）计算方法

现以参数等于 5 为例，介绍 RSI（5）的计算方法，其他参数的计算方法类似。

（1）计算价差。首先得到包括当天在内的连续六个交易日的收盘价；然后以每个交易日的收盘价减去上一个交易日的收盘价，就得到了五个价差，这五个价差有正有负。

（2）计算总上升波动 A、总下降波动 B 和总波动 A + B。

总上升波动 A = 5 个价差数字中的正数之和；
总下降波动 B = 5 个价差数字中的负数之和 ×（ - 1）

注意，得到的 A 和 B 都是正数。

（3）计算 RSI，即

$$RSI（S）= \frac{A}{A + B} \times 100$$

从数学上看，A 表示五天之内价格向上的波动总量，B 表示五天之内价格向下的波动总量，A + B 表示价格总的波动量。RSI 表示向上的波动在总的波动量中所占的百分比，如果占的比例大就是强市，否则就是弱市。

（二）应用方法

投资者可以使用 RSI 指标对市场进行判断：

1. 联合使用不同参数的两条 RSI 曲线

RSI 不同参数曲线的使用方法完全与移动平均线 MA 的法则相同，参数较小的短期 RSI 曲线如果位于参数较大的长期 RSI 曲线之上，则目前行情属多头市场；反之，则为空头市场。由于参数较大的 RSI 计算的时间范围较大，因而结论会更可靠。但同均线系统一样无法回避反应较慢的缺点，这是在使用过程中要加以注意的。

2. 根据 RSI 值的大小来判断操作方向

RSI 值将 0 到 100 之间分成了从"极弱"、"弱"、"强"到"极强"四个区域。"强"和"弱"以 50 作为分界线，但"极弱"和"弱"之间以及"强"和"极强"之间的界限则要随着 RSI 参数的变化而变化。不同的参数，其区域的划分就不同。一般而言参数越大，分界线离中心线 50 就越近，离 100 和 0 就越远。不过一般都应落在 15、30 到 70、85 的区间内。RSI 值如果超过 50，表明市场进入强市，可以考虑买入，但是如果继续进入"极强"区，就要考虑物极必反，准备卖出了。同理 RSI 值在 50 以下也是如此，如果进入了"极弱"区，则表示超卖，应该伺机买入。

3. 对 RSI 的曲线进行形态分析

当 RSI 曲线在高位区或低位区形成了头肩形或多重顶（底）的形态时，可以考虑进行买卖操作。这些形态出现的位置离 50 中轴线越远，信号的可信度就越高，出错的可能性也就越小。对于 K 线的所有常规的形态分析方法，在对 RSI 曲线进行分析时都是适用的。例如，在 K 线图上的趋势线也一样可以用在 RSI 中。RSI 曲线在上升和下降中所出现的高低点可以连接成趋势线，这条趋势线同样起着支撑和压力线的作用，一旦被突破就可以参考 K 线的分析方法来判断前期的趋势是否结束。

4. 从 RSI 与股价的背离方面来判断行情

在 RSI 的各种研判方法中，用 RSI 与股价的背离来判断行情最为可靠。在股价不断走高的过程中，如果 RSI 处于高位，但并未跟随股价形成一个比一个高的高点，这预示股价涨升可能已经进入了最后阶段，此时顶背离出现是一个比较明确的卖出信号。与这种情况相反的是底背离。RSI 的低位缓慢出现盘升，虽然股价还在不断下降，但 RSI 已经不再创出新低，这时表示跌势进入尾声，可以考虑适当时机进行建仓。

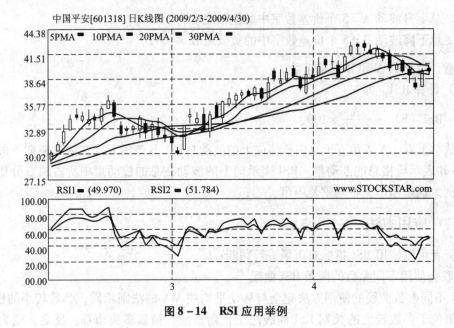

图 8 - 14　RSI 应用举例

四、能量潮 OBV

OBV（On Balance Volume）指标，中文名称直译是平衡交易量，投资者将每一天的成交量看得像大海里的潮汐一样，形象地称之为能量潮。投资者可利用 OBV 验证当前价格走势的可靠性，还可以由 OBV 得到趋势可能反转的信号，这对于准确预测未来走势是很有用的，比起单独使用成交量，OBV 能看得更清楚。

OBV 的计算很简单，计算所依据的是当天的成交量以及当天收盘价与前一交易日收盘价比较的结果，其数学公式为：

今日 OBV = 昨日 OBV + sgn × 今日成交量

其中，sgn 为符号函数，当今收盘价 ≥ 前收盘价时，sgn = 1；当今收盘价 < 前收盘价时，sgn = −1。

OBV 的应用有很多特殊的地方，在多数情况下，其信号不容易被理解和判断。

（1）但从 OBV 的取值大小出发，不能得到任何结论。因此，OBV 不能单独使用，必须与其他方法相结合才能发挥其作用。

（2）OBV 对确认价格的趋势有重要作用。价格上升（或下降），而 OBV 也相应地上升（或下降），则投资者可以相信当前的上升（或下降）趋势；价格上升（或下降），而 OBV 并未相应地上升（或下降），即出现背离现象时，对目前上升（或下降）趋势的认可程度就要大打折扣。

第六节　其他理论

一、波浪理论

波浪理论是技术分析大师艾略特所发明的一种价格趋势分析工具，它是一套完全靠观察而得来的规律，可用以分析股市指数、价格的走势，它也是世界股市分析上运用最多，而又最难于了解和精通的分析工具。

艾略特认为，不管是股票还是商品价格的波动，都与大自然的潮汐波浪一样，一浪跟着一波，周而复始，具有相当程度的规律性，展现出周期循环的特点，任何波动均有迹可循。因此，投资者可以根据这些规律性的波动预测价格未来的走势，在买卖策略上适时运用。

波浪理论的基本特点主要有：

（1）股价指数的上升和下跌将会交替进行；

（2）推动浪和调整浪是价格波动两个最基本形态，而推动浪（即与大市走向一致的波浪）可以再分割成五个小浪，一般用第 1 浪、第 2 浪、第 3 浪、第 4 浪、第 5 浪来表示，调整浪也可以划分成三个小浪，通常用 A 浪、B 浪、C 浪表示。

（3）在上述八个波浪（五上三落）完毕之后，一个循环即告完成，走势将进入下一个八波浪循环；

（4）时间的长短不会改变波浪的形态，因为市场仍会依照其基本形态发展。波浪可以拉长，也可以缩细，但其基本形态永恒不变。

总之，波浪理论可以用一句话来概括：即"八浪循环"。

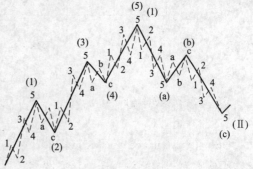

图 8-15　波浪形态

二、随机漫步理论

随机漫步理论认为，证券市场中的每一个投资者都懂得分析，而且投资者拥有同样的信息。股票现在的价格就已经反映了内在价值和供求关系。对同一项资产，每个投资者应该具备相同的看法。因此，证券价格将会内在价值而上下波动，这些波动却是随意而没有任何轨迹可寻，即形成随机游动。

三、相反理论

严格来说，相反理论并不能算是一种理论，而只是一种操作方法，其基本要点是投资买卖决定全部基于群众的行为。它指出不论股市及期货市场，当所有人都看好时，就是牛市开始到顶；当人人看淡时，熊市已经见底。

相反理论在实际中的应用屡见不鲜。例如在我国股票市场，当投资者极度恐慌抛出股票，使得指数跌破 1 000 点时，也是市场见底的时候；而当投资者高呼"死了都不卖"，使用"市梦率"对股票估值，疯狂购入股票而将指数推至 6 000 点时，也是市场见顶的时候。但由于没有具有可操作性的实际方法，使得相反理论的判定较为模糊。

 复习思考题八

实验题

通过观察证券交易软件的 K 线图界面，使用各种技术分析方法来分析讨论证券的未来走势，并比较各种方法的结果。

第九章　投资理念与投资方法

📖 学习要求
· · · · · · ·

1. 了解投资的原则；
2. 理解价值投资的概念；
3. 了解证券投资方法；
4. 了解投资大师的投资理念和投资方式。

🔖 关键词

投资理念，价值投资，投资大师

第一节　证券投资原则

证券投资的出发点是为了谋求金融资产在未来收益的最大化。投资者在进行投资时，都会形成一种投资理念，从而指导自己进行证券投资，这种投资理念往往是投资者的经验总结。

不同的投资者，其投资理念，以及分析方法、投资策略与投资技巧往往也相互不同。由于证券市场上许多不确定因素的影响，对于投资者来说，成功与失败往往只是一念之差。正确的投资理念与有效的分析方法、操作技巧相结合，能够提高投资成功的概率。一般来说，在进行证券投资时需要考虑以下几个因素。

（一）时间

投资者在进行证券投资时，必然需要对相关证券进行一定的基本面分析和技术分析，这些投资分析需要花费一定时间。此外，证券市场的交易是在规定的时间内完成的，如果进行短线交易，则投资者需要时刻盯紧行情走势，制定投资决策。这些，都需要投资者具有一定的时间。

（二）闲置资金

证券投资具有较高的收益，同时也具有较高的风险，并且投资风险是难以预料的。投资者应当使用短时间内不会动用的资金，这样才能在没有任何心理压力的情况下进行投资。

（三）知识和能力

证券投资是一项过程极为复杂的经济活动，其决策过程需要涉及大量专业知识。排除偶然的成分，成功的投资者通常都具备较为丰富的证券投资知识。投资者在进行证券投资前，需要充分了解投资的范围、特点、条件、种类、影响因素以及交易术语等。一旦进入证券市场，就必须根据自己选定的投资对象，确定需要关注的问题、信息以及研究和分析方法。

（四）心态

证券投资会产生盈利或亏损，从而对投资者的心理造成影响，正确的心态，可以帮助投资者进行正确的投资；而不当的心态，则容易导致投资失败。常见的不当心态有：暴富心态、盲从心态、贪婪心态、恐惧心态和犹豫心态等。暴富心态是指投资者抱着赌博心理，妄想一夜暴富，不考虑投资策略和投资风险，甚至负债进行高风险的投资；盲从心态是指投资者没有自己的投资主见，人云亦云，完全盲从于他人分析；贪婪心态是指投资者希望在证券投资中获取最大利润，而不注意风险的防范；恐惧心态是指因投资者对所投资的证券丧失信心后，拼命卖出所持有的证券，而不注意证券价格是否合理；犹豫心态是指投资者瞻前顾后，犹豫不决，从而失去了投资机会。投资者必须要具有良好的投资心态，才有可能获取投资收益；即使投资失败，也不会过于影响自己的生活。

第二节　投资理念与方法

一、价值投资

证券市场上的投资方法和投资策略有多种，价值投资是较为大家所接受的一种。所谓价值投资，是指以影响投资的经济因素、政治因素、行业发展前景、上市公司的经营业绩、财务状况等要素的分析为基础，以上市公司的成长性以及发展潜力为关注重点，以判定股票的内在投资价值为目的，从而去发现并投资于市场价格低于其内在价值的潜力个股，以期获得超过市场的超额收益。

1929年以前的美国证券市场，投机气氛极其浓厚，过度投机引发了股市崩溃，并导致股市在其后的十多年里长期不振。市场的困境引发了理性的思想，针对之前投资者毫无规则的投机炒作，本杰明·格雷厄姆等价值投资的先驱者开始倡导一种理性的投资思路和选股标准——价值投资，最后这种投资理念被巴菲特等价值投资者发扬光大。

综合来说，价值投资包含着两方面的含义：一是当前股票价值被低估，股价回升从而实现价值的回归；二是未来价值被低估，股价的上升是对未来价值的合理预支。这两个含义分别对应着价值投资在西方发展过程的两个阶段。

第一个阶段的价值投资是购买足够便宜的股票。本杰明·格雷厄姆相信：购买任何足够便宜的股票，它将会取得预期的结果，这里的便宜是指股价相对于上市公司的价值而言，当时主要针对上市公司的资产价值。此时价值投资思想的投资标准很保守，在他们眼里股价接近甚至低于每股净资产的股票才具备价值投资的条件，早期的价值投资者追求这种几乎完全无风险的投资机会。虽然除了股价便宜之外，公司的成长性、管理能力等也是投资者考虑的因素，但是由于大萧条的阴影，当时投资者最关心风险。价值投资思想最大的好处就是安全，投资者不用担心会赔钱。第一阶段的价值投资思想是在大萧条后美国股市低迷的情况下提出来的，那时大萧条的阴影还一直缠绕着投资者，很少人愿意投资于股市，市场上很多股票是以低于净资产的价格交易的。在这种背景下，这种价值投资思想不仅理论可靠，而且具有可操作性。

随着战后主要西方国家经济的平稳发展，股市也逐步摆脱大萧条的阴影重现生机。于是后来产生了第二种价值投资思想：在适当的价格购买优秀的具备持续成长能力的公司。第二种价值投资思想逐渐摆脱了对风险的过分恐惧，采用了更加开明的向前看的方法，这种思想更加注重上市公司未来的成长性，认为好的公司能够保证长期稳定的成长性，并最终带来股价的上涨。这些价值投资者相信：购买最好的公司，它会带来令人满意的结果。

二、投资方法

价值投资是对投资对象进行价值分析，以制定投资决策。除使用价值投资外，一般中小投资者，还可以采用其他的一些投资方法。

（一）顺势投资法

对于中小投资者而言，要想在变幻不定的证券市场上获得收益，可以考虑跟随价格走势，采用顺势投资法。当股价趋势向上时，应当买进股票并持有；当股价趋势向下时，则应当卖出持有的股票而持有现金或者债券，以等待机会来临时再次买入股票。这种跟着市场总体趋势的投资方法，成为许多中小投资者的操作方法。顺势的投资者，可能会达到事半功倍的效果，而且获利的几率也比较高；反之，如果逆势操作，则很难获取令人满意的收益，甚至会产生亏损。

采用顺势投资法必须确保两个前提；一是涨跌趋势必须明确；二是必须能够及早确认趋势。这就需要投资者根据股市的某些征兆进行科学准确的判断，就多头市场而言，其征兆主要有：不利消息（甚至亏损之类得消息）出现时，股价下跌；有利消息出现时，股价大涨；除权（除息）股，很快做填权反映；行情上升，成交量趋于活跃；各种股票轮流跳动，形成向上比价的情形；投资者开始重视每股收益、股利；开始计算市盈率等。

当然顺势投资法也并不能确保投资者时时都能赚钱。比如股价走势被确认为涨势，但已到回头边缘，此时若买进，极可能抢到高位，甚至于接到最后一棒，股价立即会产生反转，使投资者蒙受损失。又如，股价走势被断定属于落势时，也常常就是回升的边缘，若在这个时候卖出，很可能卖到最低价，懊悔莫及。

（二）"拔档子"操作法

所谓"拔档子"，是指投资者在高价先卖出自己所持有的股票，待其价位下降之后，再买入补回的一种降低成本方法。投资者"拔档子"并不是对后市看空，也不是真正有意获利了结，只是希望趁价位高时，先行卖出，以便自己赚一段差价。通常卖出与买回之间相隔不会太久，短则相隔一天即予以回补，长则可能达一两个月之久。"拔档子"的动机有两种：一种是股价上涨一段后卖出，下降后补进；另一种是股价下降时，趁价位仍较高时卖出，等价位跌到预期价位时再予回补。

（三）保本投资法

保本投资法是一种避免本金耗尽的操作方法。保本投资的"本"并不代表投资者用于购买股票的总金额，而是指不允许亏损掉的数额。因为用于购买股票的总金额，人人各不相同，即使购买同等数量的同一种股票，不同的投资者所用的资金也大不一样。"不允许亏损掉数额'则是指投资者心中主观认为在最坏的情况下不愿被损失的那一部分，即所谓损失点的基本金额。

为了作出明智的卖出决策，保本投资者必须首先定出自己心目中的"本"，即不容许亏损掉的那一部分。其次，必须确定获利卖出点，最后必须确定停止损失点。保本投资法比较适用于经济景气明朗时，股价走势与实质因素显著脱节时，以及行情变化怪异难以估量时。操此法进行投资的人，切忌贪得无厌。

（四）以静制动法

当股市处在板块轮动情形时，行情走势表现为"东升西跳"、"此起彼落"，股票投资者不妨采用以静制动的做法。投资者大都容易受情绪的影响，如在股票轮做，行情东升西跳时，采取追涨的做法或跟随主力进出，很可能买到的是就要停滞或下跌的股票，结果是疲于奔命，吃力不讨好没什么收益，甚至会有损失。

在股票轮流跳动阶段，若投资者没有绝对把握去购买刚好发动涨势的股票，则不妨以静制动，选择涨幅较小，或者尚未调整价位的股票买进持有，等到其他同类股票的价位涨高了，自然会有主力发现这种未动股票的潜力，到时这种股票价格也会因主力的参与而上涨，投资者便可从中获利。

（五）摊平操作法

任何精明的投资者，都会不可避免地作出错误的决策，如买进的时机不对，或者买进价格过高等。投资者应当讲求逐步操作，即任何买卖进出都不用尽全部财力，以便下档摊平，或上档加码。

下档摊平的操作方法，是指投资者在买进股票后，由于股价下跌，使得手中持股形成亏本状态，当股价跌落一段时间后，投资者以低价再买进一些以便降低平均成本的操作方式。上档加码就是买进股票之后，股价上升了，再加码买进一些，以使持股数量增多，扩大获利的比率。

（六）加码买进降低平均成本法

当股价急剧下跌，在价位上出现亏损时，只要经济的发展仍有希望，投资者就要耐心等待，也可以在低档时加码买进以降低平均成本。可以在股价跌到相当程度，照原持有股加码买进。如果资金宽裕，还可以加倍或数倍买进。加码买进以降低成本的先决条件是整个经济前途仍有希望，所投资股票的实质条件仍在，因此可以买进以摊平成本。

（七）金融资产的投资三分法

在西方各国，最流行的三分法是：1/3 的现金存入银行以备急需，1/3 的现金购买债券、股票等有价证券作长期投资，剩下的 1/3 投资于房地产等不动产，因为一般情况下房地产只会增值而不会贬值，这部分投资可以作为准备金和后备基金，以备其他投资蚀本时用以保本或翻本。在有价证券的投资上，投资者也往往将 1/3 用来购买安全性高的债券或优先股，1/3 购买有发展前途的成长型股票，1/3 购买普通股票，以分散风险并取得差价收益。

（八）分散投资组合法

这种投资组合的主要含义是：购买股票的企业种类要分散，不要集中购买同一行业企业的股票，不然的话，若碰上行业性不景气，由于本行业股价受不景气的影响会全部大幅下跌，会使投资者蒙受极大损失。购买股票的企业单位要分散，不要把全部资金投资于一个企业的股票，即使该企业目前经营业绩很好也要避免这种情况。投资时间要分散，由于上市公司经营以及其他投资者的财务限制，使得在不同时间内证券价格呈现出不同规律，分散投资时间则使得投资时可以避免不必要的风险。投资区域也要分散，由于各地的企业会受当地市场、税负、法律政策等多方面因素的影响而产生不同的效果，分开投资，便可收东方不亮西方亮之效。

（九）按投资期限制定的比例组合法

按投资期限长短划分制定的比例组合法包括长线投资、中线投资和短线投资。长线投资是指买进股票以后不立即出售，长期持有以便享有股东收益，持有时间起码在半年以上，其对象一般是目前财务状况良好而又有发展前景的公司股票。中线投资指的是把自己几个月内暂时不用的资金进行投资，投资对象是估计几个月内可供提供良好盈利的股票。短线投资是指那些股价起伏甚大，几天内就可以有大幅度涨跌的股票。

第三节　投资大师

在证券市场的发展中出现了许多成功人士，他们凭借其优秀的投资理念都取得卓越的投资业绩，其中最为人所称道的投资大师包括本杰明·格雷厄姆、沃伦·巴菲特、彼得·林奇和乔治·索罗斯。一千个人眼中，有一千部《哈姆雷特》；不同的投资者，投资理念和投资方法也不一样，对待投资大师的态度也不一样。但不管怎么说，这些投资大师身上，必然会有一些闪光点值得投资者进行学习。

一、本杰明·格雷厄姆

本杰明·格雷厄姆于 1894 年 5 月 9 日出生于伦敦，后随父母移居纽约。中学毕业后，格雷厄姆考入哥伦比亚大学继续深造。虽然格雷厄姆的理想是留校任教，但为了改善家庭经济状况，他不得不于 1914 年毕业后进入华尔街担任纽伯格－亨德森－劳伯公司的信息员。

在工作过程中，格雷厄姆掌握了证券行业的经营管理知识，以及证券实际运作方法。不久，格雷厄姆就被提升为证券分析师，从而凭借其过硬的数学知识，开始了辉煌的投资事业。

在当时，上市公司的财务报表极为笼统，投资者难以了解其真实的财务状况。格雷厄姆通过阅读公司财务报表，以及对公司进行调查发现：许多公司为了隐瞒利润或在债权清偿时逃脱责任，常常千方百计地隐瞒公司资产，财务报表所披露的是低估后的资产，而这一做法造成的直接后果就是反映到股市上的股票价格往往大大低于其实际价值。格雷厄姆开始搜寻那些拥有大量隐匿性资产的公司，并向纽伯格公司作出投资建议，使得纽伯格赚取了数十万美元的利润，其投资回报率高达18.53%。

1920年，格雷厄姆成为纽伯格公司的合伙人，1923年初，格雷厄姆离开纽伯格公司，成立了格兰赫私人基金，资金规模为50万美元。格兰赫基金运作一年半，其投资回报率高达100%以上，远高于同期平均股价79%的上涨幅度，但由于股东与格雷厄姆在分红方案上的意见分歧，格兰赫基金最终不得不以解散而告终。

在投资过程当中，格雷厄姆将自己关于证券分析理论和投资操作技巧不断进行总结。1934年底，格雷厄姆完成酝酿已久的《证券投资》这部划时代的著作，并由此奠定了他作为一个证券分析大师的不朽地位。

在格雷厄姆的《证券投资》出版之前，道氏理论是最早提出的股市技术分析理论，其核心是如何通过股票价格或股市指数的历史轨迹来分析和预测其未来的走向和趋势，是一种把握股市整体运动趋势的理论。在格雷厄姆写作《证券投资》的同时，菲利普·费歇提出了费歇学说，认为可以增加公司内在价值的因素有两个：一是公司的发展前景，二是公司的管理能力，主张购买有能力增加其长期内在价值的股票。《证券投资》与道氏理论和费歇学说研究的着眼点是截然不同的，格雷厄姆所涉及的是一个尚无他人涉足的领域。

首先，格雷厄姆统一和明确了投资的定义，区分了投资与投机。在此之前，投资是一个多义词，一些人认为购买安全性较高的证券如债券是投资，而购买股价低于净现值的股票的行为是投机。而格雷厄姆认为，动机比外在表现更能确定购买证券是投资还是投机，借款去购买证券并希望在短期内获利的决策不管它买的是债券还是股票都是投机。格雷厄姆提出投资的定义：投资是一种通过认真分析研究，有指望保本并能获得满意收益的行为；不满足这些条件的行为就被称为投机。其次，格雷厄姆提出了普通股投资的数量分析方法，使投资者可以正确判断一支股票的价值，以便决定对一支股票的投资取舍。在《证券投资》出版之前，尚无任何计量选股模式，格雷厄姆是第一个运用数量分析法来选股投资者，从而成为证券投资分析师这个职业的开山鼻祖。

1936年，格雷厄姆又出版了他的第二本著作《财务报表解读》。格雷厄姆试图通过该书引导投资者如何准确、有效地阅读公司的财务报表，从而使投资者更好地理解格雷厄姆的价值投资法。继《财务报表解读》之后，格雷厄姆又于1942年推出《聪明的投资者》，这本书再一次巩固了格雷厄姆一代宗师的地位。

格雷厄姆在著书立说的同时，也没有放弃继续投资，此时格雷厄姆的投资策略和投资技巧已相当成熟，操作起来更加得心应手，其收益率远远跑赢了市场平均水平。1946年，格雷厄姆认为证券市场已存在较大的风险，于是将大部分的股票获利了结，同时因为找不到合适的低价股，也没有再补进股票，这使得格雷厄姆躲过了1946年的股市大灾难。

1956年，虽然股市仍处于上升趋势之中，但格雷厄姆却厌倦了投资。格雷厄姆解散公司后，开始了在加州大学执教生涯。从此，他完全专注于金融教学和研究，并不断发表他对市场的看法。格雷厄姆教授的课程吸引了许多学生，而这些学生在证券投资方面都获得了不错的成绩，其中最出名的莫过于巴菲特。

格雷厄姆作为证券投资的一代宗师，其金融分析学说和思想在投资领域产生了极为巨大的震动，因此被誉为"华尔街教父"。格雷厄姆给投资者提供了许多有用的建议。

（1）做一名真正的投资者。"投机者是指那些不注重投资对象的内在价值，只是试图在市场价格的波动中寻找投机利润的人；而谨慎的股票投资者应该是只在价格低估于其价值时才买进并长期持有，即使在市场进入低潮时期也坚持不出售自己持有股票的人。"格雷厄姆认为，虽然投机行为在证券市场上有它一定的定位，但由于投机者仅仅为了寻求利润而不注重对股票内在价值的分析，往往容易受到市场的左右，陷入盲目投资的误区，股市一旦发生大的波动常常使投机者陷于血本无归的境地；而谨慎的投资者只在充分研究的基础上才作出投资决策，所冒风险要少得多，而且可以获得稳定的收益。

（2）了解价格的真正含义。大家可以试着用某个上市公司的股价乘以该公司的总股本，然后问问自己："如果我买下整个公司，它是不是真值这么多钱？"

（3）注意规避风险。一般人认为在股市中利润与风险始终是成正比的，而在格雷厄姆看来，这是一种误解。格雷厄姆认为，通过最大限度的降低风险而获得利润，甚至是无风险而获利，这在实质上是高利润；在低风险的策略下获取高利润也并非没有可能；高风险与高利润并没有直接的联系，往往是投资者冒了很大的风险，而收获的却只是风险本身，即惨遭亏损。投资者不能靠莽撞投资，而应学会理智投资，时刻注意对投资风险的规避。

（4）以怀疑的态度去了解企业。一家公司的股价在其未来业绩的带动下不断向上攀升，投资者切忌盲目追涨，而应以怀疑的态度去了解这家公司的真实状况。因为即使是采取最严格的会计准则，近期内的盈余也可能是会计师所伪造的，而且公司采用不同的会计政策对公司核算出来的业绩也会造成很大差异。投资者应注意仔细分析这些新产生的业绩增长是真正意义上的增长，还是由于所采用的会计政策带来的，特别是对会计报告的附注内容更要多加留意。任何不正确的预期都会歪曲企业的面貌，投资者必须尽可能准确地作出评估，并且密切注意其后续发展。此外，没有任何人能完全精确地算出某种资产的"内在价值"的，而资产的价格也不会停留在某个数值上不动。因此，要有安全边际的思想。

（5）当怀疑产生时，想想品质方面的问题。如果一家公司经营不错，负债率低，资本收益率高，而且股利已连续发放了一些年，那么这家公司应该是投资者理想的投资对象。只要投资者以合理的价格购买该类公司股票，投资者就不会犯错。格雷厄姆同时提请投资者，不要因所持有的股票暂时表现不佳就急于抛弃它，而应对其保持足够的耐心，最终将会获得丰厚的回报。

（6）规划良好的投资组合。格雷厄姆认为，投资者应合理规划手中的投资组合，投资组合中应包括25%的债券或与债券等值的投资和25%的股票投资，另外50%的资金可视股票和债券的价格变化而灵活分配其比重。当股票的收益率高于债券时，投资者可多购买一些股票；当股票的收益率低于债券时，投资者则应多购买债券。当然，格雷厄姆也特别提醒投资者，使用上述规则只有在股市牛市时才有效。一旦股市陷入熊市时，投资者必须当机立断卖掉手中所持有的大部分股票和债券，而仅保持25%的股票或债券，这25%的股票和债券是为了以后股市发生转向时所预留的准备。

(7) 关注公司的股利政策。投资者在关注公司业绩的同时，还必须关注该公司的股利政策。一家公司的股利政策既体现了它的风险，又是支撑股票价格的一个重要因素。能够长期支付股利（20年以上）的公司则表明其实力强大、风险有限。格雷厄姆认为不支付股利或支付极少股利的公司对投资者来说有两个不利之处：股东失去了部分投资收入，而且同比类似公司时，股利低的公司总是处于低的价位。而且相比较来说，实行高股利政策的公司通常会以较高的价格出售，而实行低股利政策的公司通常只会以较低的价格出售。投资者应将公司的股利政策作为衡量投资的一个重要标准。

(8) 思想不要随波逐流。格雷厄姆说过："在华尔街成功有两个基本条件，第一，正确思考；第二，独立思考。"最后，还要用好方法实现投资的最大增值，但在这个过程中，永远不能停止思考。

二、沃伦·巴菲特

1930年8月30日，沃伦·巴菲特出生于美国的奥马哈市。巴菲特从小就极具投资意识，他钟情于股票和数字的程度远远超过了家族中的任何人。1947年，巴菲特进入宾夕法尼亚大学攻读财务和商业管理；1950年辗转考入哥伦比亚大学金融系，拜师于本杰明·格雷厄姆。格雷厄姆教授给巴菲特丰富的知识和技巧，富有天分的巴菲特很快成了格雷厄姆的得意门生，获得了格雷厄姆教授证券分析课程22年来惟一的"A+"。

1956年，巴菲特成立了巴菲特有限公司，集资10.5万美元，他的报酬主要来自于作为投资管理人以一定比例从投资利润中的分成。到1969年巴菲特因股市过于狂热而解散公司为止，其年平均收益率为30.4%，远超过市场8.6%的平均收益水平。1965年，巴菲特合伙公司开始买入伯克希尔·哈撒韦公司的股票，1969年则将其全部财产买入伯克希尔公司股票。1965～2006年的42年间，伯克希尔公司净资产的年均增长率达21.4%，累计增长361 156%；同期S&P500指数成分公司的年均增长率为10.4%，累计增长幅为6 479%。

巴菲特有许多经典的投资案例，至今仍为人所津津乐道。巴菲特于1973年开始，在市场上购买《华盛顿邮报》并持有，这是巴菲特持有时间最长的一只股票，至2003年，这笔初始为1 062万美元的投资，变成了13.67亿美元。可口可乐公司则是巴菲特投资规模最大、盈利最丰厚的一只股票。1988年巴菲特投资5.92亿美元买入可口可乐公司股票，到2003年底，这笔股票市值已变为101.5亿美元。此外，巴菲特成功的案例还有吉列公司、运通公司、政府雇员保险公司等等。

巴菲特在进行投资时，认为要赚钱而不要赔钱。这是巴菲特经常被引用的一句话："投资的第一条准则是不要赔钱；第二条准则是永远不要忘记第一条。"因为如果投资一美元，赔了50美分，手上只剩一半的钱，除非有百分之百的收益，才能回到起点。在1965年到2006年间，美国股市历经3个熊市，而伯克希尔只有一年（2001年）出现亏损。

巴菲特将自己的投资方法总结如下：

(1) 5项投资逻辑。因为我把自己当成是企业的经营者，所以我成为优秀的投资人，因为我把自己当成投资人，所以我成为优秀的企业经营者。好的企业比好的价格更重要。一生追求消费垄断企业。最终决定股价的是实质价值。没有任何时间适合将最优秀的企业脱手。

(2) 12项投资要点。利用市场的愚蠢有规律的投资。买价决定收益率的高低，即使是长线投资也是如此。利润的复合增长与交易费用和税负的避免使投资人受益无穷。不在意一家公司来年可赚多少，仅有意未来 5 至 10 年能赚多少。只投资未来收益高确定性企业。通货膨胀是投资者的最大敌人。价值型与成长型的投资理念是相通的，价值是一项投资未来现金流量的折现值，而成长只是用来决定价值的预测过程。投资人财务上的成功与他对投资企业的了解程度成正比。"安全边际"从两个方面协助投资者的投资，首先是缓冲可能的价格风险，其次是可获得相对高的权益报酬率。拥有一只股票，期待它下个星期就上涨，是十分愚蠢的。就算联储主席偷偷告诉我未来两年的货币政策，我也不会改变我的任何一个作为。不理会股市的涨跌，不担心经济情势的变化，不相信任何预测，不接受任何内幕消息，只注意两点：买什么股票，买入价格。

（3）8 项投资标准。必须是消费垄断企业。产品简单、易了解、前景看好。有稳定的经营史。经营者理性、忠诚，始终以股东利益为先。财务稳键。经营效率高、收益好。资本支出少、自由现金流量充裕。价格合理。

（4）两项投资方式。卡片打洞、终生持有，每年检查一次以下数字：初始的权益报酬率，营运毛利，负债水准，资本支出，现金流量。当市场过于高估持有股票的价格时，也可考虑进行短期套利。

巴菲特虽然没有出版什么著作，但他却推荐投资者阅读一些经典的投资书籍。这些书籍包括：《证券分析》（格雷厄姆著），巴菲特认为每一个投资者都应该阅读此书 10 遍以上；《聪明的投资者》（格雷厄姆著），格雷厄姆专门为业余投资者所著，巴菲特称之为"有史以来最伟大的投资著作"；《怎样选择成长股》（费舍尔著），巴菲特称自己的投资策略是"85%的格雷厄姆和 15%的费舍尔"；《巴菲特致股东的信：股份公司教程》，这本书搜集整理了 20 多年巴菲特致股东的信中的精华段落，巴菲特认为此书整理了其投资哲学；《杰克·韦尔奇自传》（杰克·韦尔奇著），这是世界第一 CEO 自传，被全球经理人奉为"CEO 的圣经"，巴菲特认为"杰克是管理界的老虎伍兹，所有 CEO 都想效仿他。他们虽然赶不上他，但是如果仔细聆听他所说的话，就能更接近他一些"；《赢》（杰克·韦尔奇著），巴菲特称"有了《赢》，再也不需要其他管理著作了"。

三、彼得·林奇

彼得·林奇出生于 1944 年，1968 年毕业于宾夕法尼亚大学沃顿商学院；1969 年进入富达管理研究公司任研究员，1977 年成为麦哲伦基金的基金经理人；1990 年 5 月主动辞去基金经理人的职务并退休。在林奇出任麦哲伦基金的基金经理人的 13 年间，基金的年平均复利报酬率达 29%；麦哲伦基金管理的资产也由 2 000 万美元升至 140 亿美元，基金投资人超过 100 万人，成为富达公司的旗舰基金，并且也是当时全球资产管理金额最大的基金。

林奇在投资中并不像大多数投资者一样，将投资局限在有限的领域内，他涉足任何领域的任何股票。当他发现市场良机时，他不一定作深入的调整和进行过多的分析，就毫不迟疑地采取行动。如果某项政策或某一趋势对某一行业有利，林奇通常不是只买最好的一家公司股票，而是买一批能从中受益的公司股票，也许几家，也许十几家，然后再进行调查研究，筛选最佳公司保留下来，把其余的卖掉。

林奇是一个工作狂，每天的工作时间长达 12 个小时，对其所做的一切显示出一种着了魔的狂热。林奇的投资一般采用的是一种以价值为出发点而进行比较的方法，但林奇从不将自己局限于任何一种股票，小公司股票、高股利股票、成长股，只要股价合理他都可能买。通常，他认为某一种股票在其价格收益乘数是公司增长率的一半时，会是一个好的购进时机，而价格收益乘数为公司增长率的二倍时买进则可能是一个极差的投资。因此，一般来说，林奇喜欢低价格收益乘数的那些股票。

林奇交易股票不靠市场预测，不迷信技术分析，不做期货期权交易，不做空头买卖，其成功的奥妙在于调查研究，多辛苦一点，就会得到丰厚的报偿。林奇还经常看公司的年度财务报告，从中关注几个关键的数字：销售利润率、市盈率、现金状况、债务结构、债务状况、股利以及股利的支付、账面价值、现金流量、存货、增长率、税后利润、每股净资产、净资产收益率、每股税后盈利，了解一些基本情况，确信该公司有发展前途就足够了。林奇提醒投资者：不注意这些数字是不明智的，但是过分拘泥于数字分析，掉进数字陷阱里不能自拔也同样是愚昧的，甚至是更危险的。他是一个实践家，而不是一个理论家，因此，他不太注意也不在意宏观因素的分析，也不看重所谓的技术分析，而强调基础分析中对某一行业，某一公司做具体的分析，从中寻找能涨十倍的股票。彼得·林奇认为：任何一个产业或板块，哪怕是所谓"夕阳产业"，都可以从中找出潜在的投资目标，只要公司潜质好，股票价格合理，就可以买。1982年彼得·林奇大举建仓克莱斯勒汽车公司的股票、80年代末重仓持有储贷行业股票都是非常成功的例子。找到一个好的公司，只是投资成功的一半；如何以合理的价格买进，是成功的另一半。林奇在评价股票的价值时，对资产评估和公司盈利能力评估两方面都很关注。资产评估在一个公司资产重组过程中具有非常重要的指导意义；盈利能力评估主要度量企业未来获取收益的能力。期望收益愈高，公司价值就愈大，盈利能力的增强，即意味着公司股票价格具备在未来上扬的可能性。

彼得·林奇退休以后，将其投资生涯的经验和体会进行总结，写成了三本著作以供投资者学习：《彼得·林奇的成功投资》、《战胜华尔街》和《学以致富》，其中《彼得·林奇的成功投资》是最受投资者欢迎的一本，在这本书中，彼得·林奇总结其投资经验如下：

（1）想赚钱的最好方法，就是将钱投入一家成长中小公司，这家公司近几年内一直都出现盈利，而且将不断地成长。

（2）个别投资人的优势在于其没有时间压力，可以仔细思考，等待最好时机。

（3）一般消息来源者所讲的与其实际知道的有很大的差异，因此，在对投资方向作出选择之前，一定深入了解并考察公司，做到有的放矢。

（4）为了赚钱，投资者敢买进必定是对他所看到事物有信心。而一个面临内部人员大量收购压力的公司很少会倒闭。

（5）投资者不必坚持投资拥有神奇管理系统、并处在激烈竞争环境中顶尖公司的股票，只要选择经营成效还不错，股价低的股票，一样可以赚钱。

（6）购买股票的最佳时段是在股市崩溃或股价出现暴跌时。

（7）不相信理论、不靠市场预测、不靠技术分析，靠信息灵通，靠调查研究。

（8）试图跟随市场节奏，投资者会发现自己总是在市场即将到底时退出市场，而在市场升到顶部时介入市场。投资者会认为碰到这样的事是因为自己不走运，实际上，这只是因为他们想入非非。没有人能够比市场精明，投资者还认为，在股市大跌或回调时投资股票是很危险的。其实此时只有卖股才是危险的，他们忘记了另一种危险，踏空的危险，即在股市飞涨的时候手中没有股票。

（9）股票价格与公司赢利能力直接相关，经常被忽视，甚至老练的投资者也忽视而不见。观看行情接收器的投资者开始认为股票价格有其自身的运动规律，他们跟随价格的涨落，研究交易模式，把价格波动绘成图形，在本应关注公司收益时，他们却试图理解市场在做什么。如果收益高，股价注定要涨，可能不会马上就涨，但终究会涨。而如果收益下降，可以肯定股价一定会跌。

（10）投资成功的关键之一：把注意力集中在公司上而不是股票上。

（11）关注一定数量的企业，并把自己的交易限制在这些股票上面，是一种很好的策略。每买进一种股票，投资者应当对这个行业以及该公司在其中的地位有所了解，对它在经济萧条时的应对、影响收益的因素都要有所了解。

（12）林奇根据公司本身情况的不同，将公司分为缓慢增长型、稳定增长型、快速增长型、隐蔽资产型、周期型和困境发转型这6种，不同种类的股票其买卖技巧也是不一样的。

彼得·林奇退休以后，美国证券市场则进入了一场史无前例的大牛市，如果彼得·林奇继续担任麦哲伦基金的经理，则其投资收益率可能更高。凭借其卓越的投资管理能力，彼得·林奇被誉为"华尔街天使"和"有史以来最伟大的基金经理"。

四、乔治·索罗斯

1930年，乔治·索罗斯出生于布达佩斯一个中等犹太人家庭。在逃脱纳粹对犹太人的屠杀后，索罗斯在1947年秋天只身前往伦敦。1949年，索罗斯开始进入伦敦经济学院学习，在此期间对他影响最大的是英国哲学家卡尔·波普，卡尔·波普鼓励他严肃地思考世界运作的方式，并且尽可能地从哲学的角度解释这个问题，这对于索罗斯建立金融市场运作的新理论打下了坚实的基础。

1952年毕业后，索罗斯在伦敦的一家小经纪公司工作，后来于1956年去了纽约。辗转反侧后，索罗斯进入Wertheim公司，从事欧洲证券业务。1960年，索罗斯经过分析研究发现，由于德国安联保险公司购置的房地产价格上涨，其股票售价与资产价值相比大打折扣，于是他建议投资者购买安联公司的股票。如索罗斯所料，安联公司的股票价值翻了3倍，索罗斯因而名声大振。1963年，索罗斯进入Arnold & Bleichroeder公司效力，由于他在寻找价值被低估的欧洲股票方面很有一套，因而颇受赏识，并于1967年升为投资研究部门的主管。

在工作中，索罗斯碰到吉姆·罗杰斯，两人结成联手，并于1973年离开了Arnold & Bleichroeder公司，创建了索罗斯基金管理公司。尽管美国股市在20世纪70年代处于低迷状态，索罗斯基金却在成长。1979年，索罗斯决定将公司更名为量子基金，其名称来源于海森伯格量子力学的测不准原理，因为索罗斯认为市场总是处于不确定的状态，总是在波动，在不确定状态上下注，才能赚钱。1980年量子基金取得了103%的回报率，所管理的资产已达3.8亿美元。但令人遗憾的是，罗杰斯此时却决定离开。这对合作达10年之久的华尔街最佳搭档分手。在随后的一年，索罗斯遭受到了他金融生涯的一次大失败，量子基金的利润首次下降，程度达22.9%，1/3的投资人撤走了资金。但后来的事实表明，撤资是个失误，投机赚钱的机会还会到来。

1992年，索罗斯抓住时机，进行了一次最著名的投机活动，成功地狙击了英镑。德国于 1989 年统一后，其利率不断上升，导致马克倾向于升值。而此时大多数欧盟国家已经加入了欧洲货币体系，尤其是《马斯特里赫特条约》的签订，使得这些欧洲国家的货币，必须以德国马克为核心，在规定的汇率浮动范围内进行浮动，这决定了英镑将不得不随着马克对美元升值。但当时英国经济处于困境当中，失业率居高不下，索罗斯判断英镑的汇率会下降。于是，他通过借入英镑、持有马克资产并运用期货和期权交易，建立了英镑空头和马克多头的投资头寸，金额达到 100 亿美元。在索罗斯和其他投机者建立头寸的过程中，他们抛售英镑，使英镑承受着汇率下降的压力。各国的中央银行试图捍卫钉住的汇率，但很快英国政府放弃了努力，从固定汇率机制中退出，随之英镑相对于马克发生大幅度贬值。在不到一个月的时间里，量子基金从英镑头寸中赚取了约 10 亿美元的利润，同时从其他欧洲国家的货币头寸中赚取了 10 亿美元的利润，他个人也因净赚 6.5 亿美元而荣登《金融世界》杂志的华尔街收入排名榜的榜首。《经济学家》杂志惊呼索罗斯是"打败英格兰银行的人"。以前从未有人胆敢对抗整个大英帝国的金融体制和中央银行，而索罗斯却做到了这一点。这一战使得惯于隐于幕后的他突然聚焦于世界公众面前，成为世界闻名的投资大师。

在 1997 年初，索罗斯预见到泰铢会疲软。量子基金在 1、2 月份建立了泰铢的空头，危机于 7 月发生，泰铢大幅贬值，量子基金大发其财。但是当泰铢和其他亚洲货币持续贬值时，他们却认为市场对汇率已经调整过了头，从而又遭受惨重损失。1998 年，当俄罗斯金融市场出现动荡、卢布狂跌时，量子基金在俄罗斯的投资损失了 20 亿美元，但是基金在整个一年仍获得了超过 12% 的回报率。1999 年，基金在上半年亏损了 20%，后来转向于科技股的投资，整个一年的回报率达到 35%。投资于科技股以及做多欧元使基金在 2000 年初遭到了打击，头四个月就亏损 22%。但总体来说，量子基金依然取得了不错的业绩。

索罗斯逐步厌倦了投资活动，开始热衷于写作与慈善事业。他所设立的基金会在全世界 31 个国家有 50 多家分支机构，致力于建设和维持各国的基础结构和公共设施。索罗斯先后出版了《金融炼金术》、《苏维埃体系的开放》、《民主政治的保险业》、《开放社会：改革全球资本主义》等著作，并在书中阐述了他的哲学思想和投资理念。

许多学者和投资者认为，从思维观念和积极参与的各种社会活动来看，索罗斯更像是哲学家而非金融投资家；其著作则更具有哲学特色而非单纯的投资技术指导，譬如其早期所著的被奉为金融投资技术经典之作的《金融炼金术》，即被认为是阐述金融领域中思维与实在关系的哲学著作。索罗斯本人对自己的定位也更加倾向于一个哲学家，而不是金融投资家，他戏称自己是一个失败的哲学家却又乐此不疲，当人们视其为成功的金融投资家并表示敬仰时，他却认为自己更像一个不断思考人生的思想家。甚至在谈到其著作《金融炼金术》时则说：我人倒下去后，哲学就是我人生最重要的部分。

索罗斯之于投资哲学的贡献，当首推其创立的"反射性"概念。索罗斯认为：我们试图理解世界，而我们自己是这个世界的组成部分，我们对世界不完全的理解在我们所参与的事件的形成中起着十分重要的作用。我们的思想与这些事件之间相互影响，这为两者都引入了不确定的因素。这就决定了我们不能把我们的决策建立在已有的知识之上，因为我们的行为很容易产生预料之外的结果。这两种影响相互助长，我把这种双向反馈机制称为"反射性"。索罗斯认为，金融市场从属于社会学范畴，其运行规律不同于自然规律。自然规律的存在独立于认知主体，"自然科学家所思考的世界是一个独立于他们思想的世界。他们的陈述属于一个世界，而他们的陈述所涉及的事实则属于另一个世界。在陈述与事实之间只有单向的一致性。这一关键特征使得事实适合作为判断科学陈述真伪的准则"。

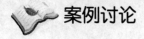 **案例讨论**

威廉·江恩

威廉·江恩是技术派分析大师，1878 年 6 月 6 日出生于美国得克萨斯州的路芙根的一个爱尔兰家庭。在 1902 年江恩 24 岁的时候，他做了第一次棉花期货合约的买卖，并从中获利。1906 年，江恩开始他的经纪及投资事业。1908 年，江恩到纽约开展他的业务及严肃测试他的理论和买卖方法。在同年，他开发他的主要分析方法"主要时间因素"，令其在华尔街一鸣惊人。《股票行情和投资文摘》杂志对他进行了专访，在受到严格监视的 25 个交易日里，江恩使本金增值了 10 倍而名声大噪。1919 年江恩辞去了工作，开始了自己咨询和出版事业，出版《供需通讯》，这个通讯既包括股票也包括商业信息，并且提供给读者每年的市场走势预测，这些预测的准确性使江恩变得越发具有魅力。1923 年江恩出了自己的第一本书《股票行情的真谛》，之后他陆续又出了十几本书，此外江恩还举办课程和讲座，虽然收费贵得惊人，但仍然吸引大量听众。江恩为完善自己的理论，曾经去世界各地旅行，他去过英国、埃及、南美、古巴甚至印度，他长时间逗留在大英博物馆，查阅一百年来的投资市场的数据，并总结出一套以自然规则为核心的交易方法，在他分析理论中着重分析了价格和时间的周期性关系。1950 年，江恩因健康原因将生意卖给他的合伙人爱德华·兰伯特，自己则搬到迈阿密居住，1954 年江恩被发现患有胃癌，于 1955 年 6 月 14 日去世，享年 77 岁。

江恩是美国证券和期货行业最著名的投资家，最具神奇色彩的技术分析大师。江恩纵横投机市场达 45 年，经历了两次世界大战和大萧条，在这个动荡的年代中赚取了 5 000 多万美元利润，如果考虑到通货膨胀因素，这相当于今天的几十亿美元。

江恩所使用的分析技术和方法极其神秘，是根据古老数学，几何和星象学为基础的。然而，他的理论从未有人清楚掌握，江恩理论被敬佩的多，能掌握的则少。江恩数十年经验的忠告是，投资者进入投资市场如果没有掌握知识，他失败的机会是 90%，人的情感，希望，贪婪和恐惧是成功的死敌，而知识在这个市场上是赢取利润的必要条件。

江恩还是一个高产的作家，他有许多文字著作，包括：《江恩股市课程》、《江恩期市课程》、《股票报价带的真相》、《华尔街股票选择》、《股票趋向探测器》、《怎样在商品交易中获利》、《怎样在认购及认沽期权中获利》、《空间隧道》、《魔术字句》和《华尔街 45 年》，其中《华尔街 45 年》是江恩一生经验的总结。在进行投资或投机时，江恩提出了一些建议：

（1）将投资资本分开 10 份，每次买卖所冒的风险不应超过资本的 1/10；

（2）小心使用止蚀盘，减低每次出错可能招致的损失；

（3）不可过量买卖；

（4）避免反胜为败，入市买卖有利可图后，应将止蚀盘逐步提高或降低，以免因市势转变而引致的损失；

（5）不可逆市买卖；

（6）犹豫不决，不宜入市；

（7）买卖疏落而不活跃的市场不宜入市

（8）只可买卖两至三种合约，太多难于兼顾；

（9）避免限价买卖，否则可能因小失大；

（10）入市之后不可随意平仓，可利用止蚀盘保障纸上利润；

（11）买卖顺手，积累利润可观时，可考虑将部分资金调离，以备不时之需；

（12）不要为蝇头小利而随便入市买卖；

（13）不可以加死码；

（14）入市之后不可因缺乏耐性而胡乱平仓；

（15）胜少负多的买卖方式，切戒；

（16）入市之后，不可随意取消止蚀盘；

（17）买卖次数不宜过于频繁；

（18）顺势买卖，在适当情况下，顺势可能获利更多；

（19）不可贪低买入，也不可因价高而沽空；

（20）在适当时候以金字塔式增加持仓合约的数量；

（21）选择升势凌厉的品种作为金字塔买入的对象，抛空则反其道而行；

（22）买卖错误，应及时平仓；

（23）不要随便由多头转为空头，每次买卖要经过详细的策划，买卖理由充分，而又没有违背既定规则；

（24）买卖得心应手时，不要随意加码；

（25）切莫预测市势的顶和底，应由市场自行决定；

（26）不可轻信他人的意见；

（27）买卖出现亏损的时候，减少筹码；

（28）避免入市正确而出市错误。

（资料来源：摘自维基百科，有改动。）

问题： 讨论比较江恩与另外几位投资大师投资思想的差异。

 复习思考题九

简答题

1. 简述价值投资理念。

2. 比较分析各投资大师的投资方法和投资理念，找出之间的相同点和不同点。

第十章 证券相关资格认证

1. 了解证券从业资格和执业资格；
2. 了解其他相关资格考试。

关键词

从业资格，执业资格

第一节 证券从业资格

一、资格介绍

证券业是金融业的重要支柱，属于高收益、高风险的行业。随着金融体制改革不断深化，银行、保险以及社保基金等各类金融机构介入证券领域投资，同时国外金融机构也开始竞相涌入中国，金融人才的收入也因而水涨船高。证券从业资格是进入证券行业的必备证书，也是惟一的资格证书，成为从事证券行业工作的主要依据。

证券从业资格证书由中国证券业协会颁发，是从事证券行业工作必须持有的资格证书，在全国范围内有效。实行证券从业人员资格管理，是提高证券从业人员执业水平，加强证券从业人员自律，维护证券市场诚信的一项重要制度。

二、资格考试

要想获得证券从业资格，必须首先参加证券从业人员资格考试。证券从业人员资格考试是由中国证券业协会负责组织的全国统一考试，考试时间由证券协会每年统一确定，通过网上报名参加。考试采取闭卷、计算机考试方式进行。考试科目分为基础科目和专业科目：基础科目为证券基础知识，这是必考科目；专业科目包括证券交易、证券发行与承销、证券投资分析、证券投资基金，可以由考生自己选择。

报名参加考试时需要满足：报名截止日年满 18 周岁，具有高中或国家承认的相当于高中以上文凭，具有完全民事行为能力这三个基本条件。考试题型有三种，分别是单项选择题、不定选项选择题和判断题，单科考试时间为 120 分钟，考试成绩总分为 100 分，考试合格线为 60 分。考试成绩合格可取得成绩合格证书，考试成绩长年有效。

通过证券协会统一组织的基础科目和任一门专业科目资格考试的，即取得从业资格。符合《证券业从业人员资格管理办法》规定的从业人员，可通过所在公司向中国证券业协会申请执业证书。其中，通过证券交易科目资格考试的，可从事证券经纪业务，这是证券公司的传统业务；通过证券发行与承销科目资格考试的，可从事投资银行业务，这是证券公司利润的重要来源；通过证券投资分析科目资格考试的，获得从业资格后，还需满足中国国籍、大学学历、两年以上证券从业经验的条件，才能取得证券投资咨询相关工作的执业资格；通过证券投资基金科目资格考试的，可从事基金管理公司、银行基金部门的相关工作。若通过基础科目和两门以上（含两门）专业科目考试的，则取得一级专业水平认证证书；若通过基础科目和四门以上（含四门）专业科目考试的，则取得二级专业水平认证证书。

三、资格管理

为了促进证券市场规范发展，保护投资者合法权益，需要对从事证券业务的专业人员资格进行一定管理。在依法从事证券业务的证券机构中从事证券业务的专业人员，需要按照《证券业从业人员资格管理办法》的规定，取得从业资格和执业证书。对于已取得从业资格的人员，符合《证券业从业人员资格管理办法》规定条件的，可以通过所在证券机构申请执业证书。中国证券业协会负责从业资格考试、执业证书发放以及执业注册登记等工作，并由证监会对证券业协会有关从业人员资格管理的工作进行指导和监督。各证券机构不得聘用未取得执业证书的人员对外开展证券业务。

这里所说的证券机构包括：证券公司、基金管理公司、基金托管机构、基金销售机构、证券投资咨询机构、证券资信评估机构以及证监会规定的其他从事证券业务的机构。从事证券业务的专业人员包括：证券公司的管理人员、业务人员以及与证券公司签订委托合同的证券经纪人；基金管理公司的管理人员和业务人员；基金托管和销售机构中从事基金托管或销售业务的管理人员和业务人员；证券投资咨询机构的管理人员和业务人员；从事上市公司并购重组业务的财务顾问机构的管理人员和业务人员；证券市场资信评级机构中从事证券评级业务的管理人员和业务人员；以及证监会和证券业协会规定需要取得从业资格和执业证书的其他人员。

在《证券业从业人员执业行为准则》中规定，从业人员应遵守国家相关法规规范，接受并配合中国证监会的监督与管理，接受并配合协会的自律管理，遵守交易所有关规则、所在机构的规章制度以及行业公认的职业道德和行为准则。从业人员在执业过程中应当维护客户和其他相关方的合法利益，诚实守信，勤勉尽责，维护行业声誉。从业人员在执业过程中应依照相应的业务规范和执业标准为客户提供专业服务，对客户进行证券投资相关教育，正确向客户揭示投资风险。从业人员在执业过程中遇到自身利益或相关方利益与客户的利益发生冲突或可能发生冲突时，应及时向所在机构报告；当无法避免时，应确保客户的利益得到公平的对待。机构或者其管理人员对从业人员发出指令涉嫌违法违规的，从业人员应及时按照所在机构内部程序向高级管理人员或者董事会报告。机构应及时采取措施妥善处理。

为维护证券市场的公正，《证券业从业人员执业行为准则》中还规定了证券从业人员禁止的行为，包括：

（1）从业人员一般性禁止行为。主要有从事或协同他人从事欺诈、内幕交易、操纵证券交易价格等非法活动；编造、传播虚假信息或者误导投资者的信息；损害社会公共利益、所在机构或者他人的合法权益；从事与其履行职责有利益冲突的业务；贬损同行或以其他不正当竞争手段争揽业务；接受利益相关方的贿赂或对其进行贿赂；买卖法律明文禁止买卖的证券；违规向客户作出投资不受损失或保证最低收益的承诺；隐匿、伪造、篡改或者毁损交易记录；泄露客户资料；证监会、协会禁止的其他行为。

（2）证券公司的从业人员特定禁止行为。主要有代理买卖或承销法律规定不得买卖或承销的证券；违规向客户提供资金或有价证券；侵占挪用客户资产或擅自变更委托投资范围；在经纪业务中接受客户的全权委托；对外透露自营买卖信息，将自营买卖的证券推荐给客户，或诱导客户买卖该种证券；证监会、协会禁止的其他行为。

（3）基金管理公司、基金托管和销售机构的从业人员特定禁止行为。主要有违反有关信息披露规则，私自泄漏基金的证券买卖信息；在不同基金资产之间、基金资产和其他受托资产之间进行利益输送；利用基金的相关信息为本人或者他人谋取私利；挪用基金投资者的交易资金和基金份额；在基金销售过程中误导客户；中国证监会、协会禁止的其他行为。

（4）证券投资咨询机构、财务顾问机构、证券资信评级机构的从业人员特定禁止行为。主要有接受他人委托从事证券投资；与委托人约定分享证券投资收益，分担证券投资损失，或者向委托人承诺证券投资收益；依据虚假信息、内幕信息或者市场传言撰写和发布分析报告或评级报告；中国证监会、协会禁止的其他行为。

四、后续培训

证券业协会和证券机构应当定期组织取得执业证书的人员进行后续职业培训，提高从业人员的职业道德和专业素质。取得执业证书的人员，连续三年不在机构从业的，由证券业协会注销其执业证书；重新执业的，应当参加协会组织的执业培训，并重新申请执业证书。

自2008年起，证券从业人员应当按照《证券从业人员后续职业培训大纲》的要求，在年检期间完成30个后续职业培训学时，且每年不少于15学时，其中必修学时不少于10学时，选修学时不少于5学时。证券从业人员每年须通过证券业协会远程培训系统完成10个必修后续职业培训学时，否则不得参加从业人员年检。

第二节 其他相关资格考试

一、证券经纪人资格考试

证券经纪人考试是由证券业协会负责组织和实施的资格考试。考试对象为各证券公司现有证券经纪人及营销人员，报名时以各证券公司为单位统一进行报名并缴费。考试设《证券市场基础》和《证券经纪业务营销》两个科目。考试采取闭卷机考形式，题目均为客观题。已通过证券业从业资格考试《证券市场基础知识》科目的，豁免《证券市场基础》科目考试；已通过证券业从业资格考试《证券交易》科目的，豁免《证券经纪业务营销》科目考试。专项考试两科考试成绩均合格取得证券从业资格的，可以从事证券经纪业务营销活动，从 2010 年起不再举办证券经纪人专项考试。证券公司现有尚未取得证券从业资格的员工参加证券经纪人专项考试合格的，具有证券从业资格；但仅通过证券经纪人专项考试的员工，不得从事除证券经纪业务营销以外的业务活动。

二、基金销售从业资格考试

基金销售从业资格考试同样由证券业协会负责组织和实施。考试报名条件与证券从业资格考试一样，考试科目为《基金销售基础》。考试采取闭卷机考形式，题目均为客观题。如果已通过证券业协会组织的证券从业资格考试中的《证券市场基础知识》和《证券投资基金》这两个科目的，视同已通过《基金销售基础》科目考试。

三、证券保荐人资格考试

香港首先在其创业板市场实行保荐人制度，而且保荐是针对于上市环节而言，又称"上市保荐人"。香港联交所在审核企业上市申请时，首先强调信息披露，但是同时也非常倚重保荐人，原因是因为在香港上市的公司中相当大比例的公司的注册地及主要业务都在香港境外，核实有关资料必须依靠中介机构，尽量减少企业诈骗。

2003 年，证监会先是在券商中征求意见，继而发布了"征求意见稿"，向社会公开征求意见。2003 年 12 月 28 日，证监会公布了《证券发行上市保荐制度暂行办法》，决定从 2004 年 2 月 1 日起在中国内地施行保荐人制度。这也是世界上第一次在主板市场实行保荐人制度。

证监会对保荐代表人的要求相当苛刻。如关于保荐代表人投资银行业务经历，证监会相关通知的规定如下：

（1）具备三年以上投资银行业务经历，且自 2002 年 1 月 1 日以来至少担任过一个境内外首次公开发行股票、上市公司发行新股或可转换公司债券的主承销项目的项目负责人。该项目负责人应是列名于公开发行募集文件的项目负责人。一个项目应只认定一名项目负责人。

（2）具备五年以上投资银行业务经历，且至少参与过两个境内外首次公开发行股票、上市公司发行新股或可转换公司债券的主承销项目。该参与人员应列名于公开发行募集文件。一个项目应只认定两名参与人员，其中包括一名项目负责人。

（3）具备三年以上投资银行业务经历，目前担任主管投资银行业务的公司高级管理人员、投资银行业务部门负责人、内核负责人或投资银行业务其他相关负责人，每家综合类证券公司推荐的该类人员数量不得超过其推荐通过数量的两倍。

由于该项考试对保荐人的资格审查、职业能力和职业道德都有很高的要求，所以每年能够通过考试的人屈指可数。许多投行不惜以高薪、高福利、高提成来留住保荐人，保荐人资格考试也因此成为"最值钱"的考试。

四、注册国际投资分析师考试

注册国际投资分析师（Certified International Investment Analyst，CIIA）考试是由注册国际投资分析师协会（ACIIA）为金融和投资领域从业人员量身订制的一项高级国际认证资格考试。通过 CIIA 考试的人员，如果拥有在财务分析，资产管理或投资等领域三年以上相关的工作经历，即可获得由国际注册投资分析师协会授予的 CIIA 称号。

CIIA 考试分为标准知识考试和国家知识考试两部分。其中，标准知识考试分为基础和最终两级，内容涉及经济学、企业财务、财务会计和财务报表分析、股票定价和分析、固定收益证券定价和分析、金融衍生工具定价和分析及投资组合管理等领域。标准知识考试旨在考核国际范围内通用的金融与投资知识和技能，因而考试内容是全球统一的。国家知识考试由本国或地区相关协会组织，内容主要包括当地的法律法规、金融政策、会计制度，职业道德和执业准则等。

标准知识考试每年举行两次，分别在 3 月和 9 月举行，中国证券业协会已于 2006 年 3 月在中国推出首期考试。参考人员可视自己的需要，选择采用 11 种不同语言进行考试；在中国参考人员可以选择中文和英文两种语言进行考试。

五、特许金融分析师资格考试

特许金融分析师（CFA）资格考试，由美国注册金融分析师学院（ICFA）发起设立，目前由总部设在美国弗吉尼亚州的非营利组织投资管理与研究协会（AIMR）负责管理。CFA 协会从业员需经过考核及评审，才会获颁 CFA 资格。CFA 资格经常被金融业内不同机构包括投资公司、基金公司、证券行、投资银行、投资管理顾问公司、银行等的雇主当作指标，藉之量度某人的工作能力及专业知识，从而决定是否聘用某应征者或晋升某雇员。这显示出 CFA 资格是全球金融财经界最为推崇的投资专业资格。CFA 考试普遍被认为是投资行业内最严格的资格考试，《经济学人》和《金融时报》都称 CFA 资格为"黄金认证"。

CFA 资格考试采用英文，考试分为 Level Ⅰ、Level Ⅱ、Level Ⅲ 等三个阶段。必须具备已获得大学毕业证书，或即将获得当年大学毕业证书的在校生；有四年实务工作资历，并能提出三位证明应考人工作资历的人士名单，方能参加第一阶段考试。每个考生每年只可报考一个阶段的考试，通过了才可报考下一阶段。CFA 考试内容包括道德与专业标准、证券分析、债券分析、衍生工具分析、另类投资、财务报表分析、量化方法、经济学、企业理财、投资组合管理、风险管理、资产分配和投资表现衡量。平均来说，CFA 考生需要 4 年的时间才可通过该三级考试。一级考试每年进行两次，二级和三级考试每年进行一次。自 1963 年首次举行 CFA 考试以来，CFA 考试范围也随着行业的革新和全球化不断更新。证券分析与道德标准一直以来都是很重要，而固定收益分析、另类投资和衍生投资产品及投资组合管理等课题也被融合到 CFA 课程及考试当中。

 案例讨论

从业资格考试大纲

证券业从业人员资格考试大纲（2008 年）

证券市场基础知识部分

目的与要求：

本部分内容包括股票、债券、证券投资基金等资本市场基础工具的定义、性质、特征、分类；金融期权、金融期货和可转换证券等金融衍生工具的定义、特征、组成要素、分类；证券市场的产生、发展、结构、运行；证券经营机构的设立、主要业务、内部控制和风险控制指标管理；中国证券市场的法规体系、监管构架以及从业人员的道德规范和资格管理等基础知识。通过本部分的学习，要求熟练掌握证券和证券市场的基础知识、基本理论、主要法规和职业道德规范；掌握证券中介机构的主要业务和风险监管。

第一章　证券市场概述

掌握证券与有价证券定义、分类和特征；掌握证券市场的定义、特征和基本功能。掌握证券市场的层次结构、品种结构和交易场所结构；了解多层次资本市场的含义；了解商品证券、货币证券、资本证券、货币市场及资本市场的含义和构成。

掌握证券市场参与者的构成，包括证券发行人、证券投资人、证券市场中介机构、自律性组织及证券监管机构。掌握机构投资者的主要种类、证券市场中介机构的含义和种类、证券市场自律性组织的构成。了解个人投资者的含义及证券交易所、证券业协会、证券监管机构的主要职责。了解中国证券市场机构投资者构成的发展与演变。

熟悉证券市场产生的背景、历史、现状和未来发展趋势；掌握新中国证券市场历史发展阶段和对外开放的进程。熟悉新《证券法》《公司法》实施后中国资本市场发生的变化；熟悉为推进资本市场的改革开放和稳定发展所采取的措施；了解资本主义发展初期和新中国成立前的证券市场；了解我国证券业在加入 WTO 后对外开放的内容。

第二章　股　　票

掌握股票的定义、性质、特征和分类方法；熟悉普通股票与优先股票、记名股票与不记名股票、有面额股票与无面额股票的区别和特征。

熟悉股票票面价值、账面价值、清算价值、内在价值的不同含义与联系；掌握股票的理论价格与市场价格的联系与区别；掌握影响股票价格的主要因素。

掌握普通股票股东的权利和义务；掌握公司利润分配顺序、股利分配原则和剩余资产分配顺序；熟悉股东重大决策参与权、资产收益权、剩余资产分配权、优先认股权等概念。

熟悉优先股的定义、特征；了解发行或投资优先股的意义；了解优先股票的分类及各种优先股票的含义。

掌握我国按投资主体性质划分的各种股份的概念；掌握国家股、法人股、社会公众股、

外资股的含义；掌握我国股票按流通受限与否的分类及含义；熟悉 A 股、B 股、H 股、N 股、S 股、L 股、红筹股等概念。

熟悉我国股权分置改革的情况。

第三章 债 券

掌握债券的定义、票面要素、特征、分类；熟悉债券与股票的异同点；熟悉债券的基本性质与影响债券期限和利率的主要因素；熟悉各类债券的概念与特点。

掌握政府债券的定义、性质和特征；掌握国债的分类；熟悉我国国债的发行概况、我国国债的品种、特点和区别；了解地方政府债券的发行主体、分类方法以及现阶段不允许地方政府发债的原因；熟悉国库券、赤字国债、建设国债、特种国债、实物国债、货币国债、记账式国债、凭证式国债、储蓄国债的概念；熟悉我国特别国债的发行目的和发行情况；了解银行间债券市场的主要债券品种。

掌握金融债券、公司债券和企业债券的定义和分类；掌握我国公司债的管理规定；熟悉我国企业债的管理规定；熟悉我国金融债券的品种和发行概况；熟悉各种公司债券的含义。

掌握国际债券的定义和特征，掌握外国债券和欧洲债券的概念、特点，了解我国国际债券的发行概况；了解扬基债券、武士债券、熊猫债券等外国债券；了解龙债券和龙债券市场；了解亚洲债券市场。

第四章 证券投资基金

掌握证券投资基金的定义和特征；掌握基金与股票、债券的区别；熟悉基金的作用；熟悉我国证券投资基金业的发展概况；熟悉证券投资基金的分类方法；掌握契约型基金与公司型基金、封闭式基金与开放式基金的定义与区别；掌握货币市场基金管理内容；熟悉各类基金的含义；掌握交易所交易的开放式基金的概念、运作机理和优势，了解 ETF 和 LOF 的异同。

熟悉基金份额持有人的权利与义务；掌握基金管理人和托管人的概念、资格与职责以及更换条件；熟悉基金当事人之间的关系。

熟悉基金的管理费、托管费、运作费的含义和提取规定；掌握基金资产净值的含义；熟悉基金资产总值以及基金资产的估值方法。

熟悉基金收益的来源、利润分配方式与分配原则；掌握基金的投资风险；了解基金的信息披露要求。

掌握基金的投资范围与投资限制。

第五章 金融衍生工具

掌握金融衍生工具的概念、基本特征和按照基础工具的种类、交易形式及交易方法等不同的分类方法。了解金融衍生工具产生和发展的原因、金融衍生工具最新的发展趋势。

掌握现货、远期、期货交易的定义、基本特征和主要区别；掌握金融远期合约和远期合约市场的概念、远期合约的类型；了解现阶段银行间债券市场远期交易、外汇远期交易、远期利率协议以及境外人民币 NDF 的基本情况。掌握金融期货的集中交易制度、标准化期货合约和对冲机制、保证金制度、无负债结算制度、限仓制度、大户报告制度、每日价格波动限制等主要交易制度。掌握金融期货合约的主要类别，了解境外金融期货合约的主流品种和交易规则。掌握金融期货的套期保值功能、价格发现功能、投机功能、套利功能。熟悉金融期货的理论价格及影响价格的主要因素。了解互换交易的主要类别和交易特征；了解人民币利率互换的业务内容。

掌握金融期权的定义和特征。掌握金融期货与金融期权在基础资产、权利与义务的对称性、履约保证、现金流转、盈亏特点、套期保值的作用与效果等方面的区别。熟悉金融期权按选择权性质、合约履行时间、期权基础资产性质划分的主要种类。了解金融期权的主要功能。掌握期权的内在价值和时间价值，熟悉期权价格的主要影响因素。

掌握权证的定义、分类、要素；发行、上市与交易；了解权证与标准期权产品的异同。

掌握可转换债券的定义和特征；掌握可转换债券的主要要素；掌握可转换债券的理论价值、转换价值；了解可转换债券的市场价格及转换升贴水；掌握附权证的可分离公司债券的概念与一般可转换债券的区别。

掌握存托凭证的定义，了解美国存托凭证种类以及与美国存托凭证的发行和交易相关的机构，了解存托凭证的优点，了解我国发行的存托凭证。

掌握资产证券化的含义、资产证券化的主要种类；掌握资产证券化的有关当事人；了解资产证券化的结构和流程；了解目前中国银行业信贷资产证券化和房地产信托投资单位的现状、特点与发展趋势；了解美国次级贷款和相关证券化产品危机。

掌握结构化衍生产品的含义、类别；了解中国结构化金融产品的发展趋势。

第六章 证券市场运行

熟悉证券发行市场和交易市场的概念及两者关系；掌握发行市场的含义、构成和证券发行制度、发行方式、承销方式、发行价格；掌握证券交易所的定义、特征、职能和运作系统、交易原则和交易规则；熟悉证券交易所的组织形式、上市制度；掌握中小企业板块的设立原则、总体设计、制度安排；熟悉上市公司非流通股转让的安排；熟悉场外交易市场的定义、特征和功能；熟悉银行间债券市场的主要职能和交易制度；熟悉我国的代办股份转让系统的概念、挂牌公司的类型、原STAQ、NET系统挂牌公司和退市公司的股份转让方式、非上市股份有限公司股份报价转让规则。

掌握股票价格平均数和股票价格指数的概念和功能，了解编制步骤和方法；掌握我国主要的股票价格指数、债券指数和基金指数；了解主要国际证券市场及其股价平均数、股价指数。

掌握证券投资收益和风险的概念；熟悉股票和债券投资收益的来源和形式；掌握证券投资系统风险、非系统风险的含义，熟悉风险来源、作用机制、影响因素和收益与风险的关系。

第七章 证券中介机构

掌握证券公司的定义、设立条件以及对注册资本的要求，熟悉对证券公司设立以及重要事项变更审批要求；掌握证券公司主要业务及相关管理规定；了解证券公司的作用和我国证券公司的发展概况。

掌握证券公司治理结构的主要内容；掌握证券公司内部控制的目标、原则，熟悉证券公司各项业务内部控制的主要内容。掌握证券公司风险控制指标管理、有关净资本及其计算、风险控制指标标准和监管措施的规定。

掌握证券登记结算公司设立的条件，熟悉证券登记结算公司的组织机构，掌握证券登记结算公司的职能、有关业务规则；熟悉证券服务机构的类别；熟悉对律师事务所从事证券法律业务的管理；熟悉对注册会计师执行证券、期货相关业务的管理；熟悉对证券、期货投资咨询机构的管理；熟悉对资信评级机构从事证券业务的管理；了解资产评估机构从事证券、期货业务的管理；熟悉证券服务机构的法律责任和市场准入。

第八章　证券市场法律制度与监督管理

掌握《证券法》和《公司法》的调整对象、范围和主要内容；熟悉《证券投资基金法》的调整的对象、范围和主要内容，熟悉《刑法》对证券犯罪的主要规定。

掌握《证券公司监督管理条例》、《证券公司风险处置条例》的主要内容。掌握《证券发行与承销管理办法》对首次公开发行股票实行的询价制度和对证券发售的规定；掌握《首次公开发行股票并上市管理办法》对发行人独立性要求、发行人的财务指标条件、中介机构的核查责任等方面的规定；掌握《上市公司证券发行管理办法》对股票发行的市场价格约束、严格募集资金管理、建立上市公司非公开发行股票制度、提高市场运行效率的规定；掌握《上市公司收购管理办法》关于规范收购人和出让人行为、减少监管部门审批豁免权力、鼓励市场创新、建立市场约束机制的规定；掌握《证券公司融资融券业务试点管理办法》和相应的业务指引，关于业务许可、业务规则、债权担保、权益处理、监督管理的规定；掌握《证券投资者保护基金管理办法》规定的证券投资者保护基金的来源、基金的监督管理，熟悉中国证券投资者保护基金公司的职责；掌握《证券市场禁入规定》有关基本原则、适用范围、市场禁入措施的类型和相关规定。

熟悉证券市场监管的意义和原则，市场监管的目标和手段。熟悉投资者教育工作的有关内容；熟悉新《证券法》赋予证券监督管理机构的职责、权限和各职能部门的分工。

掌握对证券发行上市、交易市场、证券经营机构的监管内容。

熟悉证券市场的自律性管理机构；掌握证券交易所的主要职能、一线监管权力、对证券交易活动、会员、上市公司的自律管理；掌握中国证券业协会的职责和对会员、从业人员、代办股份转让系统的自律管理；熟悉证券业从业人员资格管理的有关规定；熟悉证券业从业人员诚信信息管理系统的主要内容；掌握从业人员的行为规范和基本行为准则。

（资料来源：摘自网络，"证券从业人员资格——证券市场基础知识部分考试大纲（2008 年）"。）

 复习思考题十

简答题

1. 简述证券从业资格。

2. 简述证券从业资格考试。

附录一　中华人民共和国证券法

第一章　总　　则

第一条　为了规范证券发行和交易行为，保护投资者的合法权益，维护社会经济秩序和社会公共利益，促进社会主义市场经济的发展，制定本法。

第二条　在中华人民共和国境内，股票、公司债券和国务院依法认定的其他证券的发行和交易，适用本法；本法未规定的，适用《中华人民共和国公司法》和其他法律、行政法规的规定。

政府债券、证券投资基金份额的上市交易，适用本法；其他法律、行政法规另有规定的，适用其规定。

证券衍生品种发行、交易的管理办法，由国务院依照本法的原则规定。

第三条　证券的发行、交易活动，必须实行公开、公平、公正的原则。

第四条　证券发行、交易活动的当事人具有平等的法律地位，应当遵守自愿、有偿、诚实信用的原则。

第五条　证券的发行、交易活动，必须遵守法律、行政法规；禁止欺诈、内幕交易和操纵证券市场的行为。

第六条　证券业和银行业、信托业、保险业实行分业经营、分业管理，证券公司与银行、信托、保险业务机构分别设立。国家另有规定的除外。

第七条　国务院证券监督管理机构依法对全国证券市场实行集中统一监督管理。

国务院证券监督管理机构根据需要可以设立派出机构，按照授权履行监督管理职责。

第八条　在国家对证券发行、交易活动实行集中统一监督管理的前提下，依法设立证券业协会，实行自律性管理。

第九条　国家审计机关依法对证券交易所、证券公司、证券登记结算机构、证券监督管理机构进行审计监督。

第二章　证券发行

第十条　公开发行证券，必须符合法律、行政法规规定的条件，并依法报经国务院证券监督管理机构或者国务院授权的部门核准；未经依法核准，任何单位和个人不得公开发行证券。

有下列情形之一的，为公开发行：

（一）向不特定对象发行证券的；

（二）向特定对象发行证券累计超过二百人的；

（三）法律、行政法规规定的其他发行行为。

非公开发行证券，不得采用广告、公开劝诱和变相公开方式。

第十一条 发行人申请公开发行股票、可转换为股票的公司债券，依法采取承销方式的，或者公开发行法律、行政法规规定实行保荐制度的其他证券的，应当聘请具有保荐资格的机构担任保荐人。

保荐人应当遵守业务规则和行业规范，诚实守信，勤勉尽责，对发行人的申请文件和信息披露资料进行审慎核查，督导发行人规范运作。

保荐人的资格及其管理办法由国务院证券监督管理机构规定。

第十二条 设立股份有限公司公开发行股票，应当符合《中华人民共和国公司法》规定的条件和经国务院批准的国务院证券监督管理机构规定的其他条件，向国务院证券监督管理机构报送募股申请和下列文件：

（一）公司章程；

（二）发起人协议；

（三）发起人姓名或者名称，发起人认购的股份数、出资种类及验资证明；

（四）招股说明书；

（五）代收股款银行的名称及地址；

（六）承销机构名称及有关的协议。

依照本法规定聘请保荐人的，还应当报送保荐人出具的发行保荐书。

法律、行政法规规定设立公司必须报经批准的，还应当提交相应的批准文件。

第十三条 公司公开发行新股，应当符合下列条件：

（一）具备健全且运行良好的组织机构；

（二）具有持续盈利能力，财务状况良好；

（三）最近三年财务会计文件无虚假记载，无其他重大违法行为；

（四）经国务院批准的国务院证券监督管理机构规定的其他条件。

上市公司非公开发行新股，应当符合经国务院批准的国务院证券监督管理机构规定的条件，并报国务院证券监督管理机构核准。

第十四条 公司公开发行新股，应当向国务院证券监督管理机构报送募股申请和下列文件：

（一）公司营业执照；

（二）公司章程；

（三）股东大会决议；

（四）招股说明书；

（五）财务会计报告；

（六）代收股款银行的名称及地址；

（七）承销机构名称及有关的协议。

依照本法规定聘请保荐人的，还应当报送保荐人出具的发行保荐书。

第十五条 公司对公开发行股票所募集资金，必须按照招股说明书所列资金用途使用。改变招股说明书所列资金用途，必须经股东大会作出决议。擅自改变用途而未作纠正的，或者未经股东大会认可的，不得公开发行新股。

第十六条 公开发行公司债券，应当符合下列条件：

（一）股份有限公司的净资产不低于人民币三千万元，有限责任公司的净资产不低于人民币六千万元；

（二）累计债券余额不超过公司净资产的百分之四十；

（三）最近三年平均可分配利润足以支付公司债券一年的利息；

（四）筹集的资金投向符合国家产业政策；

（五）债券的利率不超过国务院限定的利率水平；

（六）国务院规定的其他条件。

公开发行公司债券筹集的资金，必须用于核准的用途，不得用于弥补亏损和非生产性支出。

上市公司发行可转换为股票的公司债券，除应当符合第一款规定的条件外，还应当符合本法关于公开发行股票的条件，并报国务院证券监督管理机构核准。

第十七条 申请公开发行公司债券，应当向国务院授权的部门或者国务院证券监督管理机构报送下列文件：

（一）公司营业执照；

（二）公司章程；

（三）公司债券募集办法；

（四）资产评估报告和验资报告；

（五）国务院授权的部门或者国务院证券监督管理机构规定的其他文件。

依照本法规定聘请保荐人的，还应当报送保荐人出具的发行保荐书。

第十八条 有下列情形之一的，不得再次公开发行公司债券：

（一）前一次公开发行的公司债券尚未募足；

（二）对已公开发行的公司债券或者其他债务有违约或者延迟支付本息的事实，仍处于继续状态；

（三）违反本法规定，改变公开发行公司债券所募资金的用途。

第十九条 发行人依法申请核准发行证券所报送的申请文件的格式、报送方式，由依法负责核准的机构或者部门规定。

第二十条 发行人向国务院证券监督管理机构或者国务院授权的部门报送的证券发行申请文件，必须真实、准确、完整。

为证券发行出具有关文件的证券服务机构和人员，必须严格履行法定职责，保证其所出具文件的真实性、准确性和完整性。

第二十一条 发行人申请首次公开发行股票的，在提交申请文件后，应当按照国务院证券监督管理机构的规定预先披露有关申请文件。

第二十二条 国务院证券监督管理机构设发行审核委员会，依法审核股票发行申请。

发行审核委员会由国务院证券监督管理机构的专业人员和所聘请的该机构外的有关专家组成，以投票方式对股票发行申请进行表决，提出审核意见。

发行审核委员会的具体组成办法、组成人员任期、工作程序，由国务院证券监督管理机构规定。

第二十三条　国务院证券监督管理机构依照法定条件负责核准股票发行申请。核准程序应当公开，依法接受监督。

参与审核和核准股票发行申请的人员，不得与发行申请人有利害关系，不得直接或者间接接受发行申请人的馈赠，不得持有所核准的发行申请的股票，不得私下与发行申请人进行接触。

国务院授权的部门对公司债券发行申请的核准，参照前两款的规定执行。

第二十四条　国务院证券监督管理机构或者国务院授权的部门应当自受理证券发行申请文件之日起三个月内，依照法定条件和法定程序作出予以核准或者不予核准的决定，发行人根据要求补充、修改发行申请文件的时间不计算在内；不予核准的，应当说明理由。

第二十五条　证券发行申请经核准，发行人应当依照法律、行政法规的规定，在证券公开发行前，公告公开发行募集文件，并将该文件置备于指定场所供公众查阅。

发行证券的信息依法公开前，任何知情人不得公开或者泄露该信息。

发行人不得在公告公开发行募集文件前发行证券。

第二十六条　国务院证券监督管理机构或者国务院授权的部门对已作出的核准证券发行的决定，发现不符合法定条件或者法定程序，尚未发行证券的，应当予以撤销，停止发行。已经发行尚未上市的，撤销发行核准决定，发行人应当按照发行价并加算银行同期存款利息返还证券持有人；保荐人应当与发行人承担连带责任，但是能够证明自己没有过错的除外；发行人的控股股东、实际控制人有过错的，应当与发行人承担连带责任。

第二十七条　股票依法发行后，发行人经营与收益的变化，由发行人自行负责；由此变化引致的投资风险，由投资者自行负责。

第二十八条　发行人向不特定对象发行的证券，法律、行政法规规定应当由证券公司承销的，发行人应当同证券公司签订承销协议。证券承销业务采取代销或者包销方式。

证券代销是指证券公司代发行人发售证券，在承销期结束时，将未售出的证券全部退还给发行人的承销方式。

证券包销是指证券公司将发行人的证券按照协议全部购入或者在承销期结束时将售后剩余证券全部自行购入的承销方式。

第二十九条　公开发行证券的发行人有权依法自主选择承销的证券公司。证券公司不得以不正当竞争手段招揽证券承销业务。

第三十条　证券公司承销证券，应当同发行人签订代销或者包销协议，载明下列事项：

（一）当事人的名称、住所及法定代表人姓名；

（二）代销、包销证券的种类、数量、金额及发行价格；

（三）代销、包销的期限及起止日期；

（四）代销、包销的付款方式及日期；

（五）代销、包销的费用和结算办法；

（六）违约责任；

（七）国务院证券监督管理机构规定的其他事项。

第三十一条　证券公司承销证券，应当对公开发行募集文件的真实性、准确性、完整性进行核查；发现有虚假记载、误导性陈述或者重大遗漏的，不得进行销售活动；已经销售的，必须立即停止销售活动，并采取纠正措施。

第三十二条 向不特定对象发行的证券票面总值超过人民币五千万元的，应当由承销团承销。承销团应当由主承销和参与承销的证券公司组成。

第三十三条 证券的代销、包销期限最长不得超过九十日。

证券公司在代销、包销期内，对所代销、包销的证券应当保证先行出售给认购人，证券公司不得为本公司预留所代销的证券和预先购入并留存所包销的证券。

第三十四条 股票发行采取溢价发行的，其发行价格由发行人与承销的证券公司协商确定。

第三十五条 股票发行采用代销方式，代销期限届满，向投资者出售的股票数量未达到拟公开发行股票数量百分之七十的，为发行失败。发行人应当按照发行价并加算银行同期存款利息返还股票认购人。

第三十六条 公开发行股票，代销、包销期限届满，发行人应当在规定的期限内将股票发行情况报国务院证券监督管理机构备案。

第三章　证券交易

第一节　一般规定

第三十七条 证券交易当事人依法买卖的证券，必须是依法发行并交付的证券。

非依法发行的证券，不得买卖。

第三十八条 依法发行的股票、公司债券及其他证券，法律对其转让期限有限制性规定的，在限定的期限内不得买卖。

第三十九条 依法公开发行的股票、公司债券及其他证券，应当在依法设立的证券交易所上市交易或者在国务院批准的其他证券交易场所转让。

第四十条 证券在证券交易所上市交易，应当采用公开的集中交易方式或者国务院证券监督管理机构批准的其他方式。

第四十一条 证券交易当事人买卖的证券可以采用纸面形式或者国务院证券监督管理机构规定的其他形式。

第四十二条 证券交易以现货和国务院规定的其他方式进行交易。

第四十三条 证券交易所、证券公司和证券登记结算机构的从业人员、证券监督管理机构的工作人员以及法律、行政法规禁止参与股票交易的其他人员，在任期或者法定限期内，不得直接或者以化名、借他人名义持有、买卖股票，也不得收受他人赠送的股票。

任何人在成为前款所列人员时，其原已持有的股票，必须依法转让。

第四十四条 证券交易所、证券公司、证券登记结算机构必须依法为客户开立的账户保密。

第四十五条 为股票发行出具审计报告、资产评估报告或者法律意见书等文件的证券服务机构和人员，在该股票承销期内和期满后六个月内，不得买卖该种股票。

除前款规定外，为上市公司出具审计报告、资产评估报告或者法律意见书等文件的证券服务机构和人员，自接受上市公司委托之日起至上述文件公开后五日内，不得买卖该种股票。

第四十六条　证券交易的收费必须合理，并公开收费项目、收费标准和收费办法。

证券交易的收费项目、收费标准和管理办法由国务院有关主管部门统一规定。

第四十七条　上市公司董事、监事、高级管理人员、持有上市公司股份百分之五以上的股东，将其持有的该公司的股票在买入后六个月内卖出，或者在卖出后六个月内又买入，由此所得收益归该公司所有，公司董事会应当收回其所得收益。但是，证券公司因包销购入售后剩余股票而持有百分之五以上股份的，卖出该股票不受六个月时间限制。

公司董事会不按照前款规定执行的，股东有权要求董事会在三十日内执行。公司董事会未在上述期限内执行的，股东有权为了公司的利益以自己的名义直接向人民法院提起诉讼。

公司董事会不按照第一款的规定执行的，负有责任的董事依法承担连带责任。

第二节　证券上市

第四十八条　申请证券上市交易，应当向证券交易所提出申请，由证券交易所依法审核同意，并由双方签订上市协议。

证券交易所根据国务院授权的部门的决定安排政府债券上市交易。

第四十九条　申请股票、可转换为股票的公司债券或者法律、行政法规规定实行保荐制度的其他证券上市交易，应当聘请具有保荐资格的机构担任保荐人。

本法第十一条第二款、第三款的规定适用于上市保荐人。

第五十条　股份有限公司申请股票上市，应当符合下列条件：

（一）股票经国务院证券监督管理机构核准已公开发行；

（二）公司股本总额不少于人民币三千万元；

（三）公开发行的股份达到公司股份总数的百分之二十五以上；公司股本总额超过人民币四亿元的，公开发行股份的比例为百分之十以上；

（四）公司最近三年无重大违法行为，财务会计报告无虚假记载。

证券交易所可以规定高于前款规定的上市条件，并报国务院证券监督管理机构批准。

第五十一条　国家鼓励符合产业政策并符合上市条件的公司股票上市交易。

第五十二条　申请股票上市交易，应当向证券交易所报送下列文件：

（一）上市报告书；

（二）申请股票上市的股东大会决议；

（三）公司章程；

（四）公司营业执照；

（五）依法经会计师事务所审计的公司最近三年的财务会计报告；

（六）法律意见书和上市保荐书；

（七）最近一次的招股说明书；

（八）证券交易所上市规则规定的其他文件。

第五十三条　股票上市交易申请经证券交易所审核同意后，签订上市协议的公司应当在规定的期限内公告股票上市的有关文件，并将该文件置备于指定场所供公众查阅。

第五十四条　签订上市协议的公司除公告前条规定的文件外，还应当公告下列事项：

（一）股票获准在证券交易所交易的日期；

（二）持有公司股份最多的前十名股东的名单和持股数额；

（三）公司的实际控制人；

（四）董事、监事、高级管理人员的姓名及其持有本公司股票和债券的情况。

第五十五条 上市公司有下列情形之一的，由证券交易所决定暂停其股票上市交易：

（一）公司股本总额、股权分布等发生变化不再具备上市条件；

（二）公司不按照规定公开其财务状况，或者对财务会计报告作虚假记载，可能误导投资者；

（三）公司有重大违法行为；

（四）公司最近三年连续亏损；

（五）证券交易所上市规则规定的其他情形。

第五十六条 上市公司有下列情形之一的，由证券交易所决定终止其股票上市交易：

（一）公司股本总额、股权分布等发生变化不再具备上市条件，在证券交易所规定的期限内仍不能达到上市条件；

（二）公司不按照规定公开其财务状况，或者对财务会计报告作虚假记载，且拒绝纠正；

（三）公司最近三年连续亏损，在其后一个年度内未能恢复盈利；

（四）公司解散或者被宣告破产；

（五）证券交易所上市规则规定的其他情形。

第五十七条 公司申请公司债券上市交易，应当符合下列条件：

（一）公司债券的期限为一年以上；

（二）公司债券实际发行额不少于人民币五千万元；

（三）公司申请债券上市时仍符合法定的公司债券发行条件。

第五十八条 申请公司债券上市交易，应当向证券交易所报送下列文件：

（一）上市报告书；

（二）申请公司债券上市的董事会决议；

（三）公司章程；

（四）公司营业执照；

（五）公司债券募集办法；

（六）公司债券的实际发行数额；

（七）证券交易所上市规则规定的其他文件。

申请可转换为股票的公司债券上市交易，还应当报送保荐人出具的上市保荐书。

第五十九条 公司债券上市交易申请经证券交易所审核同意后，签订上市协议的公司应当在规定的期限内公告公司债券上市文件及有关文件，并将其申请文件置备于指定场所供公众查阅。

第六十条 公司债券上市交易后，公司有下列情形之一的，由证券交易所决定暂停其公司债券上市交易：

（一）公司有重大违法行为；

（二）公司情况发生重大变化不符合公司债券上市条件；

（三）发行公司债券所募集的资金不按照核准的用途使用；

（四）未按照公司债券募集办法履行义务；

（五）公司最近两年连续亏损。

第六十一条 公司有前条第（一）项、第（四）项所列情形之一经查实后果严重的，或者有前条第（二）项、第（三）项、第（五）项所列情形之一，在限期内未能消除的，由证券交易所决定终止其公司债券上市交易。

公司解散或者被宣告破产的，由证券交易所终止其公司债券上市交易。

第六十二条 对证券交易所作出的不予上市、暂停上市、终止上市决定不服的，可以向证券交易所设立的复核机构申请复核。

第三节 持续信息公开

第六十三条 发行人、上市公司依法披露的信息，必须真实、准确、完整，不得有虚假记载、误导性陈述或者重大遗漏。

第六十四条 经国务院证券监督管理机构核准依法公开发行股票，或者经国务院授权的部门核准依法公开发行公司债券，应当公告招股说明书、公司债券募集办法。依法公开发行新股或者公司债券的，还应当公告财务会计报告。

第六十五条 上市公司和公司债券上市交易的公司，应当在每一会计年度的上半年结束之日起两个月内，向国务院证券监督管理机构和证券交易所报送记载以下内容的中期报告，并予公告：

（一）公司财务会计报告和经营情况；

（二）涉及公司的重大诉讼事项；

（三）已发行的股票、公司债券变动情况；

（四）提交股东大会审议的重要事项；

（五）国务院证券监督管理机构规定的其他事项。

第六十六条 上市公司和公司债券上市交易的公司，应当在每一会计年度结束之日起四个月内，向国务院证券监督管理机构和证券交易所报送记载以下内容的年度报告，并予公告：

（一）公司概况；

（二）公司财务会计报告和经营情况；

（三）董事、监事、高级管理人员简介及其持股情况；

（四）已发行的股票、公司债券情况，包括持有公司股份最多的前十名股东的名单和持股数额；

（五）公司的实际控制人；

（六）国务院证券监督管理机构规定的其他事项。

第六十七条 发生可能对上市公司股票交易价格产生较大影响的重大事件，投资者尚未得知时，上市公司应当立即将有关该重大事件的情况向国务院证券监督管理机构和证券交易所报送临时报告，并予公告，说明事件的起因、目前的状态和可能产生的法律后果。

下列情况为前款所称重大事件：

（一）公司的经营方针和经营范围的重大变化；

（二）公司的重大投资行为和重大的购置财产的决定；

（三）公司订立重要合同，可能对公司的资产、负债、权益和经营成果产生重要影响；

（四）公司发生重大债务和未能清偿到期重大债务的违约情况；

（五）公司发生重大亏损或者重大损失；

（六）公司生产经营的外部条件发生的重大变化；

（七）公司的董事、三分之一以上监事或者经理发生变动；

（八）持有公司百分之五以上股份的股东或者实际控制人，其持有股份或者控制公司的情况发生较大变化；

（九）公司减资、合并、分立、解散及申请破产的决定；

（十）涉及公司的重大诉讼，股东大会、董事会决议被依法撤销或者宣告无效；

（十一）公司涉嫌犯罪被司法机关立案调查，公司董事、监事、高级管理人员涉嫌犯罪被司法机关采取强制措施；

（十二）国务院证券监督管理机构规定的其他事项。

第六十八条 上市公司董事、高级管理人员应当对公司定期报告签署书面确认意见。

上市公司监事会应当对董事会编制的公司定期报告进行审核并提出书面审核意见。

上市公司董事、监事、高级管理人员应当保证上市公司所披露的信息真实、准确、完整。

第六十九条 发行人、上市公司公告的招股说明书、公司债券募集办法、财务会计报告、上市报告文件、年度报告、中期报告、临时报告以及其他信息披露资料，有虚假记载、误导性陈述或者重大遗漏，致使投资者在证券交易中遭受损失的，发行人、上市公司应当承担赔偿责任；发行人、上市公司的董事、监事、高级管理人员和其他直接责任人员以及保荐人、承销的证券公司，应当与发行人、上市公司承担连带赔偿责任，但是能够证明自己没有过错的除外；发行人、上市公司的控股股东、实际控制人有过错的，应当与发行人、上市公司承担连带赔偿责任。

第七十条 依法必须披露的信息，应当在国务院证券监督管理机构指定的媒体发布，同时将其置备于公司住所、证券交易所，供社会公众查阅。

第七十一条 国务院证券监督管理机构对上市公司年度报告、中期报告、临时报告以及公告的情况进行监督，对上市公司分派或者配售新股的情况进行监督，对上市公司控股股东和信息披露义务人的行为进行监督。

证券监督管理机构、证券交易所、保荐人、承销的证券公司及有关人员，对公司依照法律、行政法规规定必须作出的公告，在公告前不得泄露其内容。

第七十二条 证券交易所决定暂停或者终止证券上市交易的，应当及时公告，并报国务院证券监督管理机构备案。

第四节 禁止的交易行为

第七十三条 禁止证券交易内幕信息的知情人和非法获取内幕信息的人利用内幕信息从事证券交易活动。

第七十四条 证券交易内幕信息的知情人包括：

（一）发行人的董事、监事、高级管理人员；

（二）持有公司百分之五以上股份的股东及其董事、监事、高级管理人员，公司的实际控制人及其董事、监事、高级管理人员；

（三）发行人控股的公司及其董事、监事、高级管理人员；

（四）由于所任公司职务可以获取公司有关内幕信息的人员；

（五）证券监督管理机构工作人员以及由于法定职责对证券的发行、交易进行管理的其他人员；

（六）保荐人、承销的证券公司、证券交易所、证券登记结算机构、证券服务机构的有关人员；

（七）国务院证券监督管理机构规定的其他人。

第七十五条　证券交易活动中，涉及公司的经营、财务或者对该公司证券的市场价格有重大影响的尚未公开的信息，为内幕信息。

下列信息皆属内幕信息：

（一）本法第六十七条第二款所列重大事件；

（二）公司分配股利或者增资的计划；

（三）公司股权结构的重大变化；

（四）公司债务担保的重大变更；

（五）公司营业用主要资产的抵押、出售或者报废一次超过该资产的百分之三十；

（六）公司的董事、监事、高级管理人员的行为可能依法承担重大损害赔偿责任；

（七）上市公司收购的有关方案；

（八）国务院证券监督管理机构认定的对证券交易价格有显著影响的其他重要信息。

第七十六条　证券交易内幕信息的知情人和非法获取内幕信息的人，在内幕信息公开前，不得买卖该公司的证券，或者泄露该信息，或者建议他人买卖该证券。

持有或者通过协议、其他安排与他人共同持有公司百分之五以上股份的自然人、法人、其他组织收购上市公司的股份，本法另有规定的，适用其规定。

内幕交易行为给投资者造成损失的，行为人应当依法承担赔偿责任。

第七十七条　禁止任何人以下列手段操纵证券市场：

（一）单独或者通过合谋，集中资金优势、持股优势或者利用信息优势联合或者连续买卖，操纵证券交易价格或者证券交易量；

（二）与他人串通，以事先约定的时间、价格和方式相互进行证券交易，影响证券交易价格或者证券交易量；

（三）在自己实际控制的账户之间进行证券交易，影响证券交易价格或者证券交易量；

（四）以其他手段操纵证券市场。

操纵证券市场行为给投资者造成损失的，行为人应当依法承担赔偿责任。

第七十八条　禁止国家工作人员、传播媒介从业人员和有关人员编造、传播虚假信息，扰乱证券市场。

禁止证券交易所、证券公司、证券登记结算机构、证券服务机构及其从业人员，证券业协会、证券监督管理机构及其工作人员，在证券交易活动中作出虚假陈述或者信息误导。

各种传播媒介传播证券市场信息必须真实、客观，禁止误导。

第七十九条　禁止证券公司及其从业人员从事下列损害客户利益的欺诈行为：

（一）违背客户的委托为其买卖证券；

（二）不在规定时间内向客户提供交易的书面确认文件；

（三）挪用客户所委托买卖的证券或者客户账户上的资金；

（四）未经客户的委托，擅自为客户买卖证券，或者假借客户的名义买卖证券；

（五）为牟取佣金收入，诱使客户进行不必要的证券买卖；

（六）利用传播媒介或者通过其他方式提供、传播虚假或者误导投资者的信息；

（七）其他违背客户真实意思表示，损害客户利益的行为。

欺诈客户行为给客户造成损失的，行为人应当依法承担赔偿责任。

第八十条 禁止法人非法利用他人账户从事证券交易；禁止法人出借自己或者他人的证券账户。

第八十一条 依法拓宽资金入市渠道，禁止资金违规流入股市。

第八十二条 禁止任何人挪用公款买卖证券。

第八十三条 国有企业和国有资产控股的企业买卖上市交易的股票，必须遵守国家有关规定。

第八十四条 证券交易所、证券公司、证券登记结算机构、证券服务机构及其从业人员对证券交易中发现的禁止的交易行为，应当及时向证券监督管理机构报告。

第四章 上市公司的收购

第八十五条 投资者可以采取要约收购、协议收购及其他合法方式收购上市公司。

第八十六条 通过证券交易所的证券交易，投资者持有或者通过协议、其他安排与他人共同持有一个上市公司已发行的股份达到百分之五时，应当在该事实发生之日起三日内，向国务院证券监督管理机构、证券交易所作出书面报告，通知该上市公司，并予公告；在上述期限内，不得再行买卖该上市公司的股票。

投资者持有或者通过协议、其他安排与他人共同持有一个上市公司已发行的股份达到百分之五后，其所持该上市公司已发行的股份比例每增加或者减少百分之五，应当依照前款规定进行报告和公告。在报告期限内和作出报告、公告后二日内，不得再行买卖该上市公司的股票。

第八十七条 依照前条规定所作的书面报告和公告，应当包括下列内容：

（一）持股人的名称、住所；

（二）持有的股票的名称、数额；

（三）持股达到法定比例或者持股增减变化达到法定比例的日期。

第八十八条 通过证券交易所的证券交易，投资者持有或者通过协议、其他安排与他人共同持有一个上市公司已发行的股份达到百分之三十时，继续进行收购的，应当依法向该上市公司所有股东发出收购上市公司全部或者部分股份的要约。

收购上市公司部分股份的收购要约应当约定，被收购公司股东承诺出售的股份数额超过预定收购的股份数额的，收购人按比例进行收购。

第八十九条 依照前条规定发出收购要约，收购人必须事先向国务院证券监督管理机构报送上市公司收购报告书，并载明下列事项：

（一）收购人的名称、住所；

（二）收购人关于收购的决定；

（三）被收购的上市公司名称；

（四）收购目的；

（五）收购股份的详细名称和预定收购的股份数额；

（六）收购期限、收购价格；

（七）收购所需资金额及资金保证；

（八）报送上市公司收购报告书时持有被收购公司股份数占该公司已发行的股份总数的比例。

收购人还应当将上市公司收购报告书同时提交证券交易所。

第九十条 收购人在依照前条规定报送上市公司收购报告书之日起十五日后，公告其收购要约。在上述期限内，国务院证券监督管理机构发现上市公司收购报告书不符合法律、行政法规规定的，应当及时告知收购人，收购人不得公告其收购要约。

收购要约约定的收购期限不得少于三十日，并不得超过六十日。

第九十一条 在收购要约确定的承诺期限内，收购人不得撤销其收购要约。收购人需要变更收购要约的，必须事先向国务院证券监督管理机构及证券交易所提出报告，经批准后，予以公告。

第九十二条 收购要约提出的各项收购条件，适用于被收购公司的所有股东。

第九十三条 采取要约收购方式的，收购人在收购期限内，不得卖出被收购公司的股票，也不得采取要约规定以外的形式和超出要约的条件买入被收购公司的股票。

第九十四条 采取协议收购方式的，收购人可以依照法律、行政法规的规定同被收购公司的股东以协议方式进行股份转让。

以协议方式收购上市公司时，达成协议后，收购人必须在三日内将该收购协议向国务院证券监督管理机构及证券交易所作出书面报告，并予公告。

在公告前不得履行收购协议。

第九十五条 采取协议收购方式的，协议双方可以临时委托证券登记结算机构保管协议转让的股票，并将资金存放于指定的银行。

第九十六条 采取协议收购方式的，收购人收购或者通过协议、其他安排与他人共同收购一个上市公司已发行的股份达到百分之三十时，继续进行收购的，应当向该上市公司所有股东发出收购上市公司全部或者部分股份的要约。但是，经国务院证券监督管理机构免除发出要约的除外。

收购人依照前款规定以要约方式收购上市公司股份，应当遵守本法第八十九条至第九十三条的规定。

第九十七条 收购期限届满，被收购公司股权分布不符合上市条件的，该上市公司的股票应当由证券交易所依法终止上市交易；其余仍持有被收购公司股票的股东，有权向收购人以收购要约的同等条件出售其股票，收购人应当收购。

收购行为完成后，被收购公司不再具备股份有限公司条件的，应当依法变更企业形式。

第九十八条 在上市公司收购中，收购人持有的被收购的上市公司的股票，在收购行为完成后的十二个月内不得转让。

第九十九条 收购行为完成后，收购人与被收购公司合并，并将该公司解散的，被解散公司的原有股票由收购人依法更换。

第一百条 收购行为完成后，收购人应当在十五日内将收购情况报告国务院证券监督管理机构和证券交易所，并予公告。

第一百零一条 收购上市公司中由国家授权投资的机构持有的股份，应当按照国务院的规定，经有关主管部门批准。

国务院证券监督管理机构应当依照本法的原则制定上市公司收购的具体办法。

第五章 证券交易所

第一百零二条 证券交易所是为证券集中交易提供场所和设施，组织和监督证券交易，实行自律管理的法人。

证券交易所的设立和解散，由国务院决定。

第一百零三条 设立证券交易所必须制定章程。

证券交易所章程的制定和修改，必须经国务院证券监督管理机构批准。

第一百零四条 证券交易所必须在其名称中标明证券交易所字样。其他任何单位或者个人不得使用证券交易所或者近似的名称。

第一百零五条 证券交易所可以自行支配的各项费用收入，应当首先用于保证其证券交易场所和设施的正常运行并逐步改善。

实行会员制的证券交易所的财产积累归会员所有，其权益由会员共同享有，在其存续期间，不得将其财产积累分配给会员。

第一百零六条 证券交易所设理事会。

第一百零七条 证券交易所设总经理一人，由国务院证券监督管理机构任免。

第一百零八条 有《中华人民共和国公司法》第一百四十七条规定的情形或者下列情形之一的，不得担任证券交易所的负责人：

（一）因违法行为或者违纪行为被解除职务的证券交易所、证券登记结算机构的负责人或者证券公司的董事、监事、高级管理人员，自被解除职务之日起未逾五年；

（二）因违法行为或者违纪行为被撤销资格的律师、注册会计师或者投资咨询机构、财务顾问机构、资信评级机构、资产评估机构、验证机构的专业人员，自被撤销资格之日起未逾五年。

第一百零九条 因违法行为或者违纪行为被开除的证券交易所、证券登记结算机构、证券服务机构、证券公司的从业人员和被开除的国家机关工作人员，不得招聘为证券交易所的从业人员。

第一百一十条 进入证券交易所参与集中交易的，必须是证券交易所的会员。

第一百一十一条 投资者应当与证券公司签订证券交易委托协议，并在证券公司开立证券交易账户，以书面、电话以及其他方式，委托该证券公司代其买卖证券。

第一百一十二条 证券公司根据投资者的委托，按照证券交易规则提出交易申报，参与证券交易所场内的集中交易，并根据成交结果承担相应的清算交收责任；证券登记结算机构根据成交结果，按照清算交收规则，与证券公司进行证券和资金的清算交收，并为证券公司客户办理证券的登记过户手续。

第一百一十三条 证券交易所应当为组织公平的集中交易提供保障，公布证券交易即时行情，并按交易日制作证券市场行情表，予以公布。

未经证券交易所许可，任何单位和个人不得发布证券交易即时行情。

第一百一十四条 因突发性事件而影响证券交易的正常进行时，证券交易所可以采取技术性停牌的措施；因不可抗力的突发性事件或者为维护证券交易的正常秩序，证券交易所可以决定临时停市。

证券交易所采取技术性停牌或者决定临时停市，必须及时报告国务院证券监督管理机构。

第一百一十五条　证券交易所对证券交易实行实时监控，并按照国务院证券监督管理机构的要求，对异常的交易情况提出报告。

证券交易所应当对上市公司及相关信息披露义务人披露信息进行监督，督促其依法及时、准确地披露信息。

证券交易所根据需要，可以对出现重大异常交易情况的证券账户限制交易，并报国务院证券监督管理机构备案。

第一百一十六条　证券交易所应当从其收取的交易费用和会员费、席位费中提取一定比例的金额设立风险基金。风险基金由证券交易所理事会管理。

风险基金提取的具体比例和使用办法，由国务院证券监督管理机构会同国务院财政部门规定。

第一百一十七条　证券交易所应当将收存的风险基金存入开户银行专门账户，不得擅自使用。

第一百一十八条　证券交易所依照证券法律、行政法规制定上市规则、交易规则、会员管理规则和其他有关规则，并报国务院证券监督管理机构批准。

第一百一十九条　证券交易所的负责人和其他从业人员在执行与证券交易有关的职务时，与其本人或者其亲属有利害关系的，应当回避。

第一百二十条　按照依法制定的交易规则进行的交易，不得改变其交易结果。对交易中违规交易者应负的民事责任不得免除；在违规交易中所获利益，依照有关规定处理。

第一百二十一条　在证券交易所内从事证券交易的人员，违反证券交易所有关交易规则的，由证券交易所给予纪律处分；对情节严重的，撤销其资格，禁止其入场进行证券交易。

第六章　证券公司

第一百二十二条　设立证券公司，必须经国务院证券监督管理机构审查批准。未经国务院证券监督管理机构批准，任何单位和个人不得经营证券业务。

第一百二十三条　本法所称证券公司是指依照《中华人民共和国公司法》和本法规定设立的经营证券业务的有限责任公司或者股份有限公司。

第一百二十四条　设立证券公司，应当具备下列条件：

（一）有符合法律、行政法规规定的公司章程；

（二）主要股东具有持续盈利能力，信誉良好，最近三年无重大违法违规记录，净资产不低于人民币二亿元；

（三）有符合本法规定的注册资本；

（四）董事、监事、高级管理人员具备任职资格，从业人员具有证券从业资格；

（五）有完善的风险管理与内部控制制度；

（六）有合格的经营场所和业务设施；

（七）法律、行政法规规定的和经国务院批准的国务院证券监督管理机构规定的其他条件。

第一百二十五条　经国务院证券监督管理机构批准，证券公司可以经营下列部分或者全部业务：

  （一）证券经纪；

  （二）证券投资咨询；

  （三）与证券交易、证券投资活动有关的财务顾问；

  （四）证券承销与保荐；

  （五）证券自营；

  （六）证券资产管理；

  （七）其他证券业务。

  第一百二十六条 证券公司必须在其名称中标明证券有限责任公司或者证券股份有限公司字样。

  第一百二十七条 证券公司经营本法第一百二十五条第（一）项至第（三）项业务的，注册资本最低限额为人民币五千万元；经营第（四）项至第（七）项业务之一的，注册资本最低限额为人民币一亿元；经营第（四）项至第（七）项业务中两项以上的，注册资本最低限额为人民币五亿元。证券公司的注册资本应当是实缴资本。

  国务院证券监督管理机构根据审慎监管原则和各项业务的风险程度，可以调整注册资本最低限额，但不得少于前款规定的限额。

  第一百二十八条 国务院证券监督管理机构应当自受理证券公司设立申请之日起六个月内，依照法定条件和法定程序并根据审慎监管原则进行审查，作出批准或者不予批准的决定，并通知申请人；不予批准的，应当说明理由。

  证券公司设立申请获得批准的，申请人应当在规定的期限内向公司登记机关申请设立登记，领取营业执照。

  证券公司应当自领取营业执照之日起十五日内，向国务院证券监督管理机构申请经营证券业务许可证。未取得经营证券业务许可证，证券公司不得经营证券业务。

  第一百二十九条 证券公司设立、收购或者撤销分支机构，变更业务范围或者注册资本，变更持有百分之五以上股权的股东、实际控制人，变更公司章程中的重要条款，合并、分立、变更公司形式、停业、解散、破产，必须经国务院证券监督管理机构批准。

  证券公司在境外设立、收购或者参股证券经营机构，必须经国务院证券监督管理机构批准。

  第一百三十条 国务院证券监督管理机构应当对证券公司的净资本，净资本与负债的比例，净资本与净资产的比例，净资本与自营、承销、资产管理等业务规模的比例，负债与净资产的比例，以及流动资产与流动负债的比例等风险控制指标作出规定。

  证券公司不得为其股东或者股东的关联人提供融资或者担保。

  第一百三十一条 证券公司的董事、监事、高级管理人员，应当正直诚实，品行良好，熟悉证券法律、行政法规，具有履行职责所需的经营管理能力，并在任职前取得国务院证券监督管理机构核准的任职资格。

  有《中华人民共和国公司法》第一百四十七条规定的情形或者下列情形之一的，不得担任证券公司的董事、监事、高级管理人员：

  （一）因违法行为或者违纪行为被解除职务的证券交易所、证券登记结算机构的负责人或者证券公司的董事、监事、高级管理人员，自被解除职务之日起未逾五年；

（二）因违法行为或者违纪行为被撤销资格的律师、注册会计师或者投资咨询机构、财务顾问机构、资信评级机构、资产评估机构、验证机构的专业人员，自被撤销资格之日起未逾五年。

第一百三十二条　因违法行为或者违纪行为被开除的证券交易所、证券登记结算机构、证券服务机构、证券公司的从业人员和被开除的国家机关工作人员，不得招聘为证券公司的从业人员。

第一百三十三条　国家机关工作人员和法律、行政法规规定的禁止在公司中兼职的其他人员，不得在证券公司中兼任职务。

第一百三十四条　国家设立证券投资者保护基金。证券投资者保护基金由证券公司缴纳的资金及其他依法筹集的资金组成，其筹集、管理和使用的具体办法由国务院规定。

第一百三十五条　证券公司从每年的税后利润中提取交易风险准备金，用于弥补证券交易的损失，其提取的具体比例由国务院证券监督管理机构规定。

第一百三十六条　证券公司应当建立健全内部控制制度，采取有效隔离措施，防范公司与客户之间、不同客户之间的利益冲突。

证券公司必须将其证券经纪业务、证券承销业务、证券自营业务和证券资产管理业务分开办理，不得混合操作。

第一百三十七条　证券公司的自营业务必须以自己的名义进行，不得假借他人名义或者以个人名义进行。

证券公司的自营业务必须使用自有资金和依法筹集的资金。

证券公司不得将其自营账户借给他人使用。

第一百三十八条　证券公司依法享有自主经营的权利，其合法经营不受干涉。

第一百三十九条　证券公司客户的交易结算资金应当存放在商业银行，以每个客户的名义单独立户管理。具体办法和实施步骤由国务院规定。

证券公司不得将客户的交易结算资金和证券归入其自有财产。禁止任何单位或者个人以任何形式挪用客户的交易结算资金和证券。证券公司破产或者清算时，客户的交易结算资金和证券不属于其破产财产或者清算财产。非因客户本身的债务或者法律规定的其他情形，不得查封、冻结、扣划或者强制执行客户的交易结算资金和证券。

第一百四十条　证券公司办理经纪业务，应当置备统一制定的证券买卖委托书，供委托人使用。采取其他委托方式的，必须作出委托记录。

客户的证券买卖委托，不论是否成交，其委托记录应当按照规定的期限，保存于证券公司。

第一百四十一条　证券公司接受证券买卖的委托，应当根据委托书载明的证券名称、买卖数量、出价方式、价格幅度等，按照交易规则代理买卖证券，如实进行交易记录；买卖成交后，应当按照规定制作买卖成交报告单交付客户。

证券交易中确认交易行为及其交易结果的对账单必须真实，并由交易经办人员以外的审核人员逐笔审核，保证账面证券余额与实际持有的证券相一致。

第一百四十二条　证券公司为客户买卖证券提供融资融券服务，应当按照国务院的规定并经国务院证券监督管理机构批准。

第一百四十三条　证券公司办理经纪业务，不得接受客户的全权委托而决定证券买卖、选择证券种类、决定买卖数量或者买卖价格。

第一百四十四条 证券公司不得以任何方式对客户证券买卖的收益或者赔偿证券买卖的损失作出承诺。

第一百四十五条 证券公司及其从业人员不得未经过其依法设立的营业场所私下接受客户委托买卖证券。

第一百四十六条 证券公司的从业人员在证券交易活动中，执行所属的证券公司的指令或者利用职务违反交易规则的，由所属的证券公司承担全部责任。

第一百四十七条 证券公司应当妥善保存客户开户资料、委托记录、交易记录和与内部管理、业务经营有关的各项资料，任何人不得隐匿、伪造、篡改或者毁损。上述资料的保存期限不得少于二十年。

第一百四十八条 证券公司应当按照规定向国务院证券监督管理机构报送业务、财务等经营管理信息和资料。国务院证券监督管理机构有权要求证券公司及其股东、实际控制人在指定的期限内提供有关信息、资料。

证券公司及其股东、实际控制人向国务院证券监督管理机构报送或者提供的信息、资料，必须真实、准确、完整。

第一百四十九条 国务院证券监督管理机构认为有必要时，可以委托会计师事务所、资产评估机构对证券公司的财务状况、内部控制状况、资产价值进行审计或者评估。具体办法由国务院证券监督管理机构会同有关主管部门制定。

第一百五十条 证券公司的净资本或者其他风险控制指标不符合规定的，国务院证券监督管理机构应当责令其限期改正；逾期未改正，或者其行为严重危及该证券公司的稳健运行、损害客户合法权益的，国务院证券监督管理机构可以区别情形，对其采取下列措施：

（一）限制业务活动，责令暂停部分业务，停止批准新业务；

（二）停止批准增设、收购营业性分支机构；

（三）限制分配红利，限制向董事、监事、高级管理人员支付报酬、提供福利；

（四）限制转让财产或者在财产上设定其他权利；

（五）责令更换董事、监事、高级管理人员或者限制其权利；

（六）责令控股股东转让股权或者限制有关股东行使股东权利；

（七）撤销有关业务许可。

证券公司整改后，应当向国务院证券监督管理机构提交报告。国务院证券监督管理机构经验收，符合有关风险控制指标的，应当自验收完毕之日起三日内解除对其采取的前款规定的有关措施。

第一百五十一条 证券公司的股东有虚假出资、抽逃出资行为的，国务院证券监督管理机构应当责令其限期改正，并可责令其转让所持证券公司的股权。

在前款规定的股东按照要求改正违法行为、转让所持证券公司的股权前，国务院证券监督管理机构可以限制其股东权利。

第一百五十二条 证券公司的董事、监事、高级管理人员未能勤勉尽责，致使证券公司存在重大违法违规行为或者重大风险的，国务院证券监督管理机构可以撤销其任职资格，并责令公司予以更换。

第一百五十三条 证券公司违法经营或者出现重大风险，严重危害证券市场秩序、损害投资者利益的，国务院证券监督管理机构可以对该证券公司采取责令停业整顿、指定其他机构托管、接管或者撤销等监管措施。

第一百五十四条 在证券公司被责令停业整顿、被依法指定托管、接管或者清算期间，或者出现重大风险时，经国务院证券监督管理机构批准，可以对该证券公司直接负责的董事、监事、高级管理人员和其他直接责任人员采取以下措施：

（一）通知出境管理机关依法阻止其出境；

（二）申请司法机关禁止其转移、转让或者以其他方式处分财产，或者在财产上设定其他权利。

第七章 证券登记结算机构

第一百五十五条 证券登记结算机构是为证券交易提供集中登记、存管与结算服务，不以营利为目的的法人。

设立证券登记结算机构必须经国务院证券监督管理机构批准。

第一百五十六条 设立证券登记结算机构，应当具备下列条件：

（一）自有资金不少于人民币二亿元；

（二）具有证券登记、存管和结算服务所必需的场所和设施；

（三）主要管理人员和从业人员必须具有证券从业资格；

（四）国务院证券监督管理机构规定的其他条件。

证券登记结算机构的名称中应当标明证券登记结算字样。

第一百五十七条 证券登记结算机构履行下列职能：

（一）证券账户、结算账户的设立；

（二）证券的存管和过户；

（三）证券持有人名册登记；

（四）证券交易所上市证券交易的清算和交收；

（五）受发行人的委托派发证券权益；

（六）办理与上述业务有关的查询；

（七）国务院证券监督管理机构批准的其他业务。

第一百五十八条 证券登记结算采取全国集中统一的运营方式。

证券登记结算机构章程、业务规则应当依法制定，并经国务院证券监督管理机构批准。

第一百五十九条 证券持有人持有的证券，在上市交易时，应当全部存管在证券登记结算机构。

证券登记结算机构不得挪用客户的证券。

第一百六十条 证券登记结算机构应当向证券发行人提供证券持有人名册及其有关资料。

证券登记结算机构应当根据证券登记结算的结果，确认证券持有人持有证券的事实，提供证券持有人登记资料。

证券登记结算机构应当保证证券持有人名册和登记过户记录真实、准确、完整，不得隐匿、伪造、篡改或者毁损。

第一百六十一条 证券登记结算机构应当采取下列措施保证业务的正常进行：

（一）具有必备的服务设备和完善的数据安全保护措施；

（二）建立完善的业务、财务和安全防范等管理制度；

（三）建立完善的风险管理系统。

第一百六十二条 证券登记结算机构应当妥善保存登记、存管和结算的原始凭证及有关文件和资料。其保存期限不得少于二十年。

第一百六十三条 证券登记结算机构应当设立证券结算风险基金，用于垫付或者弥补因违约交收、技术故障、操作失误、不可抗力造成的证券登记结算机构的损失。

证券结算风险基金从证券登记结算机构的业务收入和收益中提取，并可以由结算参与人按照证券交易业务量的一定比例缴纳。

证券结算风险基金的筹集、管理办法，由国务院证券监督管理机构会同国务院财政部门规定。

第一百六十四条 证券结算风险基金应当存入指定银行的专门账户，实行专项管理。

证券登记结算机构以证券结算风险基金赔偿后，应当向有关责任人追偿。

第一百六十五条 证券登记结算机构申请解散，应当经国务院证券监督管理机构批准。

第一百六十六条 投资者委托证券公司进行证券交易，应当申请开立证券账户。证券登记结算机构应当按照规定以投资者本人的名义为投资者开立证券账户。

投资者申请开立账户，必须持有证明中国公民身份或者中国法人资格的合法证件。国家另有规定的除外。

第一百六十七条 证券登记结算机构为证券交易提供净额结算服务时，应当要求结算参与人按照货银对付的原则，足额交付证券和资金，并提供交收担保。

在交收完成之前，任何人不得动用用于交收的证券、资金和担保物。

结算参与人未按时履行交收义务的，证券登记结算机构有权按照业务规则处理前款所述财产。

第一百六十八条 证券登记结算机构按照业务规则收取的各类结算资金和证券，必须存放于专门的清算交收账户，只能按业务规则用于已成交的证券交易的清算交收，不得被强制执行。

第八章 证券服务机构

第一百六十九条 投资咨询机构、财务顾问机构、资信评级机构、资产评估机构、会计师事务所从事证券服务业务，必须经国务院证券监督管理机构和有关主管部门批准。

投资咨询机构、财务顾问机构、资信评级机构、资产评估机构、会计师事务所从事证券服务业务的审批管理办法，由国务院证券监督管理机构和有关主管部门制定。

第一百七十条 投资咨询机构、财务顾问机构、资信评级机构从事证券服务业务的人员，必须具备证券专业知识和从事证券业务或者证券服务业务二年以上经验。认定其证券从业资格的标准和管理办法，由国务院证券监督管理机构制定。

第一百七十一条 投资咨询机构及其从业人员从事证券服务业务不得有下列行为：

（一）代理委托人从事证券投资；

（二）与委托人约定分享证券投资收益或者分担证券投资损失；

（三）买卖本咨询机构提供服务的上市公司股票；

（四）利用传播媒介或者通过其他方式提供、传播虚假或者误导投资者的信息；

（五）法律、行政法规禁止的其他行为。

有前款所列行为之一，给投资者造成损失的，依法承担赔偿责任。

第一百七十二条 从事证券服务业务的投资咨询机构和资信评级机构，应当按照国务院有关主管部门规定的标准或者收费办法收取服务费用。

第一百七十三条 证券服务机构为证券的发行、上市、交易等证券业务活动制作、出具审计报告、资产评估报告、财务顾问报告、资信评级报告或者法律意见书等文件，应当勤勉尽责，对所依据的文件资料内容的真实性、准确性、完整性进行核查和验证。其制作、出具的文件有虚假记载、误导性陈述或者重大遗漏，给他人造成损失的，应当与发行人、上市公司承担连带赔偿责任，但是能够证明自己没有过错的除外。

第九章 证券业协会

第一百七十四条 证券业协会是证券业的自律性组织，是社会团体法人。

证券公司应当加入证券业协会。

证券业协会的权力机构为全体会员组成的会员大会。

第一百七十五条 证券业协会章程由会员大会制定，并报国务院证券监督管理机构备案。

第一百七十六条 证券业协会履行下列职责：

（一）教育和组织会员遵守证券法律、行政法规；

（二）依法维护会员的合法权益，向证券监督管理机构反映会员的建议和要求；

（三）收集整理证券信息，为会员提供服务；

（四）制定会员应遵守的规则，组织会员单位的从业人员的业务培训，开展会员间的业务交流；

（五）对会员之间、会员与客户之间发生的证券业务纠纷进行调解；

（六）组织会员就证券业的发展、运作及有关内容进行研究；

（七）监督、检查会员行为，对违反法律、行政法规或者协会章程的，按照规定给予纪律处分；

（八）证券业协会章程规定的其他职责。

第一百七十七条 证券业协会设理事会。理事会成员依章程的规定由选举产生。

第十章 证券监督管理机构

第一百七十八条 国务院证券监督管理机构依法对证券市场实行监督管理，维护证券市场秩序，保障其合法运行。

第一百七十九条 国务院证券监督管理机构在对证券市场实施监督管理中履行下列职责：

（一）依法制定有关证券市场监督管理的规章、规则，并依法行使审批或者核准权；

（二）依法对证券的发行、上市、交易、登记、存管、结算，进行监督管理；

（三）依法对证券发行人、上市公司、证券公司、证券投资基金管理公司、证券服务机构、证券交易所、证券登记结算机构的证券业务活动，进行监督管理；

（四）依法制定从事证券业务人员的资格标准和行为准则，并监督实施；

（五）依法监督检查证券发行、上市和交易的信息公开情况；

（六）依法对证券业协会的活动进行指导和监督；

（七）依法对违反证券市场监督管理法律、行政法规的行为进行查处；

（八）法律、行政法规规定的其他职责。

国务院证券监督管理机构可以和其他国家或者地区的证券监督管理机构建立监督管理合作机制，实施跨境监督管理。

第一百八十条 国务院证券监督管理机构依法履行职责，有权采取下列措施：

（一）对证券发行人、上市公司、证券公司、证券投资基金管理公司、证券服务机构、证券交易所、证券登记结算机构进行现场检查；

（二）进入涉嫌违法行为发生场所调查取证；

（三）询问当事人和与被调查事件有关的单位和个人，要求其对与被调查事件有关的事项作出说明；

（四）查阅、复制与被调查事件有关的财产权登记、通讯记录等资料；

（五）查阅、复制当事人和与被调查事件有关的单位和个人的证券交易记录、登记过户记录、财务会计资料及其他相关文件和资料；对可能被转移、隐匿或者毁损的文件和资料，可以予以封存；

（六）查询当事人和与被调查事件有关的单位和个人的资金账户、证券账户和银行账户；对有证据证明已经或者可能转移或者隐匿违法资金、证券等涉案财产或者隐匿、伪造、毁损重要证据的，经国务院证券监督管理机构主要负责人批准，可以冻结或者查封；

（七）在调查操纵证券市场、内幕交易等重大证券违法行为时，经国务院证券监督管理机构主要负责人批准，可以限制被调查事件当事人的证券买卖，但限制的期限不得超过十五个交易日；案情复杂的，可以延长十五个交易日。

第一百八十一条 国务院证券监督管理机构依法履行职责，进行监督检查或者调查，其监督检查、调查的人员不得少于二人，并应当出示合法证件和监督检查、调查通知书。监督检查、调查的人员少于二人或者未出示合法证件和监督检查、调查通知书的，被检查、调查的单位有权拒绝。

第一百八十二条 国务院证券监督管理机构工作人员必须忠于职守，依法办事，公正廉洁，不得利用职务便利牟取不正当利益，不得泄露所知悉的有关单位和个人的商业秘密。

第一百八十三条 国务院证券监督管理机构依法履行职责，被检查、调查的单位和个人应当配合，如实提供有关文件和资料，不得拒绝、阻碍和隐瞒。

第一百八十四条 国务院证券监督管理机构依法制定的规章、规则和监督管理工作制度应当公开。

国务院证券监督管理机构依据调查结果，对证券违法行为作出的处罚决定，应当公开。

第一百八十五条 国务院证券监督管理机构应当与国务院其他金融监督管理机构建立监督管理信息共享机制。

国务院证券监督管理机构依法履行职责，进行监督检查或者调查时，有关部门应当予以配合。

第一百八十六条 国务院证券监督管理机构依法履行职责，发现证券违法行为涉嫌犯罪的，应当将案件移送司法机关处理。

第一百八十七条　国务院证券监督管理机构的人员不得在被监管的机构中任职。

第十一章　法律责任

第一百八十八条　未经法定机关核准，擅自公开或者变相公开发行证券的，责令停止发行，退还所募资金并加算银行同期存款利息，处以非法所募资金金额百分之一以上百分之五以下的罚款；对擅自公开或者变相公开发行证券设立的公司，由依法履行监督管理职责的机构或者部门会同县级以上地方人民政府予以取缔。对直接负责的主管人员和其他直接责任人员给予警告，并处以三万元以上三十万元以下的罚款。

第一百八十九条　发行人不符合发行条件，以欺骗手段骗取发行核准，尚未发行证券的，处以三十万元以上六十万元以下的罚款；已经发行证券的，处以非法所募资金金额百分之一以上百分之五以下的罚款。对直接负责的主管人员和其他直接责任人员处以三万元以上三十万元以下的罚款。

发行人的控股股东、实际控制人指使从事前款违法行为的，依照前款的规定处罚。

第一百九十条　证券公司承销或者代理买卖未经核准擅自公开发行的证券的，责令停止承销或者代理买卖，没收违法所得，并处以违法所得一倍以上五倍以下的罚款；没有违法所得或者违法所得不足三十万元的，处以三十万元以上六十万元以下的罚款。给投资者造成损失的，应当与发行人承担连带赔偿责任。对直接负责的主管人员和其他直接责任人员给予警告，撤销任职资格或者证券从业资格，并处以三万元以上三十万元以下的罚款。

第一百九十一条　证券公司承销证券，有下列行为之一的，责令改正，给予警告，没收违法所得，可以并处三十万元以上六十万元以下的罚款；情节严重的，暂停或者撤销相关业务许可。给其他证券承销机构或者投资者造成损失的，依法承担赔偿责任。对直接负责的主管人员和其他直接责任人员给予警告，可以并处三万元以上三十万元以下的罚款；情节严重的，撤销任职资格或者证券从业资格：

（一）进行虚假的或者误导投资者的广告或者其他宣传推介活动；

（二）以不正当竞争手段招揽承销业务；

（三）其他违反证券承销业务规定的行为。

第一百九十二条　保荐人出具有虚假记载、误导性陈述或者重大遗漏的保荐书，或者不履行其他法定职责的，责令改正，给予警告，没收业务收入，并处以业务收入一倍以上五倍以下的罚款；情节严重的，暂停或者撤销相关业务许可。对直接负责的主管人员和其他直接责任人员给予警告，并处以三万元以上三十万元以下的罚款；情节严重的，撤销任职资格或者证券从业资格。

第一百九十三条　发行人、上市公司或者其他信息披露义务人未按照规定披露信息，或者所披露的信息有虚假记载、误导性陈述或者重大遗漏的，责令改正，给予警告，并处以三十万元以上六十万元以下的罚款。对直接负责的主管人员和其他直接责任人员给予警告，并处以三万元以上三十万元以下的罚款。

发行人、上市公司或者其他信息披露义务人未按照规定报送有关报告，或者报送的报告有虚假记载、误导性陈述或者重大遗漏的，责令改正，给予警告，并处以三十万元以上六十万元以下的罚款。对直接负责的主管人员和其他直接责任人员给予警告，并处以三万元以上三十万元以下的罚款。

发行人、上市公司或者其他信息披露义务人的控股股东、实际控制人指使从事前两款违法行为的，依照前两款的规定处罚。

第一百九十四条 发行人、上市公司擅自改变公开发行证券所募集资金的用途的，责令改正，对直接负责的主管人员和其他直接责任人员给予警告，并处以三万元以上三十万元以下的罚款。

发行人、上市公司的控股股东、实际控制人指使从事前款违法行为的，给予警告，并处以三十万元以上六十万元以下的罚款。对直接负责的主管人员和其他直接责任人员依照前款的规定处罚。

第一百九十五条 上市公司的董事、监事、高级管理人员、持有上市公司股份百分之五以上的股东，违反本法第四十七条的规定买卖本公司股票的，给予警告，可以并处三万元以上十万元以下的罚款。

第一百九十六条 非法开设证券交易场所的，由县级以上人民政府予以取缔，没收违法所得，并处以违法所得一倍以上五倍以下的罚款；没有违法所得或者违法所得不足十万元的，处以十万元以上五十万元以下的罚款。对直接负责的主管人员和其他直接责任人员给予警告，并处以三万元以上三十万元以下的罚款。

第一百九十七条 未经批准，擅自设立证券公司或者非法经营证券业务的，由证券监督管理机构予以取缔，没收违法所得，并处以违法所得一倍以上五倍以下的罚款；没有违法所得或者违法所得不足三十万元的，处以三十万元以上六十万元以下的罚款。对直接负责的主管人员和其他直接责任人员给予警告，并处以三万元以上三十万元以下的罚款。

第一百九十八条 违反本法规定，聘任不具有任职资格、证券从业资格的人员的，由证券监督管理机构责令改正，给予警告，可以并处十万元以上三十万元以下的罚款；对直接负责的主管人员给予警告，可以并处三万元以上十万元以下的罚款。

第一百九十九条 法律、行政法规规定禁止参与股票交易的人员，直接或者以化名、借他人名义持有、买卖股票的，责令依法处理非法持有的股票，没收违法所得，并处以买卖股票等值以下的罚款；属于国家工作人员的，还应当依法给予行政处分。

第二百条 证券交易所、证券公司、证券登记结算机构、证券服务机构的从业人员或者证券业协会的工作人员，故意提供虚假资料，隐匿、伪造、篡改或者毁损交易记录，诱骗投资者买卖证券的，撤销证券从业资格，并处以三万元以上十万元以下的罚款；属于国家工作人员的，还应当依法给予行政处分。

第二百零一条 为股票的发行、上市、交易出具审计报告、资产评估报告或者法律意见书等文件的证券服务机构和人员，违反本法第四十五条的规定买卖股票的，责令依法处理非法持有的股票，没收违法所得，并处以买卖股票等值以下的罚款。

第二百零二条 证券交易内幕信息的知情人或者非法获取内幕信息的人，在涉及证券的发行、交易或者其他对证券的价格有重大影响的信息公开前，买卖该证券，或者泄露该信息，或者建议他人买卖该证券的，责令依法处理非法持有的证券，没收违法所得，并处以违法所得一倍以上五倍以下的罚款；没有违法所得或者违法所得不足三万元的，处以三万元以上六十万元以下的罚款。单位从事内幕交易的，还应当对直接负责的主管人员和其他直接责任人员给予警告，并处以三万元以上三十万元以下的罚款。证券监督管理机构工作人员进行内幕交易的，从重处罚。

第二百零三条 违反本法规定，操纵证券市场的，责令依法处理非法持有的证券，没收违法所得，并处以违法所得一倍以上五倍以下的罚款；没有违法所得或者违法所得不足三十万元的，处以三十万元以上三百万元以下的罚款。单位操纵证券市场的，还应当对直接负责的主管人员和其他直接责任人员给予警告，并处以十万元以上六十万元以下的罚款。

第二百零四条 违反法律规定，在限制转让期限内买卖证券的，责令改正，给予警告，并处以买卖证券等值以下的罚款。对直接负责的主管人员和其他直接责任人员给予警告，并处以三万元以上三十万元以下的罚款。

第二百零五条 证券公司违反本法规定，为客户买卖证券提供融资融券的，没收违法所得，暂停或者撤销相关业务许可，并处以非法融资融券等值以下的罚款。对直接负责的主管人员和其他直接责任人员给予警告，撤销任职资格或者证券从业资格，并处以三万元以上三十万元以下的罚款。

第二百零六条 违反本法第七十八条第一款、第三款的规定，扰乱证券市场的，由证券监督管理机构责令改正，没收违法所得，并处以违法所得一倍以上五倍以下的罚款；没有违法所得或者违法所得不足三万元的，处以三万元以上二十万元以下的罚款。

第二百零七条 违反本法第七十八条第二款的规定，在证券交易活动中作出虚假陈述或者信息误导的，责令改正，处以三万元以上二十万元以下的罚款；属于国家工作人员的，还应当依法给予行政处分。

第二百零八条 违反本法规定，法人以他人名义设立账户或者利用他人账户买卖证券的，责令改正，没收违法所得，并处以违法所得一倍以上五倍以下的罚款；没有违法所得或者违法所得不足三万元的，处以三万元以上三十万元以下的罚款。对直接负责的主管人员和其他直接责任人员给予警告，并处以三万元以上十万元以下的罚款。

证券公司为前款规定的违法行为提供自己或者他人的证券交易账户的，除依照前款的规定处罚外，还应当撤销直接负责的主管人员和其他直接责任人员的任职资格或者证券从业资格。

第二百零九条 证券公司违反本法规定，假借他人名义或者以个人名义从事证券自营业务的，责令改正，没收违法所得，并处以违法所得一倍以上五倍以下的罚款；没有违法所得或者违法所得不足三十万元的，处以三十万元以上六十万元以下的罚款；情节严重的，暂停或者撤销证券自营业务许可。对直接负责的主管人员和其他直接责任人员给予警告，撤销任职资格或者证券从业资格，并处以三万元以上十万元以下的罚款。

第二百一十条 证券公司违背客户的委托买卖证券、办理交易事项，或者违背客户真实意思表示，办理交易以外的其他事项的，责令改正，处以一万元以上十万元以下的罚款。给客户造成损失的，依法承担赔偿责任。

第二百一十一条 证券公司、证券登记结算机构挪用客户的资金或者证券，或者未经客户的委托，擅自为客户买卖证券的，责令改正，没收违法所得，并处以违法所得一倍以上五倍以下的罚款；没有违法所得或者违法所得不足十万元的，处以十万元以上六十万元以下的罚款；情节严重的，责令关闭或者撤销相关业务许可。对直接负责的主管人员和其他直接责任人员给予警告，撤销任职资格或者证券从业资格，并处以三万元以上三十万元以下的罚款。

第二百一十二条 证券公司办理经纪业务，接受客户的全权委托买卖证券的，或者证券公司对客户买卖证券的收益或者赔偿证券买卖的损失作出承诺的，责令改正，没收违法所得，并处以五万元以上二十万元以下的罚款，可以暂停或者撤销相关业务许可。对直接负责的主管人员和其他直接责任人员给予警告，并处以三万元以上十万元以下的罚款，可以撤销任职资格或者证券从业资格。

第二百一十三条 收购人未按照本法规定履行上市公司收购的公告、发出收购要约、报送上市公司收购报告书等义务或者擅自变更收购要约的，责令改正，给予警告，并处以十万元以上三十万元以下的罚款；在改正前，收购人对其收购或者通过协议、其他安排与他人共同收购的股份不得行使表决权。对直接负责的主管人员和其他直接责任人员给予警告，并处以三万元以上三十万元以下的罚款。

第二百一十四条 收购人或者收购人的控股股东，利用上市公司收购，损害被收购公司及其股东的合法权益的，责令改正，给予警告；情节严重的，并处以十万元以上六十万元以下的罚款。给被收购公司及其股东造成损失的，依法承担赔偿责任。对直接负责的主管人员和其他直接责任人员给予警告，并处以三万元以上三十万元以下的罚款。

第二百一十五条 证券公司及其从业人员违反本法规定，私下接受客户委托买卖证券的，责令改正，给予警告，没收违法所得，并处以违法所得一倍以上五倍以下的罚款；没有违法所得或者违法所得不足十万元的，处以十万元以上三十万元以下的罚款。

第二百一十六条 证券公司违反规定，未经批准经营非上市证券的交易的，责令改正，没收违法所得，并处以违法所得一倍以上五倍以下的罚款。

第二百一十七条 证券公司成立后，无正当理由超过三个月未开始营业的，或者开业后自行停业连续三个月以上的，由公司登记机关吊销其公司营业执照。

第二百一十八条 证券公司违反本法第一百二十九条的规定，擅自设立、收购、撤销分支机构，或者合并、分立、停业、解散、破产，或者在境外设立、收购、参股证券经营机构的，责令改正，没收违法所得，并处以违法所得一倍以上五倍以下的罚款；没有违法所得或者违法所得不足十万元的，处以十万元以上六十万元以下的罚款。对直接负责的主管人员给予警告，并处以三万元以上十万元以下的罚款。

证券公司违反本法第一百二十九条的规定，擅自变更有关事项的，责令改正，并处以十万元以上三十万元以下的罚款。对直接负责的主管人员给予警告，并处以五万元以下的罚款。

第二百一十九条 证券公司违反本法规定，超出业务许可范围经营证券业务的，责令改正，没收违法所得，并处以违法所得一倍以上五倍以下的罚款；没有违法所得或者违法所得不足三十万元的，处以三十万元以上六十万元以下罚款；情节严重的，责令关闭。对直接负责的主管人员和其他直接责任人员给予警告，撤销任职资格或者证券从业资格，并处以三万元以上十万元以下的罚款。

第二百二十条 证券公司对其证券经纪业务、证券承销业务、证券自营业务、证券资产管理业务，不依法分开办理，混合操作的，责令改正，没收违法所得，并处以三十万元以上六十万元以下的罚款；情节严重的，撤销相关业务许可。对直接负责的主管人员和其他直接责任人员给予警告，并处以三万元以上十万元以下的罚款；情节严重的，撤销任职资格或者证券从业资格。

第二百二十一条 提交虚假证明文件或者采取其他欺诈手段隐瞒重要事实骗取证券业务许可的，或者证券公司在证券交易中有严重违法行为，不再具备经营资格的，由证券监督管理机构撤销证券业务许可。

第二百二十二条 证券公司或者其股东、实际控制人违反规定，拒不向证券监督管理机构报送或者提供经营管理信息和资料，或者报送、提供的经营管理信息和资料有虚假记载、误导性陈述或者重大遗漏的，责令改正，给予警告，并处以三万元以上三十万元以下的罚款，可以暂停或者撤销证券公司相关业务许可。对直接负责的主管人员和其他直接责任人员，给予警告，并处以三万元以下的罚款，可以撤销任职资格或者证券从业资格。

证券公司为其股东或者股东的关联人提供融资或者担保的，责令改正，给予警告，并处以十万元以上三十万元以下的罚款。对直接负责的主管人员和其他直接责任人员，处以三万元以上十万元以下的罚款。股东有过错的，在按照要求改正前，国务院证券监督管理机构可以限制其股东权利；拒不改正的，可以责令其转让所持证券公司股权。

第二百二十三条 证券服务机构未勤勉尽责，所制作、出具的文件有虚假记载、误导性陈述或者重大遗漏的，责令改正，没收业务收入，暂停或者撤销证券服务业务许可，并处以业务收入一倍以上五倍以下的罚款。对直接负责的主管人员和其他直接责任人员给予警告，撤销证券从业资格，并处以三万元以上十万元以下的罚款。

第二百二十四条 违反本法规定，发行、承销公司债券的，由国务院授权的部门依照本法有关规定予以处罚。

第二百二十五条 上市公司、证券公司、证券交易所、证券登记结算机构、证券服务机构，未按照有关规定保存有关文件和资料的，责令改正，给予警告，并处以三万元以上三十万元以下的罚款；隐匿、伪造、篡改或者毁损有关文件和资料的，给予警告，并处以三十万元以上六十万元以下的罚款。

第二百二十六条 未经国务院证券监督管理机构批准，擅自设立证券登记结算机构的，由证券监督管理机构予以取缔，没收违法所得，并处以违法所得一倍以上五倍以下的罚款。

投资咨询机构、财务顾问机构、资信评级机构、资产评估机构、会计师事务所未经批准，擅自从事证券服务业务的，责令改正，没收违法所得，并处以违法所得一倍以上五倍以下的罚款。

证券登记结算机构、证券服务机构违反本法规定或者依法制定的业务规则的，由证券监督管理机构责令改正，没收违法所得，并处以违法所得一倍以上五倍以下的罚款；没有违法所得或者违法所得不足十万元的，处以十万元以上三十万元以下的罚款；情节严重的，责令关闭或者撤销证券服务业务许可。

第二百二十七条 国务院证券监督管理机构或者国务院授权的部门有下列情形之一的，对直接负责的主管人员和其他直接责任人员，依法给予行政处分：

（一）对不符合本法规定的发行证券、设立证券公司等申请予以核准、批准的；

（二）违反规定采取本法第一百八十条规定的现场检查、调查取证、查询、冻结或者查封等措施的；

（三）违反规定对有关机构和人员实施行政处罚的；

（四）其他不依法履行职责的行为。

第二百二十八条 证券监督管理机构的工作人员和发行审核委员会的组成人员，不履行本法规定的职责，滥用职权、玩忽职守，利用职务便利牟取不正当利益，或者泄露所知悉的有关单位和个人的商业秘密的，依法追究法律责任。

第二百二十九条 证券交易所对不符合本法规定条件的证券上市申请予以审核同意的，给予警告，没收业务收入，并处以业务收入一倍以上五倍以下的罚款。对直接负责的主管人员和其他直接责任人员给予警告，并处以三万元以上三十万元以下的罚款。

第二百三十条 拒绝、阻碍证券监督管理机构及其工作人员依法行使监督检查、调查职权未使用暴力、威胁方法的，依法给予治安管理处罚。

第二百三十一条 违反本法规定，构成犯罪的，依法追究刑事责任。

第二百三十二条 违反本法规定，应当承担民事赔偿责任和缴纳罚款、罚金，其财产不足以同时支付时，先承担民事赔偿责任。

第二百三十三条 违反法律、行政法规或者国务院证券监督管理机构的有关规定，情节严重的，国务院证券监督管理机构可以对有关责任人员采取证券市场禁入的措施。

前款所称证券市场禁入，是指在一定期限内直至终身不得从事证券业务或者不得担任上市公司董事、监事、高级管理人员的制度。

第二百三十四条 依照本法收缴的罚款和没收的违法所得，全部上缴国库。

第二百三十五条 当事人对证券监督管理机构或者国务院授权的部门的处罚决定不服的，可以依法申请行政复议，或者依法直接向人民法院提起诉讼。

第十二章 附 则

第二百三十六条 本法施行前依照行政法规已批准在证券交易所上市交易的证券继续依法进行交易。

本法施行前依照行政法规和国务院金融行政管理部门的规定经批准设立的证券经营机构，不完全符合本法规定的，应当在规定的限期内达到本法规定的要求。具体实施办法，由国务院另行规定。

第二百三十七条 发行人申请核准公开发行股票、公司债券，应当按照规定缴纳审核费用。

第二百三十八条 境内企业直接或者间接到境外发行证券或者将其证券在境外上市交易，必须经国务院证券监督管理机构依照国务院的规定批准。

第二百三十九条 境内公司股票以外币认购和交易的，具体办法由国务院另行规定。

第二百四十条 本法自 2006 年 1 月 1 日起施行。

附录二　复习思考题参考答案

复习思考题一
二：1. B　　2. A　　3. B　　4. A　　5. B
三：1. AB　　2. ABCD　　3. CD　　4. BCD　　5. ABD
四：1. √　　2. √　　3. ×　　4. ×　　5. √

复习思考题二
二：1. B　　2. A　　3. D　　4. B　　5. D
三：1. ABCD　　2. ABD　　3. ABCD　　4. ABC　　5. ABC
四：1. √　　2. ×　　3. ×　　4. ×　　5. ×

复习思考题三
二：1. D　　2. B　　3. C　　4. D　　5. B
三：1. ACD　　2. ACD　　3. ABCD　　4. BC　　5. BC
四：1. √　　2. ×　　3. √　　4. √　　5. ×

复习思考题四
二：1. D　　2. D　　3. B　　4. B　　5. A
三：1. ACD　　2. AB　　3. BCD　　4. BCD　　5. BCD；
四：1. ×　　2. ×　　3. ×　　4. ×　　5. ×

复习思考题五
二：1. D　　2. B　　3. D　　4. C　　5. B　　6. A　　7. A　　8. B　　9. A　　10. C；
三：1. √　　2. √　　3. √　　4. √　　5. ×

复习思考题六
二：1. A　　2. D　　3. B　　4. A　　5. B　　6. A　　7. A　　8. D　　9. D　　10. D；
三：1. AC　　2. BC　　3. AC　　4. AB　　5. ABC
四：1. ×　　2. √　　3. √　　4. ×　　5. √

参考文献

[1] 曹凤岐、刘力、姚长辉. 证券投资学. 2 版. 北京：北京大学出版社，2000.

[2] 吴晓求. 证券投资学. 2 版. 北京：中国人民大学出版社，2004.

[3] 陈志军. 证券投资学. 济南：山东人民出版社，2005.

[4] 杨宜. 证券投资学. 北京：机械工业出版社，2005.

[5] 黄磊. 证券投资学. 2 版. 北京：中国财政经济出版社，2005.

[6] 谢百三. 证券投资学. 北京：清华大学出版社，2005.

[7] 叶永良、张启富. 证券投资学. 北京：经济科学出版社，2006.

[8] 林俊国. 证券投资学. 3 版. 北京：经济科学出版社，2006.

[9] 周黎明. 证券与投资. 北京：对外经济贸易大学出版社，2006.

[10] 韩德宗、朱晋. 证券投资学原理. 北京：机械工业出版社，2008.

[11] 马瑞. 证券投资学. 南京：南京大学出版社，2007.

[12] 赵锡军. 证券投资学. 北京：中国人民大学出版社，2008.

[13] 中国证券业协会. 证券市场基础知识. 北京：中国财政经济出版社，2008.

[14] 王明涛. 证券投资分析. 上海：上海财经大学出版社，2004.

[15] 王秀芳. 证券投资理论与实务. 北京：北京大学出版社，2005.

[16] 李向科. 证券投资技术分析. 3 版. 北京：中国人民大学出版社，2008.

[17] 刘德红. 股票投资技术分析. 2 版. 北京：经济管理出版社，2009.

[18] 中国证券监督管理委员会 http：//www. csrc. gov. cn/

[19] 深圳证券交易所 http：//www. szse. cn/

[20] 上海证券交易所 http：//www. sse. com. cn/

[21] 中国证券业协会 http：//www. sac. net. cn/